桃夭

苏沐梓 著

重庆出版集团 ◎重庆出版社

图书在版编目（CIP）数据

桃夭 / 苏沐梓著. － 重庆：重庆出版社，2014.5

ISBN 978-7-229-07139-4

Ⅰ.①桃… Ⅱ.①苏… Ⅲ.①言情小说－中国－当代 Ⅳ.①I247.5

中国版本图书馆CIP数据核字(2013)第267252号

桃　夭
TAOYAO
苏沐梓　著

出　版　人：罗小卫
丛书策划：李　子
责任编辑：李　子　马春起
责任校对：胡　琳
装帧设计：九一设计

 重庆出版集团
重庆出版社 出版

重庆长江二路205号　邮政编码：400016　http://www.cqph.com

重庆现代彩色书报印务有限公司印刷

重庆出版集团图书发行有限公司发行

E-MAIL:fxchu@cqph.com　邮购电话：023-68809452

重庆出版社天猫旗舰店
cqcbs.tmall.com

全国新华书店经销

开本：880mm×1230mm　1/32　印张：10.125　字数：178千

2014年5月第1版　2014年5月第1版第1次印刷

ISBN 978-7-229-07139-4

定价：29.80元

如有印装质量问题，请向本集团图书发行有限公司调换：023-68706683

目录

桃夭

楔子

洛丽塔走进机场的时候，天空是一种几近透明的灰色。

机场很喧闹，到处都是重逢和分离的人，拥抱里不乏欢笑和泪水。

VIP候机室里，艾伦正在不远处的阅读架旁打着电话，一口流利的英文，这温柔的嗓音曾经是洛丽塔近乎疯狂的痴迷。他身上依旧穿着卡其布的阿玛尼手工衬衫，这是去年生日洛丽塔送的礼物。

洛丽塔觉得眼睛有些涩，她走到一旁休息椅边坐下，深吸了口气拨通语音信箱里保留的那个号码。电话响了三声，秦彦辰的声音隔着遥远的距离飘过来："喂？你好。"

"唔，我是洛丽塔。"

……

为什么不接话，他很意外吗？

"我知道。洛丽塔，我刚出差回上海，顺利结束了一个Case。"

"哈，那好啊，可以好好陪陪哆哆，这几天可把它饿着了。"

"呵呵，哆哆好久没见到你了，明天回来看看它，好吗？"

"嗯，好的。"洛丽塔听见自己的心狠狠点了下头。

"有事吗？"

"没事，彦辰，彦辰，再见。"——洛丽塔捂住嘴巴，不让自己哭出来。

"嗯，不见不散，明天你一定要来。"秦彦辰的声音略带欣喜。

"嗯，再见，彦辰。"

"再见，洛丽塔，我的爱。"

洛丽塔挂了电话，也挂断了还没说出口的那份爱。

艾伦走了过来，英俊的脸上丝毫不掩饰宠溺和心疼。他揉了揉洛丽塔的头发，"走吧，安娜。"

洛丽塔擦干眼泪，走到登机口。

艾伦喊道："安娜，等等，你的护照。"

洛丽塔径自走了进去。

秦彦辰一直站在机场的柱子后面，看着洛丽塔跟他打电话时捂着嘴委屈的表情，看着她跟另一个男人就这么走进登机口，身影渐渐变小，直到尽头转弯，再没了影子……

秦彦辰默默站立了很久，似乎下一秒洛丽塔就会飞奔出来一样。等意识到梦已经醒来，他转身出门，才发现外面下起了细密的小雨。声响尽碎，冰凉似乎永不止息……

他听到一点一点崩溃哭泣的声音。

整个世界都在哭⋯⋯

楔
子

TAOYAO

第一章　我的想念，遗忘在某个长假

二零一二年　初冬

跪在深米色地毯上，守着壁炉里的暖火悠悠腾起，我伸了个大大的懒腰。

一旁矮几上的咖啡机正呼哧呼哧冒着泡儿煮着咖啡，客厅里的布局和装修都是简单的色调，沙发是素白，远处的落地窗帘已经拉起，清晨的阳光穿窗而入，又是美好的一天。

我正对着壁炉发呆，冷不防身后忽然用力蹿上来两只华丽的爪子，我一个不稳就要跌倒，眼看壁炉里那一蓬一蓬的红色火焰在我眼前不断放大，泫然欲泣间，胳膊似乎被人拉住，随后灼热的气息在脸颊前一扫而过，我只来得及听到"嘶嘶"燃烧的声音，整个人就被往后方拽去，空气中渐渐弥漫开一股头发烧焦的难闻气味。

"还没抱够？"冰凉凉的声音一下子将我还未附体的魂魄给招了回来。

我这才发现，我竟然像树袋熊一般挂在了他的身上！

"你……你……你快放我下来啊！"我的声音都在抖，可手却更紧地圈住了他的脖子。我一转身，就对上了肇事者哆哆正歪着脑袋、伸着舌头瞅着我们这一副奸情上演的模样。

"你确定？"他微微挑起浓眉。

我点头如捣蒜。

他立刻毫不拖泥带水地松开手，就跟将我从壁炉里拉出来时一样，一点儿心理准备都不给我，然后我就十分甜蜜地和大地来了一次亲密接触，还伴随着"咣当"一声，不小心碰翻了矮几上的咖啡机，于是一整条米色的地毯上霎时开凿了数条黑漆漆的小河。

哆哆"汪汪"一声后就夹着尾巴灰溜溜跑远了。

他还是一副事不关己高高挂起、居高临下的冰山模样，丢下一句："在我回来之前清理干净，现在我需要吃早餐，如果我工作迟到，你这个月的工资就全部清零。"

喂喂喂！我的右半边头发已经烧短烧焦了一截好不好！

他再一次视若无睹我心底的呐喊，悠闲地从我眼前经过，凉飕飕的让我忍不住打了个寒颤。真不简单，光他一个人就可以产生冷锋过境的效果。

"哦，对了。"他忽然回头，我立刻绽出甜甜笑意迎上，他显然没有料到我变脸比翻书还快，停了停才又开口嘱咐我，"人笨的话就离壁炉远一点，这个道理连哆哆都懂。"

秦——彦——辰！

我发誓我要跟你水火不容冰炭不洽势不两立有你没我至死方休啊！

我一脸怨念地走进厨房间，我对着晶晶亮的壁橱察看头发惨不忍睹的伤势，哪还有心情管早饭，哆哆抬起爪子挠了挠我的腿，被我瞪了回去："等你爹地走了我再收拾你！"

哆哆颤抖地缩回了爪子。

秦彦辰的声音飘了过来："洛丽塔。"

"啊！来了！"

我收回思绪，送上一应俱全的各式餐点后，又磨磨蹭蹭地去重新给我的饲主兼衣食父母煮咖啡。秦彦辰喜欢纯正的黑咖啡，不加奶精，不加糖。纯咖啡的确香气诱人，但是我不敢恭维，我怕那种苦到流泪的涩味。

靠在门边看桌前的他，一边吃早餐一边随意翻着杂志，举手投足间都透着一股优雅的气质，仿佛是与生俱来的贵族，就比如今天这样随意的条纹POLO衫配上米灰色休闲裤，都能完全衬出他骨子里的英挺和骄傲。

他，秦彦辰，鼎鼎有名的Fairy Tale时装公司总裁，三十二岁。听说每个见过他的女人都会陷入一种情绪里——一见钟情。

可在我看来，他虽然有着颀长英挺的身姿、魅惑迷人的脸庞，却摊上了一副冷酷倨傲的脾气，眉眼间无时无刻不透露出一种讯息——惹我者死！我抖了抖，还是离这种严重缺爱的人远一些比较安全。

"我上班了。"秦彦辰慢条斯理地啜了最后一口咖啡，淡淡地道。

我立刻站直，毕恭毕敬地送他到玄关，待他穿完鞋子，我又满面笑容地将外套递给他，挥挥手："路上当心哦！"

"我书房桌子上有一叠文件，你忙完这些帮我按顺序理好，下午有人来取。"他对镜子穿着外套，并不看我。

"我不会。"

"我有做备注。"

"你！"我告诉自己要微笑，保持微笑……我指着哆哆灵机一动，随便扯了个借口："可是哆哆跟我说它很馋，想吃新的狗粮，我答应了它今天去给它买！"

哆哆浑身一颤，一脸不可思议地眨着眼睛看我。

我说的好不正义，心想这下他肯定不会用头疼的设计图稿为难我了，可他只是慢悠悠地道："我会让秘书去买，你太笨，出门会迷路。"

我气愤地叫道："我才不会！我有……有时候是会迷糊一点，可这种关键时刻，我就会很厉害的。"

他穿好外套，看了我良久："你确定？"

我摆摆手："……好了，我们就当这场对话从未发生过。"

他微微垂下眸，漫不经心的语调偏偏不肯放过我："我怎么记得上次晚上你说遛狗，结果在小区里面就迷路了。还有上上次，带你去商场，你从洗手间出来又迷路了。"

我冲他一边笑一边蹲下身子，抚了抚哆哆的毛发，怨声低咒道："哆哆，快咬他！"

而对我刚刚才出卖了它正表示严重不满的哆哆理都不理我，继续撒欢儿跟它的爹地道别。

真是好一副人与狗狼狈为奸的画面啊。

"谢谢。"秦彦辰从容地接过我手中的公文包，看不出有什么表情，然后推开大门大步迈下阶梯。他手中的钥匙动了动，车库里的车灯跟着亮了起来。

好吧，看在我辛苦训练了半个月才换来的"谢谢"这两个字分上，我就勉为其难地答应他了。要知道之前他认为我帮他做任何事都是理所应当的，现在他至少能知道"谢谢"两字的发音和正确用途，难怪我会感激涕零。

送走了冷冰冰的秦彦辰，我长长舒出一口气，然后卷起袖子往餐桌边上善后。本来打算睡个懒觉兼做美容的计划看样子泡汤了，我步步生怨地迈向了秦彦辰的书房，往他又大又宽的老板椅上一坐，开始完成他布置的"家庭作业"。

Fairy Tale是上海数一数二的时尚前沿公司，集时装、杂志、展会为一体，我以前在家偶尔也会从电视上瞥到他们家设计的服装，有很多系列，并非只限定于名字的那种偏少女梦幻童话风。

一坐就是一整个下午，秦彦辰的标注很细致，多处地方都用红色记号笔留下了简短的点评，我按照目录页贴好标签，分门别类地整理好后已经是傍晚。

屋里的暖气开得很足，我伸了个大大的懒腰，拉开严实的窗帘。窗上蕴了一层薄薄的霜气，让屋外淡得不成墨色的背景显得更加迷离。我忍不住伸手轻触，画上一个浅浅的笑脸，直到雾气氤氲成水珠，这副笑脸失了真，只得作罢。

一直等到快下班也没见到秦彦辰口中的"会来取图稿的人"，我拿起包出门拦了辆Taxi，报了彦辰公司的地址。

刚一下车我就看见蜿蜒百米的红地毯，以及路两侧立满了琳琅缤纷的娇艳花篮，还有粉红气球围成的拱门后方一长串大红横幅——原来今天Fairy Tale有一场时装秀。

主题是"四季"。

春天的碧绿，夏日的艳红，深秋的金黄以及隆冬的纯白。

"小姐，请出示您的邀请函。"

我听到声音回头，对方半鞠了个躬朝我疏离地微笑。我尴尬地开口："我是来送样稿的，并没有邀请函。"

"对不起小姐，如果您没有邀请函，我们恐怕不能让您进去。这里是最新季度服装的发布会，目前还只是小范围内的宣传，除了记者朋友和应邀而来的嘉宾，我们不接受其他任何形式的拍照、采访等。"公式化的笑容，重复了百千遍的台词，他们越不让我进，越激起了我的好奇心，我作势就要往里面闯，没想到——

"来，请这位小姐出去！"

"哎！"

完全不待我反应，就已经被架起"请"了出去。

我一想到辛辛苦苦给秦彦辰做牛做马结果连看一眼他公司的服装秀的机会都没有，顿时觉得气不打一处出。我躲在柱子后面等了许久终于瞄准了机会又溜了进来，只不过这次我藏身于来来往往的人群之中，并不敢再在那个"守门神"的眼前打转。

公司里三三两两的女职员最后捧着资料就要进场，一眼望过去全是精心装扮过的，精致的面容、高挑的身材、剪裁高档的礼服裙，无一不提示着我与她们的格格不入。

"你快看！那就是Fairy Tale的创始人秦彦辰！"

"哇塞，本人比照片上还要帅，摩登潮流界最新出炉的钻石单身汉，秦彦辰三个字，已经成为百度搜索的热门关键词，拼音法里都输入了最新的词组了！"

我左后方有两个女娱记摘下照相机，每一句话的尾音都上扬八个分贝，以此彰显她们难以掩饰的兴奋。

耳廓逐渐沦陷在现场的尖叫声中，秦彦辰由工作人员簇拥着进了会场，一身深黑色西服，简单干净的白色衬衫搭配深蓝的领带，身影颀长，身侧咔嚓直闪的无数闪光灯里全是他一丝不苟、淡而疏离的微笑。

我一路被人群挤到外围，好不容易找了个清净点的地方，却没想到误听到一个电话——似乎还和我有关系。

"Sorry，彦辰，我忘记了。我刚结束约会就匆匆赶来你公司的发布会了，要不我现在回你家去帮你取样稿？"那个男人一边说着一边换了个姿势，闲散靠到墙边，那双狭长的桃花眼微微眯起，语调却是无比慵懒。

我凑近了听，不知道彦辰又说了些什么，这个男人眼睛里忽然折出如钻石般各个切面的耀眼光芒，语速也快了些："是、是、是，我知道那个样稿是你家洛丽塔辛辛苦苦做了一下午的，如果没有人去取让她误会是你在耍她，她又会发一通莫名其妙的脾气，那你说要不我现在赶过去向她赔罪？"

玻璃镜中的我霎时瞪大了眼睛，一副不可思议的表情指着自己的脸，秦彦辰竟然随随便便在一个外人面前诋毁我的形象？！

我三步并两步转到他面前，这才发现他其实长得还挺人模人样，除了目光轻佻，也算风度翩翩。他正好合上电话，边整理西服边就要入场，见我拦着，他上上下下看了我几遍，笑道："我们认识吗？"

我仰起脸："刚刚那个电话是秦彦辰打给你的？让你去他家拿期刊的样稿你给忘了？"

"小姐，偷听人家电话很不礼貌哦。"他很欠揍地朝我凑近，一股太过浓烈的香水味刺激得我急忙捂鼻，我夹带着鼻音说："明明是你讲电话太大声，而且答应了人家的事情又做不到，你不觉得你应该道歉么。"

他像听了什么笑话一样，看我的眼神带上了几分打量的味道："你不是今天的邀请嘉宾吧？也对，你这样子的穿着打扮简直是'Fashion Killer'，该不会是偷偷溜进来的吧？而且小姐，如果下次你要搭讪的话，麻烦换个高级一点的借口。"

他说完就重新戴上褐色的宽大太阳镜，唇角绽放出自以为完美无瑕的笑容，牙齿齐整又白，眼睛眯成一线。他刚想从我身边走过，就被我气势汹汹地拽住，仰起脸反击："你才是时尚杀手流行灾难！你们全家都是时尚杀手流行灾难！而且就凭你这人模狗样的形象，我是不可能跟你搭讪的！"

他步伐稍顿，深深打量了我几眼，皱眉无奈地道："还没发育完全的幼齿小萝莉就是比较易怒啊。"说完他就打了个响指，不远处的"门神"立刻毕恭毕敬朝他跑来，他们一见到我就又凶道："你怎么又闯进来了！唐先生，真是对不起！我们这就把她赶走！"

于是我再度被"礼貌"地请到了大厦外，还被凶神恶煞地轮番"羞辱"了几个回合。我扯了扯包，一脸怨念地看着台阶上这个男人在其他花痴女人眼中熠熠发光，有淡淡的笑意从他唇角流泻而出，真是一个十足的变态妖孽！

辛辛苦苦做了一下午的样稿不仅因为那个花心大萝卜忙着跟女人约会没有来取，还连带着被他整了一番，我一路回到家都觉得恨意难平，就连每日例巡的遛狗都变得心不在焉起来。

哆哆时不时过来蹭蹭我的腿，表达对我敷衍态度的抗议，见我不理不睬，它索性抛下我跑远了。它英俊潇洒的身姿正周旋在三三两两的异性贵宾犬之中，那些毛色被染成了粉红或嫩黄色的贵宾犬的主人显然都很喜欢漂亮的哆哆，我虽然听不懂狗狗之间交流的语言，但我猜哆哆一定从这几只异性贵宾犬的话语中得到了极大的雄性自尊心和满足感。

它的尾巴不停地摆来摆去，表示它现在的精神状态很好，眼看着它一路尾随那几只美眉回家，我终于出招，打算将这只不安分的发情公狗拎回家。

刚旋开门锁，一辆无敌骚包的蓝色跑车就正巧停在了院门外。

我还没看清来人，说时迟那时快，哆哆已经挣开我，朝那位不速之客猛扑而去！

"哆哆！"

我可从没见过性情温顺的拉布拉多这样龇牙咧嘴的模样，可是在我看清楚车上那个脱了银灰色西服外套，身穿粉红色衬衫，嘴角挂着邪邪的笑容的唐先生后，我试图拉住哆哆的脚步停住了，抱胸守在一旁看它摇头晃脑地嚎叫。

这位唐先生见到是我立在大门边，显然也大吃一惊，不过他很快就眼角半睐，绅士万分地朝我伸出手来："原来你就是洛丽塔。你好，我是唐恩浩。"

我万分嫌弃地看了一眼他的笑容，回头冲哆哆喊了一声："哆哆！快咬他！"

"呜汪汪汪……汪汪汪……"哆哆很听话地自始至终都护在我的身边，朝他嚎啕大叫。

只不过，说是声势吓人，可又不尽然。

唐恩浩弹弹衣襟，自顾走进家门，而哆哆则不断往屋子里退，它一退再退，直到退到沙发角无路可退的时候，它干脆拐个弯儿跑到沙发另一侧，隔着高大的遮挡物，继续冲他撕心裂肺地大叫。哆哆如此情绪激动显然不全是因为我的命令，我简直讶异极了，连温暖无害的拉布拉多和与世无争的我都能恨成这样的一个男人，究竟是怎样的极品啊。

秦彦辰，你确定这货真的是你朋友？！

唐恩浩俯低身子靠近我，冲我挤眉弄眼："洛丽塔，是我有眼不识泰山，刚刚会场的事你就当是一阵风，吹过就算了？"

"呸！"我斜睨了他一眼，"对于你这种每天都生活在女人的星星眼里的男人，是不是会认为出现在你身边每个女人都是因为被你的魅力所迷倒？来来来，让让，我们家哆哆不欢迎你，出门左拐，不送谢谢！"

哆哆在一旁得意地汪汪直叫。

唐恩浩终于咳出声，他只不过冲哆哆做了个再细微不过的小动作——右手握成拳，然后逆时针转了一圈，再"啪"一下突然张开手掌，没想到……哆哆就呜咽了一声蔫了下来，夹着尾巴躲远了。

我一脸震惊地看着一脸得意的唐恩浩，再颤抖地转向哆哆。我说哆哆，你你你简直太没用了！

唐恩浩几步跟我至厨房，闻着稀薄的咖啡香气，"好香！洛丽塔给我也来杯咖啡！"

"没空。"我撇撇嘴，可看了一眼好不委屈的哆哆，又想到毕竟是彦辰让他来家里取样稿的，我心里有了计较，"除非你告诉我，对哆哆的那个动作是什么意思。"

"这容易啊！"他单手顺势箍住我的肩，一路揽着我坐到沙发上，声音里的笑意更浓了，"事情是这样的——哆哆刚来彦辰家里的时候，才刚出生不久，眼睛都还没完全睁开。你别看秦彦辰一副冷冰冰的样子，对哆哆，那可是跟对自己儿子一样无微不至。"

我连连点头："深有感触，他对哆哆比对我好多了。"

唐恩浩又说道："我那时候很喜欢扯它的尾巴，它被我扯着尾巴吊在半空好多次，怎么叫我都不肯放它下来。后来有次我带了个小玩意，握在手心里攥成拳头状，逗它来嗅嗅，结果它摇着尾巴靠过来，我就做了刚刚那个动作，然后不巧，那小球一下子击中了它的鼻子和额心，当时它痛得嗷嗷大叫……我想，大概就是那次之后，它是真的开始恨我了。"

我听完后险些蹦了起来："你简直太太太残忍了！"

我往哆哆那个方向瞥了一眼，它果然无精打采地趴在垫子上，哀怨地瞪了我一眼，然后又泪眼婆娑地别过头去，这还不算，它从头开始慢慢在地上蹭着，直到……整个身子都别了过去，留下屁股对着我们。

我意识到哆哆可能误会我站到了敌人的阵营里，于是我愤然离座，决定送客。

可唐恩浩往沙发垫上靠了靠，优雅地跷起二郎腿："我都说完了，现在可以给我一杯咖啡了吧？"

我眼珠骨溜溜一转，扬起一抹笑容："没问题！"

而下一秒，唐恩浩一口咖啡没忍住，想要喷出来又因为清楚彦辰的洁癖于是死命憋着，直到脸色由白转红再转青紫，终于吞下去后，连带着他对我的咆哮都染上了浓重的一层咸味："洛丽塔，你是不是把盐当成糖来放的！"

"没错，我故意的。"

"你！……"

唐恩浩脸色拉了下来，立刻朝我逼近，近到只有零点几毫米的时候，我正对上他眼睛里被嘲弄的愤怒，莫名觉得有些害怕。好在哆哆很讲义气，或许是觉得我和他终于闹僵，此时出手是再好不过的时机，于是几步冲上前来，冲他龇牙咧嘴狂吠不止，摇头摆尾地扯着唐恩浩的裤脚就开始往离我远的方向拖。

突然，大门吱呀一声打开了。然后，这副混乱到一定境界、两人一狗的狼狈模样就落进了刚刚进门、站在玄关处的秦彦辰的眼底。

慑人的冷冽气场如声波般一层一层扩散开来，所至之处能让万物冰封。他的眼色一变再变，我忽然反应过来——眼前这副唐恩浩紧紧扣住我肩头，而我满面害怕与被胁迫相间的表情，再加之哆哆掺杂了公报私仇成分的无休止叫嚣，这种种混杂在一起的场景，任何一个正常人看入眼，都必定会想入非非。

我吸了吸鼻子，往后退了几步，可怜兮兮地盯着哆哆朝彦辰撒欢儿的身影。

四目相对，秦彦辰的面色有些疲惫和不悦，我忍不住颤抖了一下，心虚问道："你怎么回来了？"

你怎么回来了……

我真恨不得咬了我的舌尖，怎么脱口而出的是这句话啊……

秦彦辰不动声色，他的目光直接忽略我，将公文包往沙发上一丢，走到玻璃窗前拉开窗帘，屋外已近傍晚的余晖穿窗而入，懒懒地洒在他的肩头，像是跳动的音符一般顷刻便有了活力，却仍融化不了那层层冰霜。他淡淡瞥了眼唐恩浩，隔着空气冷冷飘来一句："你的眼光越来越差了。"

气氛顿时有些诡异，唐恩浩挑着妖冶的桃花眼笑得满室生辉："哦？"尾音高高上翘，他一副看好戏的表情，示意我反击。

我实在是被这大起大落、一日三变的情况折腾到无力，摊摊手，"材料在茶几上，你们慢聊。"说完我抬腿就往房间的方向走去。

几分钟后，我正四肢张开趴在床上看以前的照片，那些旧时的记忆竟然已经像告别在上个世纪一样久远，我宛如一只躲在壳里的寄居蟹，拼命适应新的身份和生活，不去想另一个世界里的运转。这只是一种逃避，我比谁都清楚，却是走不出来。

我在害怕。一直如此。

"吱呀"一声，房门被推开。

我猛地坐起，秦彦辰已然换上休闲装，闲散地立在房门外，居高临下地盯着我。

我完全来不及收起杂乱的心绪："你不知道进女生的房间要敲门吗？"

他挑了挑眉，不以为然："收拾一下，陪我出去吃饭。"

"原因！"

"庆祝。"

永远都是这副惜字如金的模样，我别开头："我不去。"哪有什么值得庆祝的事情，现在的境况实在是糟糕透了。

秦彦辰许久都没有反应，我一抬头就对上他沉沉的目光，他的眉毛和眸子都黑漆漆得浓墨重彩，可以将情感掩藏得很深。我进出像蚊子叫一样的声音："你可以找那个大桃花唐先生陪你去庆祝，我要睡觉。"

他冷哼一声，面无表情地走至玄关，留给我一抹颀长冷漠的背影："五分钟，我在楼下等你。"

哎，要不要这么霸道啊！

他就像料到我会乖乖换好衣服下楼一样，靠在车边懒懒打着手机，左手仍然插在裤子口袋里，眉头皱起，语气一如既往的缓慢，说出来的话却带着不容置喙的魄力。

一阵冷风灌进颈间，"啊……啊啾！"我禁不住哆嗦了下，将脖子上的围巾又绕了两圈。

他清冷的眸光看到我，"嗯好，就这样。"挂了手机，替我打开车门，一系列动作极其流畅，淡淡的表情里也没有一丝起伏。这样子的深沉一定迷倒了很多女人吧，什么时候再溜进他公司潜伏围观一下子，刺探虚实。

嗯，我是八卦的洛丽塔。

彦辰的车技很好，我几乎感觉不到任何的颠簸。看着一路不断后退的路景，一阵阵倦意袭上额头，我抚了抚额，问道："我们这是要去哪儿？"

沉默，还是沉默。

我从没被人忽视得这么彻底过！哼，不说拉倒！懒得理他，我自顾倚了靠垫，拣了个舒适的姿势，沉沉睡了过去。就在我快要迷迷糊糊进入梦乡的时候，感觉到他微微侧了侧身子，我隐约听到一句："去个你喜欢的地方。"

是在做梦吧，要不然彦辰的声音，怎么突然变得这么温柔了。

算了，睡吧洛丽塔。

再醒来车窗外已是华灯初上，厚厚的一层霜雾让夜景显得分外迷离。

空荡荡的车座，唯一还真实存在的便是缓缓而出的暖气，我的脸颊微微有些发烫，不自觉扯下围巾随意丢在车里。

走下车，远远就看见秦彦辰正捏着烟头，有些寂寥地站在不远处。身侧飘起了点点滴滴的小雨，滴落的声音在寂静的夜里显得格外清晰。而他就这样站在凝聚的视界里，独成风景。

他低叹一声转过身来，方看见我已在身后。

"哎哟，你怎么转过来都不说一声，撞痛了！"

我揉揉额角，秦彦辰忽而笑了笑："睡醒了？"

我有一瞬间的恍惚，我一直觉得他是个不苟言笑的人，表情永远都是百分之百的严肃冷峻，一双眸子深邃不见底。只是我没有想到，像他这样的人笑起来，眼底居然有意想不到的暖意。

我垂下眼帘，不争气地摸了摸肚子。"唔……你怎么不早点叫醒我。"

他悉数看进眼里，拍了拍我的肩，示意我们进去。

我刚刚抬头，他已经大步迈出。跟在他身后小跑才能勉强追上，灯光将他的影子拉得很长很长，而我就在他的光阴深处，像是被他稳稳保护在身后一样。

一家装饰很独特的餐厅，隔间均以屏风隔开。他猜得很对，我一进来就喜欢上了这样灯光柔和，姿态高雅的情调。

秦彦辰慵懒地为我斟着玫瑰花茶，那双修长的大手微微一带，热气腾腾的茶便蒸出了一缕缕轻烟。我的一颗小心脏却始终扑通扑通直跳，都说黄鼠狼给鸡拜年，非奸即盗，他秦彦辰没理由突然对我示好啊，我是不是上了贼船？

"咳咳……"我清了清嗓子，小心翼翼抬起头，灯光下他的脸线条柔和，嘴角似乎带上了浅浅的笑意。

"为什么要请我吃饭啊？"我的小心脏惴惴不安，他却仿佛没有听到。又是被忽略的洛丽塔……一分钟，两分钟，三分钟，终于在我数到第300秒的时候，他淡淡答了句："待会儿你就知道了。"

低沉的嗓音，虽没有笑容，却始终静静地注视着我。

我忍不住垂下了眼帘，一刀一叉切起今晚的盛宴。

良久无话，真是厉害，吃个饭都能让我这么压抑。对面的秦彦辰却仿佛极享受般，轻轻擦拭了嘴角，便将一个包装精美的盒子递到了我的眼前。粉红色盒子上的蝴蝶结明晃晃地直入心底，我有一种忍不住想撕开的冲动，惊讶道："这是什么？"

"拆开来看看。"

我像受了蛊惑般一层层剥开，眼睛一亮。

居然是一款粉红色的LG棒棒糖手机，今年的新款。我记得曾经看到电视里一晃而过的广告，明亮色彩不断交织的这套手机，很符合我现在的新名字。

"好可爱！"我激动抬眸，他怎么知道我喜欢这样卡哇伊的东西，我上次盯着广告的眼神有那么垂涎欲滴么？

似乎是感受到我灼灼的目光，他品了口茶，说道："不用谢。"

可是我还是做出一副娇羞状，"这怎么好意思呢……"然后冲他静谧的眉眼笑得温软清甜。

"卡给你装好了，里面存有我的手机号。"

"咯噔"一声，手机掉在桌子上，我的脸色霎时惨白。秦彦辰皱了皱眉，不知道我情绪突然崩溃的原因点。我想他的确是不知道，就是这句和那个人太过相似的话，让我的心一下从云端坠落至谷底，如同坐过山车一般刺激。

手机丢了，换一部新的，就可以换掉过去，就可以撕毁掉每一页已近风干的记忆了吗？

我无端排斥起这部手机，准确地说，是手机里的新卡。艾伦为我准备的那张旧卡，此刻正安安静静地待在我的口袋里，目睹这一切的发生。

多么可笑。

我推回盒子，"我不要。"甚至赌气地连谢谢都不说，我哼一下别过脸去，"吃饱了，我要回家睡觉！"

他往后靠住椅背，明亮深邃的眸子里不是探究也不是好奇，只是静静看着我："不收就不带你回家。"

我不卑不亢地抬头瞪他，这算什么，你当哄小孩子吗？凭什么你们一句话就可以肆意安排好我的一切，由不得我不接受。

"上海这么大，我还是找得到回家的路的，大不了坐公交车回去好了。"我恨恨地咬住吸管。其实我是逞强，我以为彦辰应该懂的，他不会这么晚还任由我一个不熟悉上海的女孩子，独自徘徊在治安并不怎么好的路边的。

可事实证明，我的安危真的比不过他的面子重要。

"好。"

他居然拿起手机就这么……这么潇洒地结账走人了？我眼睁睁看着他帅气的背影就快要钻进车里，然后车灯亮了起来，我咬了咬唇，还是很没骨气地追了出去。

难道你们都不懂女生很喜欢正话反说吗？你们都不能偶尔放下尊严和面子，哄哄女生吗？

说不定……我最后收了手机只是把卡还给你而已，那不是皆大欢喜吗？

我走到车门边，试探性地敲了敲窗。车窗摇下，对上秦彦辰那副清冷的容颜，我抿了抿唇，眼里是赤裸裸的期待。

他倒是镇定，眉目之间微微一动，语速不快也不慢："这里出去右转，再直走一千米就到公交车站了。"

一千米……一公里……冬夜……寒风细雨……

呵呵，我心底有寒气汩汩不断往外喷涌，我猜测他再不走就会被淹没。果然，下一刻，车便如离弦的箭一般飞了出去，留我傻傻站在原地，迟迟不肯相信，他……他……他竟真的走了。

我有些委屈地撅起嘴，心里暗暗鄙夷，真是个小气鬼。他长这么大，应该是送礼物还没被女生拒绝过，可是他就不能看在我尽心尽力、一心一意照顾他和他儿子哆哆生活起居的分上，包容一次么？

然后我意识到一个很严重的问题——我没有带钱。

我狠狠地剜了车一眼，再剜了一眼，恨不得剜出满目疮痍才肯罢休。继而我又开始四十五度仰望夜空，觉得上帝开玩笑的手段一直稳定地保持着进步。

厚厚的围巾落在他的车上，我的衣领很低，风不需要多勉强就能轻松灌进我衣服里。

我紧了紧外套，心一横，大步迈了出去。其实，迈出第一步需要很大的勇气，之后，便也没那么可怕了。

天空飘着淅淅沥沥的小雨，我缩了缩脖子，脚步踏在铺就的盲道上，安安稳稳数着格子，心里幻想着待会儿上车会不会有好心人从天而下，帮我付了车费。

一声刺耳的喇叭声响在耳边，我撇头，看到熟悉的车影，立马撒欢儿跑了过去。彦辰，我就知道你不会这么狠心的。

"这是公交钱。"他开口，语气淡漠疏离，浇熄了我好不容易才鼓起的勇气。

既然你都知道我出门老忘记带钱，那么你肯定也知道我其实已经后悔了是不……

可老天显然没有让他听到我心底的呐喊，我愣愣盯着车身没入夜色庞大的车流里，转弯，再也不见。

一天之内被抛弃两次，我的心底顿时浮起一股茫然，最大的悲哀莫过于旁人刚刚抛来一个橄榄枝，下一刻又狠心将你踹入谷底。

我还没赶到公交站台，雨势便转急，零落的雨点变得极有冲击力，纷纷坠落，寒冷的风揪扯着我一直滴水的头发和衣服，道路两侧，雨声磅礴。

这之后我一直都没有看到秦彦辰的影子，报复！绝对是小人的报复！我咬牙切齿，恨得心肝脾肺肾都拧到一起了，哆哆，回头你一定要咬死他咬死他咬死他！

只可惜这夙愿还没有实现，我便感冒了。

到家的时候，我一身凌乱不堪，秦彦辰寂寥的身姿站在楼下，身上干干爽爽，应该是刚从温暖的家里出来，我冲他笑，满面春风，好像在说，这样很好玩对不对？

秦彦辰一脸疲惫，眼底有我读不懂的情绪，意味深长，复杂难辨。

我只觉头痛欲裂，靠在路边的墙壁上，浑身禁不住瑟瑟颤抖。

他远远跑来，一路溅起无数水花，裤脚处晕开一圈圈浓致的痕迹。秦彦辰一向对穿着很是讲究，细微之处也往往是纤尘不染，我不由愣愣盯着那些污渍出神。直到他眉心微凸，不待我反应一把将我打横抱起。这么近的距离，我才看清他的歉疚和担忧，突然，我咧开嘴笑了笑。

伏在他厚实的胸膛上，鼻间传来属于他淡淡的薄荷香，一如第一次撞到我时他俯身的那个味道。我紧紧咬住嘴唇，手却死死拽着他的领角，终于忍不住有泪流出。

我很想扯开嗓子大骂他一通，凭什么要这么闹着玩，凭什么要把我丢在路边让我淋雨回来，凭什么你总能这样高高在上……可是张了张口，喉咙竟干得似要裂开了般。

我就像个不断滴水的洋娃娃，毛巾湿了一条又一条，彦辰帮我放好洗澡水，眉心锁起，催促我快去换身衣服。

这样狼狈焦急的他，跟之前的傲慢无礼，简直判若两人。

我回身冲他笑，"彦辰，你也去换身衣服吧……今天是我不好，那款手机，我很喜欢，谢谢你。"

刻意忽略掉他眉间的愧疚，我逃开他眼神的温度。

滚烫的热气蒸腾了一浴室的薄雾，却依旧没有挥去我心底的霜霭。心内不断涌出一股难以名状的悲伤，生生压迫在胸口。走出浴室的时候我身子一滑，便没了意识。

醒来已经是第二天下午。

这一觉睡得分外久长，好像做了一场漫无边际的噩梦，一幕接着一幕。我强撑着身子坐起，头撕裂般疼痛。入目皆是大片的洁白——衣柜、窗帘、沙发以及床。昨天似乎下了一整夜的雨，四处都张扬着迷蒙的气息。窗框上那层湿漉漉的潮气直逼我心，忍不住让我想起初至上海的那天，那比现在寒冷十倍的天气。

"咚咚咚。"门被推开。

护士眉眼里溢出惊喜："洛丽塔小姐，您终于醒了。"

我报以虚弱的微笑。

我记得她，我上次住进这间病房醒来后见到的第一个人就是她。

滴答，滴答，滴答……

脑海中的时钟指针被人一圈圈往回拨，上一次躺在这张床上的光景如电影胶片般开始滚动播放。

"小姐，请问你叫什么名字？"眼前有很多人影在晃，太阳穴传来阵阵钝痛，我忍不住用手去摸了摸，这才发现左手竟包裹着厚厚一圈白纱绷带，似乎额头上也是，而双腿更是夸张地用三角巾吊了起来……身上有裸露在外刺目的伤痕，涂过药水的部位又痒又疼，我刚刚想侧身，一阵钻心的疼便毫不客气地袭来。

"小姐，您听到了吗？我们需要对您做进一步治疗，请配合我们回答一些问题好吗？"

治疗？我这是在哪里？为什么房间里突然围了这么多人，一个，两个……五个……都是清一色的白大褂。

我使劲睁大眼睛，出神望向纯白的世界，试图将之前发生的一切都串联起来。

惨白无比的车灯亮光、遭遇车身撞击后身体肆虐的疼痛、恍惚有许多人围在我身旁，还有一只温热的手抚上我的面庞，带着淡淡的薄荷香……还有——"Honey，你是我这辈子最美丽的风景。我不知来生来世还会不会再遇到你，所以今生今世请允许我加倍爱你。"

艾伦温柔的嗓音言犹在耳，只可惜本是一场属于我们的始终，却成了彼此最后无声无息的道别。

"小姐，麻烦你注意我一下好吗？"眼前有一只手在拼命舞动，我涣散的眼神好不容易聚焦后便对上一名儒雅医生关切的神情。

是谁撞到了我？我明明身无分文，为什么还能住这么高级的独立病房？还有这么多医生围着给我做检查……心下有无数的疑问在翻腾，可惜每每多思考一番，脑袋便开始无休止地抗议。

"小姐，您到底听见我的问话了吗？名字名字？您该不会忘记了吧。"

他的问话接连而至，却没能让我的大脑做出任何反应。我所有的意识都停留在车祸前的那个画面，停留在艾伦那道明媚的笑容上。没想到这么快，它就如雾般消散，只留下心上刻下的道道伤痕。

"忘了。"下意识的开口源于我心底的期望。

多么希望就这样忘了。最悲哀的一种分手，不是双方轰轰烈烈地吵一场，不是大打出手，不是外界阻力重重彼此不能结合，而是无声无息地分开。

"你终于肯说话了。"那个戴金框眼镜的医生唇角微扬，神情反倒更像是松了口气。

就在此时，病房门被推开，所有人都不约而同地望向了门的方向，然后瞬间换上了一副尊敬的表情，让开通道站直了身子。我眯了眯眼，看见秦彦辰就那样迎着光芒盛处向我走来。

神情清冷，步履沉稳。

"秦总，这位小姐有可能因为脑部撞击而造成失忆了。"医生正向刚进门的男子汇报我的情况。

我这才反应过来，原来方才那些我不想回答的问题竟让他们误会我因为车祸失忆了。深呼吸，我艰难地开了口，"我……"嘴唇却因为太久没有沾水而干得厉害。

这副模样却令站在门口的他误会："你不用担心，这些都是权威医生，他们会尽最大努力帮助你恢复记忆。"他说话的口气低沉缓慢，像是大提琴缓缓拉出的沉郁声调。

领班的医生开始指挥："仪器准备，再安排一次头部断层扫描，看有没有血瘀。"护士翻开病历卡匆忙记录主治医师的吩咐，"注意心率和血压，避免突发性休克。"

"医生，那要怎么称呼病人？"

"……"这个疑问让众人犯了难。

他们口中的秦总走到窗边，听到这个问题时，淡淡扫了我一眼。

他长得实在是很好看，屋外金黄的阳光爬上他简洁却金贵的西装，我愣愣盯着他逆着光的姿态，而他的目光穿过我，径直落向衣柜里悬挂的那件属于我的洛丽塔公主系列冬装大衣，他撑了撑下巴："就叫洛丽塔吧。"

"这个名字好！很可爱！"

"这位小姐长相这么甜美，称呼洛丽塔最合适不过了。"

"不是洛……我是……名……"我拼命想要解释我并没有失忆，我还记得自己的名字和身份。可任我急得拳头紧握睫毛直闪，这帮人的眼里分明都带着笑意。

"别担心，小姐，您只是暂时叫这个名字，放松，我们马上为您安排一系列检查。"

这种事态发展完全脱离我控制的感觉简直糟糕透了！

"你不喜欢？"秦彦辰捕捉到我的表情，扬起眉毛询问我，他的表情不算是笑，也不算是生气。

我突然觉得难呼吸，右手抚上胸口，这才发现穿着病服，我心里大惊，不顾浑身是伤滚着下了床，打着点滴的手因为剧烈拉扯而回了血。

"衣服。"我终于发出破碎如棉花的喊声，一边猛地扯下衣柜里的大衣，整个人却受不住重量，跌落在地上。

秦彦辰不着痕迹地皱了皱眉。

众人好不容易回了神，七手八脚地将我按回到病床上。

"快！镇定剂！"医生的话刚刚喊出口，我却出奇地静了下来。艾伦送给我的手机不见了，幸好，先前被我拿出来的手机SIM卡还在。

"洛丽塔？"护士看我没有反应，企图抽走我手里的外套，我却像发了疯的幼兽一样尖叫，已近沙哑的嗓音十分难听。我猛推开她，缠着腿的三角巾散了架，人却只顾抱着衣服缩在墙角，止不住瑟瑟发抖。

我用排斥和愤怒的目光牢牢锁住他们的身形，好像在说，不要过来！

医生和护士都不敢上前，房间里一下子恢复了宁静。直到另一抹身影遮住了洒在我身上的阳光，我终于抬起头。

他有着高大俊朗的身姿，轮廓鲜明的脸庞，五官很英俊，却似乎不会笑。他半俯身子，握起我的右手，指腹轻轻按摩手背打着点滴的地方，现在因为回血正肿得厉害。

他的动作很温柔，温柔得让我落了泪。

"你是谁？"我喃喃问道。

"前天晚上开车转弯时我接了个电话，无意中撞到你。你今天的一切，我都会负责。"他轻轻开口，男子温润的气息吹拂过我的手背，带来一阵暖流。

我无意识地点点头，没有多想。这一天之内发生的事情太多，思绪像是有了断层，跟他们对话只是出于自然，内容却并没有记住多少。

一旁有护士走近点滴瓶，似乎往里面加了些药物。

"来，给我。"他朝我伸手，语带宠溺，眼神停留在我抱在怀里的外套上。

我摇摇头，目光近似哀求。

他再次认真又执着地向我伸手，"东西不会少。"想法这么容易被他一眼看穿，我没有再拒绝的理由。他凑近身，又传来那股淡淡的清香，我整个人竟一下子放松了起来。

他将挡住我眼睛的刘海拂至一边，"乖，躺好。"那样子的轻声软语就像是在安抚一个激动的孩子。我听话地任由他拿走衣服，看他替我披好枕头，盖上被子，又理了理我纷乱的长发。

目光一直追随他不忍挪开，就像是溺水的孩子被救了上来，总会对最先见到的那个人涌起依赖和信任。甚至可以忘记就是这个人的不小心，才把自己害成了这副模样。

　　头渐渐有些昏昏沉沉，全身似乎变得很重，那股清香慢慢抽离身边。"洛丽塔需要好好休息，乖哦。"护士温柔的女声响起，有人捏了捏我的手，"一切都会好起来的，别担心，好好睡。"

　　我听话地阖起眼睛，身子似万箭穿心般地疼痛，眼角的泪水终于源源不绝地冒出，像找到了发泄口一般。

　　我终于清醒地意识到，幸福如同流沙正从我指缝间流泻一空，除了眼睁睁看着，其余一切都是徒劳。

　　他们都离开了，只剩下我扑通扑通的心跳声愈渐清楚，身体由重变轻，快要飞起的轻飘感让肉体的痛楚模糊，无法辨明的东西从体内大量抽离——是灵魂吗？

　　我即将睡去，即将面对一段没有艾伦的路途。

　　我即将……似乎有人轻碰我的脸，抹去我眼角的泪，宽大的手掌带着热度，怜惜地轻抚。

　　突然，好温暖。

桃夭

第二章　我白天躲进梦里，黑夜坐在熟悉的阶梯

"吱呀"一声开门，秦彦辰回来了，我的回忆戛然而止。

现在是凌晨一点钟，本周第三次失眠。

我仍旧蜷缩在这酒红色绵软如云朵般的沙发里，这沙发有些年代了，酒红色不复往昔的耀眼夺目，有些暗沉，它与周遭素色的空间一直小心翼翼地维持着一种奇妙的平衡，没有人来打破。躺上去像被海沙包围一般，柔软舒心。自我来之后，没见他坐过，所以这沙发自然而然地成为了我专属的领地。

曾经无论我如何追问彦辰为什么要一直保留这台不合群的沙发，他都懒得理我，可我猜测是跟某个人某段回忆有关。就好像现在一无所有的我，最看重的便是口袋里的那张艾伦送的SIM卡一样。

叹了口气，我换了躺卧的角度，目光继续追随着他一连串优雅的动作。

他首先要弯腰换下皮鞋，将它有条不紊地摆放在鞋柜的倒数第二格，然后脱下风衣抖抖风雪，挂在门口的金属衣架上，再从柜子左上方抽出一张干净的纸巾细心擦拭手提的Note-book封皮，直到拭去所有灰尘复又闪闪发亮时，才将纸巾捏做一团扔进垃圾桶内，最后再从玄关走进来。

打了个哈欠，眼看着他再次忽略我蜷缩在沙发上这个事实，径自走向楼梯，我终于忍不住叫了出声："喂！"

他停住脚步。

"你都不适当表示一下关心吗？比如这么冷的天，你一直缩在沙发上会感冒唉，又比如这么晚了你怎么还不去睡觉？"

洛丽塔，你什么时候成了乞讨关怀的孩子。

他看都不看我一眼，语速一如既往的缓慢："冷你可以开暖气，至于睡觉，如果你困了，自然会去睡。"

气结！

秦彦辰怎么总能每一句话都把我顶回去，明明是他害我两次住进医院，结果却总一副我欠了他的模样。第一次车祸痊愈出院，我成了他的付费女佣，第二次淋雨高烧痊愈之后，我终于妥协，连同新SIM卡一起收了他送的新手机。他对此的解释是："智商相差太多，不具可比性。"

再次气结！

终于，秦彦辰的脚步声消失在楼梯的尽头，哆哆躺在我身侧的地毯上，发出微弱的鼾声，世界重新归于寂静。我发出几不可辨的一声叹息，再度放纵整个身子陷入沙发里，对着天花板上的吊灯数星星。

这就是这间高级别墅的主人，一个事业有成的男人和一只酷爱卖萌的狗。

啊，对了。我目前也是这里的一员。我叫洛丽塔。（笑）

正确姓名：不详。年龄：应该是二十几岁。

别误会，我可不是秦彦辰的大姑妈的表姨太的三姑婶的二姨爹的女儿，跟他无甚亲戚关系，当然更不可能是他这种流连花丛还片叶不沾的众多女人中的一个。若硬要冠上个称号，高级点算是管家，换言之就是廉价女佣。

其实，是他将我捡了回来。

原因么……

因为我失忆了。（微笑）

因为我是被秦彦辰的车撞到失忆的。（继续笑）

因为我无家可归，举目无亲，只能住在这里。（笑得坏坏的）

好吧，严肃点。

其实，关于我的故事，是从这个寒意侵入心肺，温度快要接近冰点的初冬开始的。

这是一架从美国洛杉矶飞往上海浦东国际机场的飞机，当机长用不纯熟的中文播报，目前上海浦东国际机场的地面温度只有10摄氏度时，我一边很淡定地脱下外套，一边在心底纳闷，为什么10摄氏度前面要加上"只有"这个词。可就在走下飞机的那一瞬间，我立刻明白了——洛杉矶那边下雪所营造出的干冷，远远不是上海这边寒冬湿冷的对手。

我的鼻翼和脸颊很快被冷风吹得通红，看样子这里刚刚下过一场连绵不绝的寒雨，四处蒸腾着白茫茫的雾气。头顶铅灰色的乌云把上海整个包裹起来，光线暗得让人心情压抑。

原来上海的冬天这样不近人情，我打了个寒颤，竭力想挥去心头隐隐的不安，匆忙走到机场出口，拦得一辆出租车往艾伦住的地方而去。

司机可能是听到我略带美音的中文，显得更加热情了："小姑娘是留学回来吗？"

"不是，我是来看未婚夫的。"一想到接下来见到艾伦的场面，我就忍不住勾起嘴角。被他捧在手心里的小丫头，特地跋山涉水赶来陪他过圣诞节，他……会很感动吧？

"呵呵，你要去的西郊花园很高档，你未婚夫很有钱啊。"

"他很爱我。"我微笑，从背包里翻出艾伦很早以前为我准备的纯白翻盖手机，里面这张SIM卡里存有他的号码，以免我突然来上海找不到他。

嗯，贴心的艾伦。

司机从后视镜里看到我微带崇拜的表情，咧嘴笑了起来。收音机里面流转出女子温柔的歌声，厚厚的车窗仿佛能将一切寒冷阻挡在外，即使车窗外的太阳逐步消失在我们身后。

他将我送到地点搬下行李后，很洋气地对我说了声"Goodbye"然后潇洒地离去。但我没想到西郊花园是私人住宅别墅区，保安盘查十分严格，尤其在看到我满身行李，还包成企鹅模样的时候，他们没少露出鄙夷。

我解释了很久最终却无奈垂下头，因为我答不出未婚夫的家庭地址。艾伦他就是知道我根本不会花脑子记这些东西，才给我连手机和卡都准备好的，我这次临时赶来只想给他个惊喜，早知道会这样我就把住址存进手机了。

保安看着我站在门口不肯离去，竟三人一起闹哄哄地将我的行李扔得远远的，然后自己进了值班室吹暖气，而我被困在上海夜幕下的冬日街头，又冷又饿。我翻开手机，颤抖地按下了艾伦的那11位数字，但另一头传回的讯息令我十分沮丧。

"对不起，您所拨打的用户已关机，请稍后再拨。"

"Sorry, the subscriber you are dialing is powered off, please dial it later."

手机里不断重复着这两句话，真是糟糕，艾伦这个时候难道还在开会，手机怎么会关机呢？

我的肚子毫无防备地"咕噜咕噜"叫出了声，想起自己就是中午在飞机上吃了点东西，现在强撑着要闭眼倒时差的欲望不算，还得先找个地方填饱肚子。

在街角的咖啡屋，我随意点了份餐，等到咖啡已经失去了温度，我掏出手机重拨起号码。心下一秒就被失望填满，怎么还是关机，咖啡店里的服务员用眼神示意我空空的盘子和墙上的大钟，我想着他可能不好意思直接说出口："小姐，您用完餐就快离开吧，我们快关门了。"

我愣愣注视着角落里典雅别致的烛台上的蜡炬燃成一捧泪，缓缓滑下烛台，最后只剩短短一截烛芯仍在垂死挣扎，发出极微弱的淡光。然后，我出了咖啡店。

外面的天色已沉，暗黑得有些压迫，我裹紧了自己的外套，吸了吸鼻子，费力地拖着我的行李，一边不断打着哈欠，一边踱步在这条无尽头的路上。

艾伦，你在哪里？

关机，关机，还是关机。

我呵了呵气，揉揉发红的眼眶，一字一字敲打着手机键盘：亲爱的，我在上海了哦。本想给你个惊喜，可是我不知道你住在哪里，开机后给我回个电话，等你。

手机盖"啪嗒"一声合上，我想象着艾伦忙完一天会议，打开手机看到我短信，会是怎样一副欣喜的状态。他会不会立刻飞到我身边，像以前那么多次一样将我抱起来旋转，转晕了累了也坚持不肯放我下来。

脑海里满满都是我和艾伦幸福的回忆，路口等红灯的车流都已稀疏，行人更是寥寥无几。我停在路边，右手轻轻抚了抚左手中指上的戒指，弯了弯眼角，笑出声来。

只是——一切发生得让人猝不及防！

突然一个冲撞和拉扯从天而降，我一个踉跄跌倒在地。一个大腹便便，光头的中年男子硬生生夺走我手中的行李，一路狂奔而逃！

我甚至还没完全看清他的样貌，他已经跑出好几米了。我停顿了一秒，就立刻追了上去！

"喂！抢劫啊！有人抢劫！"扑面而来凛冽的寒风稀释掉了我大部分的呼喊，只剩下纤细不可闻的微弱声音，寒风甚至灌进我的喉咙，我不由得开始咳嗽，咳着咳着，终于把眼泪咳了出来。

路人随着我的叫喊看向那秃头男子，他的脸上丝毫没有逃窜的惊惶，反而带着得逞的快意。只见他跳上前来接应的摩托车一路绝尘而去，我远远注视着我所有的行李化为黑夜里的一个小黑点——以哀悼的方式。

路人一概用同情或可怜的目光看着我，却自始至终没有人肯伸出援手。

就好像，每次我以为已经到了最糟糕的时候，上帝就笑了，然后我不得不目睁着事情如何变得更加糟糕。

还是迟迟不敢相信……我在抢劫犯罪率极高的美国待了十几年，从未遇劫，竟然在上海开启了先例。

艾伦，我被抢劫了，我所有的证件和护照都在行李里面呃……

艾伦，我四处都找不到你……

对了，手机！刚刚被那人一撞，手机貌似摔在地上，我忘记捡起来了！

我像突然抓住希望一样，赶快跑了回去。还好手机没有被别人捡走，只可惜屏幕已经摔碎，手机彻底黑屏打不开了……现在是真的理解泄了气的皮球是怎样的一种状态了，我来来回回走在这条大马路上，心底居然还在感激上帝，幸好你让我在遭遇劫难前先饱餐了一顿，要不然我今天肯定就得成为现实版的卖火柴的小女孩了。

我走到另一个十字路口的斑马线前，恋恋不舍地从零碎不堪的手机里抽出SIM卡，将它放进了口袋。

现在除了去西郊花园门口等他，没有别的方法了。

突然，前方十几米处的背影突然让我眼前一亮，我开始相信向上帝虔诚的祈祷和毫无抱怨终于起了作用。因为艾伦，他终于来了。他一定是看到我的短信迫不及待地赶过来了！

艾伦……我恨不得立刻扑进你的怀里吐苦水，我好像总是会把事情办砸，以前你总嘲笑我我都不相信，可是这一次，我只想抱抱你，然后洗个澡睡觉啊。

如果周遭有刚刚见到我被抢劫的路人，此刻一定会被我的样子吓到。脸上还挂着未干的泪痕，奋力地向马路另一头的人不断挥手，还不免要跳了起来。

"艾伦——艾伦！我在这里啊！"

　　四周响起此起彼伏的鸣笛声，一改先前的冷清寂寥，人声亦是嘈杂不休，看来他是没有听见，拉开车门坐进了驾驶位。

　　我大步朝他跑去，生怕就这样彼此错过。

　　"艾伦！艾伦！"我大叫不止。

　　我刚刚跑了几步，兴奋劲就被一盆冰冷的凉水浇熄了，只有怔怔立住，望着那个方向。

　　车子停在路边，暂时没有开走的意思。我眯起双眼，跟着弯腰好让视角更加清晰。

　　我看见他倾过身子，一双眸子明亮深邃，露出曾专属于我的柔情。他温柔地捏了捏副驾驶座上女子的脸颊，继而靠在她的肩头，轻含了她的耳垂，那张英俊的脸上挂着曾经我最爱的迷人微笑。

　　距离那么远，我一定是眼花了。

　　我还高举着的右手慢慢地放了下来，脸上保持着勉强的笑容，双眸却一动不动地盯着他们，不忍错过一个小动作。

　　他们旁若无人地调情，在如水夜色的掩映下，说不出的旖旎和暧昧。

　　他轻触女子妖娆弯曲的发丝，嘴角勾起魅惑众生的微笑，他右手托着她的头，一勾上来，唇就紧紧贴了上去，艾伦的脸被挡住，我再也看不到了，满眼只有那长长的、妖娆的、金黄色的卷发……

　　僵硬地，我挺直身子转过身，风穿透我的身体，霓虹灯影下的情侣影影绰绰，时间仿佛为这个寒冷的冬天静止，我和艾伦曾经所有的美好，现下在身后两人的良辰美景中，渐渐夭折。

　　终是忍不住再回头看一眼，也许……我只是认错人了罢。可是，除了那辆红色跑车像一尾流血的鱼消失在我目光深处，再无其他。我愣愣盯着它逝去的方向，感觉有种最珍贵的东西从我的身体里一丝一丝被剥离，深刻而持久的疼痛阵阵袭来。

一种被背叛的无助感涌入心田，泛起层层苦涩的浪潮，带来一股无法言喻的压迫，狠狠揪紧我的心，像极了紧绷的气球终被涨破一样，"砰"的一声，碎裂般的疼痛。

"Honey，你知道世界上最动听的三个字是什么吗？"我对上他漂亮的眸子，那里面有晶光闪动，他轻声说，"嫁给我。"

"Honey，我会一辈子都像现在这样对你好，不允许任何人欺负你。"

"Honey，上海那边有个合作，我要出差一个月左右，这段时间没法陪你，你要乖乖的别到处乱跑，否则我会担心。"

……

艾伦素喜白色衬衫，外面配一件深色毛衣，搭上一条随意的牛仔裤，衬得整个身材颀长且比例完美。他曾经每个夜晚都算好了我的入睡时间，给我打电话就为了道一声晚安。他曾经最爱我的厨艺，扬言要将我绑在身边给他做一辈子的饭，只准给他做。

可是现在，这些话语和画面统统化作最锋利的刀刃，开始切割我的知觉。

一寸寸，深入。

双脚似灌了铅般沉重，在瑟瑟寒风里僵硬到近乎麻痹，我伸手本能地叫出租车，却忘记自己已经没钱了。

"小姐，请问你要去哪儿？"司机看着我失魂落魄的样子，有些不耐。

我愣住了，我该去哪儿？他家吗？保安明显知道艾伦有个金发女伴，所以才那么对我……回美国？可是护照和证件统统丢了……留在上海找警察企图寻回被抢的行李？或者明天，找到艾伦后向他问清楚？也许，他对她……只是玩玩而已。

"小姐？这里不能停车，你要去哪？"他有些急了。

"……饭店，离这里最近的饭店。"我握着车把的手指都在颤抖，只想尽快摆脱这刺骨的寒风。再吹下去，我不知道该怎样让趋冷的心脏渐渐回暖。

如果我没有自作主张地来到上海找他，玩什么所谓的爱情游戏，我现在就会在美国，安安稳稳地住在艾伦为我建的圣殿里。明年五月初，我们会在洛杉矶举行婚礼，在所有人的祝福和羡慕声中，开启下一段旅途。

我一直相信他可以爱我到地老天荒，这近乎是一种信仰。

怎么会一夜之间所有一切都像突然失了焦，我把艾伦和我们的爱情，都弄丢了。

"小姐，小姐？你有没有听到？"

"啊？"我回过神，正好对上司机怒气冲冲的一副臭脸，"你这副样子不是耽误我做生意嘛！有病啊你！"说完不待我反应，出租车已经绝尘而去，只剩下刺鼻的汽油尾气弥漫四周……

你看，初遭灾劫，世人便已唾弃，做人怎能不小心。

我凄然一笑，无意识地跟着汹涌的人流一起迈步，只不过没意识到大家都停下来了，我还在自顾低头走着。

然后……一个远光车灯明晃晃地直射到我身上，我本能抬手挡住眼睛，耳畔传来一阵尖锐的刹车声，和着一堆人的尖叫和冷飕飕的寒风……

早知道就不逞强来上海了，就不会看见不该看的，早知道我就安心在美国等着做五月新娘了。

早知道，不该回来的……

眼前的灼热光线突然刺入我的脑中，然后瞬间黯淡，一股巨大的冲力向我袭来，我却顾不上害怕。

人行道冷得像冰，似乎还结了霜，当脸颊碰触到地面时还有一阵湿冷，似乎有一种滑滑黏黏的液体开始汹涌流出，身体和脑袋一阵阵钝痛袭来，恍惚间听到四周喧嚣和嘈杂争执不休……

一只手抚上我的脸颊，温热舒适的触觉，衣间似有淡淡薄荷香，我努力想睁开眼，可终归只是徒劳。直到……四周声音渐渐消失，一切都恢复到深夜的宁静，然后，我终于沉沉睡去。

痒。

似乎还有湿漉漉的触觉来回在脸上徘徊。

我本能挥手想要赶走这种奇怪的感觉，可对方却保持着不叫醒我誓不罢休的态势，当我终于迷迷糊糊睁开眼睛，然后就看见哆哆歪着脑袋伸着舌头傻兮兮盯着我看的模样。

"呜汪汪汪……"它扯着我的毛毯往地上拖，头还冲门的方向直晃，它在提醒我到时间该带它出去兜风了。

等等，毛毯？

我昨晚在沙发上睡着的时候似乎没有盖任何东西，一撇头我又看见了茶几低柜上的牛奶还蒸腾着缕缕热气，我笑了笑，看来秦彦辰这座冰山偶尔也是会融化的嘛。

只是如果这样你就想取得我的原谅，那我可不依，好歹也得逼着你亲口为害我淋雨住进医院吊了一个星期的盐水这件事情说声"对不起"才行。

彦辰打电话回来说今晚没有应酬，要回来吃晚饭，此时我正在给哆哆准备狗粮，迷你饼干"哗啦啦"倒满盘子，我一手捧着纸袋，一手接着电话，听他如数家珍般的晚餐吩咐，我眼睛一转，忽然狡黠地笑出声来："彦辰你放心，今晚上我一定为你准备一份毕生难忘的大餐。"

他在电话那头愣了愣，然后说了声"好"。

我哼着小曲，哆哆十分讶异地盯着我的举动，表示难以理解，因为按照以往惯例，我只会取出纸袋里五分之一的饼干，可今天我更改了流程，往搅拌机里先加了少许水，又倒进大半袋狗狗饼干，然后搅拌机"乒里乓啷"的声音将哆哆吓得满屋子乱窜。

十五分钟后，哆哆和我对着满搅拌机呈灰黑色的糊状物体怔怔然，我忽然灵光一闪，"有了！"于是上蹿下跳开始翻箱倒柜找起家里面的芝麻和杏仁粉末，准备自制甜点——芝麻杏仁糊。最后我往杯盏里装的时候还刻意摆成了八卦的形状，最表面一层撒了少许杏仁粒，足以遮掩它其实是狗粮的本质。

彦辰拉开桌椅，先从自己面前的牛排开始动起刀叉，整个过程中目光丝毫不曾扫向甜点，而吃完自己饭钵里粮食的哆哆许是闻到了相似的香气，一双大眼睛自始至终都眼巴巴地瞅着芝麻杏仁糊的方向。

"快吃它，快吃它……"

如果向上帝许愿有用的话，那他现在就应该……对，就像现在这样，端起了杯盏，移动一圈继而又凑近鼻尖闻了闻味道，皱眉问我："这是什么？"

"芝麻杏仁糊啊！"我答得飞快，一如在脑海中演练过无数遍一样。身侧的哆哆也附和着"汪汪"两声，不过我猜它的意思应该是，"那不属于你，而是给我吃的！"

"哦。"秦彦辰面无表情地放下杯盏，我却急匆匆站起了身，见他好奇打量我，我吞吐道："我做了好长时间，特意做给你吃的，你不能不给面子，必须全部吃光！"

"可我看哆哆更需要它。"哆哆在一旁附和直叫，摇头摆尾。

"不不不，芝麻和杏仁的营养价值不是哆哆所需要的，你最近常常熬夜，白头发都长了好多根，所以一定要多吃一些芝麻。"我满脸堆笑地又将杯盏往彦辰的面前推了过去，哆哆愤恨地咬着我的拖鞋，以此宣泄不满。好在彦辰低下头开始研究甜点，没有注意到我涨得通红的脸颊。

"好吧，谢谢。"他终于妥协。

银匙和杯盏碰撞出叮咚的响声，却让我的心犹如小鹿乱跳，眼看着他舀起第一勺往嘴里送去，第二勺，第三勺……我简直瞪大了眼睛，不忍放过这神奇的一刻，而哆哆发出痛苦的一声哀鸣，前肢竟然直接蹭上了桌，直勾勾地盯着自己爹地将自己的食物一口一口装进肚子。

他的动作很是优雅，就连味蕾被糊状液体纠缠住时也只是轻轻蹙眉，没有立即向我询问。

"呜汪……"盘见了底，哆哆终于垂头丧气地离开客厅，彦辰也擦了擦嘴，放下银匙。

"怎么样？"我很好奇。

"味道不错，只是有些奇怪。"他若有所思。

"不奇怪，不奇怪，应该是你从来没有吃甜点的习惯，所以第一次尝试总有些不自然。没关系，以后这样的机会还有很多，我会努力给你做更多的甜点的哈！"说完我就飞快端起"证据"一溜烟跑回了厨房，

/41

然后关上门，揉着肚子笑得眼泪都快出来了。

秦彦辰知道我的恶作剧仅仅花了半个小时，罪魁祸首是他的宝贝儿子哆哆。

原来抢食这件事情对哆哆的影响之大远远超出我的预期，直接导致它接下来一段时间里情绪都十分低落，它甚至擅自将我藏在垃圾桶里的狗狗饼干袋拖出来，放在自己的小窝旁边凭吊，而彦辰就是在同它玩耍时无意间看见了饼干袋里的残余的芝麻与杏仁粉末时，瞬间洞悉一切，于是我就不得已接受了整整一个小时的训话。其中总计出现十遍"为什么要在食物中添加狗粮"、五遍"这样的恶作剧很好玩吗"以及十三遍铿锵有力的"真是幼稚"。

而我则像个小媳妇般一动不动地立在一侧同时接受哆哆和他共同的眼神轰炸，同时在心底默默计划着二次反击。

很快，这个机会就来临了。

虽然我不清楚彦辰最近在忙什么，只知道他已经好久没有在家吃过饭，每日早出晚归，公文包里的报表更是一叠堆着一叠，哆哆对于它爹地已经连续一周没有陪它说话本就郁郁寡欢，再加之我一边摸着它头一边絮絮叨叨"鉴于你爹地最近的表现，很有可能他马上就要给你找个后妈了"这样添油加醋的观点辅证之下，哆哆对于彦辰委屈的情绪与日俱增，这无疑为我计划的顺利进行铺顺了路。

某一日阳光大好的下午，我路过一家品味高端的咖啡馆，玻璃窗里那个文质彬彬的男人侧影可不正是彦辰嘛，而彼时他的对面正坐着一个发髻高高盘起，穿着一袭鹅黄色套装的高贵女人。

他们频频互动，笑声阵阵，眼神里仿佛只容得下对方。——显然是在约会。

我对着这幅良辰美景观赏了几分钟，然后冷哼一声，掉头就走。

他们的约会每天都在持续，第四天下午，在我又一遍和哆哆重复了我的计划并得到它"信誓旦旦"的点头之后，我愉快地出门拦了辆车直奔那家咖啡馆。

挑开门帘，墙壁上的手绘画精致复古，有极暗的金属色调沿着墙体的纹理清晰而又别致地蔓延开来。背景音乐是安静的"I don't know you any more"。侍应生穿着灰褐色的曳地长裙，俯身添水的手势和声音客气而又彬彬有礼，说实话，方才一个人刚迈进这里的时候，我忽然觉得脑子里那股略显罪恶的毁灭感让我有些羞耻。只是一瞬，这股羞耻感就被"身为哆哆的保姆，我非常有必要帮这个干儿子的未来后妈把把关"的正义感给消灭了。

她很好辨认。

依旧是在最角落的位置上看杂志，只看她背影就能感受到她无与伦比的气质。虽然我早有心理准备，可还是没想到我冲到她正对面一声招呼不打就华丽丽地坐下来继而对上她缓缓抬起的面容时我如被雷劈的震惊程度——并非她不美，只是我能清晰地看到她脸上的皱纹自眼角散开，以及年龄为她唇线添加的成熟风韵。

她的年纪，粗略估计也该比彦辰大了十几岁。

简直难以相信彦辰有如此严重的恋母情节，可我还是非常迅速地调整好了情绪，咳嗽了一声进入正题："这位小姐你好，我是代表我们家彦辰过来特地向你道歉的，因为他今天有事不能来了。"

我琢磨着以电视剧里的套路，她肯定会抓着我问"彦辰去干吗了"、"有什么事情比来见我还重要啊"诸如此类，谁知我面前的她只是不动声色地翻过一页杂志，连眼皮都没抬起。

呃……没关系！这样的冷淡伤害不了我无坚不摧的小心脏！我深吸一口气继续尽职尽责地给彦辰抹黑："你别看秦彦辰外表高富帅，其实他骨子里就是一颗又闷又臭的硬石头！你不知道他一个月只洗一次澡，身上常年有异味，连他的狗狗都嫌弃！还有他的脾气可大了，发起火来表面不动声色，可就是能让你求生不得求死不能，发誓此生都不敢再得罪他！姐姐你这么高贵漂亮，一定要擦亮双眼，千万不要随随便便就被秦彦辰的花言巧语给骗了。"噢，彦辰，请你原谅我，这么做只是为了哆哆的幸福。

可是，她竟然依旧无动于衷！

这顿时让我有一种血气上涌到一半却不得不自己再次吞下的毁灭感！

"在看什么？"我万分嫌弃地瞄了一眼一直抢夺她吸引力的杂志，没想到这句话倒是对了她的胃口，她抬头朝我优雅笑一笑："你也看看。"

原来这根本不是什么杂志，都是一些尚未装订的设计图稿，起先我是被这些色彩冲击力极强的图案给晃花了眼，满目所及皆是蔓延成片如油画般精致的缤纷，再往后看却愈发惊叹于设计者的匠心独运——运笔极细腻的浅色素蓝顺着眼角周围勾勒，如此专注描绘的釉彩让少女蜕变得古典逼人；光芒繁烁的小星星让本就精致的画美人五官更加夺目；以及永不过时的深色玫瑰花瓣点缀在模特的眉心和唇畔，为图稿里的少妇平添了一种性感的风韵……每一张都让我非常欢喜。

"觉得怎么样？"她问我。

我将头发拨至耳后，点头称赞："很有想象力，彩妆的色彩和构图兼顾，我非常佩服这个设计师。"

"哦？"她眼角稍扬，笑容优雅宛如中世纪的女王，"你对时尚也有研究？"

笑话！我的未婚夫可是跟世界顶尖的时尚设计师都打过交道！一想

起艾伦，短暂的幸福感之后立刻就伴随了一阵猛烈的心肌绞痛，我赶忙止住，将注意力更多地放在眼前水平极高的图稿上来："真希望能看到一场这样的彩妆时尚秀，一定会引起轰动。"

她微微挑眉，抿了一口咖啡，不置可否。

"可惜这样的妆容美则美矣。"她对我忽如其来的失落有些讶异，示意我继续。

"我想给你讲个故事。"我神色认真地道，"有一次我在喷泉广场等我的男朋友，附近有个小女孩躲在她妈妈的怀里大哭，说是同学都嫌弃她丑不想跟她一起玩，连我一个外人都能听出小女孩哭声里面无法言喻的悲伤，我想她的妈妈一定更加揪心。"

她放下杯盏。

"然后她的妈妈捧起她的脸蛋，对她说，我的宝贝是世界上最漂亮的姑娘，因为她从不会嘲笑其他的小朋友，相反会在下雪的早晨给门口的流浪猫送早餐，会帮弯不下腰的老奶奶捡拾垃圾，还会在爸爸妈妈累了的时候给我们捶背，在妈妈心中，没有人比你更可爱更漂亮了。"我停了停，朝若有所思的她耸肩笑一笑，"然后小女孩就不哭了，当她抬起头时我才看清楚她的另一半侧脸，眼角右下方有好大一块触目惊心的胎记。"

"噢……"她发出一声轻叹，"原来如此。"

我点点头，有些遗憾："以前我也觉得彩妆无非是为了让人美上加美，往往会忽略了这个世界上原本就有缺陷的人，如果我也有一只神手，可以化出神奇的妆容来弥补像这个小姑娘的不快乐该有多好啊，因为她这样心地善良的女孩子更值得拥有美丽。"

她妥帖地收起自己的画稿，微微激动地碰了碰我的手："这些画稿刚刚出炉的时候我很喜欢，可看得久了总觉得它们欠缺了一些什么，就像是在博物馆里展示的文物，精致足矣，却让人觉得高不可攀。现在这样一想，我觉得它们缺的可能就是发自内心的情感，也正是设计的灵魂，就像雨露之于久旱，阳光之于雾霾。谢谢你，让我有了新的感悟。"

不记得我和她的谈话是怎样结束的了。

走出咖啡店的大门时，已是日暮。

我依旧有些恍神，想不通自己究竟是怎样办到的！我明明是带着"搅黄一场约会"的目的出门，结果却演变成了这样，和一个到现在还不知道名字的彦辰的绯闻对象相谈甚欢！而且如果让彦辰知道了，作为一个"失忆"的被捡回来的无名氏，对自己的过去描述得如此清晰细致，不知道他会不会想吐血！

而我就是在这样的忐忑中回到了家。

客厅空旷，家里仅存的温度是正在地毯上打着盹儿的哆哆。

关于下午的回忆，我更多的情绪低迷还是因为想起过去，艾伦的身影出现在我生命插图的每一页，或笑或闹、或嗔或恼，让我无处可逃。

原来伪装终究只能是伪装，就像是患了弗洛伊德的心理暗示症状，总会有一瞬间你不能自控，将你内心真正的想法悉数吐露出来，其根源在于你那偷偷作祟的潜意识。

无论我怎么往壁炉里添火取暖，依旧排除不了痛楚在心尖上跳舞，真希望被彦辰撞到是一场梦，明明他不是打碎我一切美梦的罪魁祸首，可不知道为什么只想把火气撒在他的头上，动作比思想更超前，在我反应过来之前，我已经似宣泄又似报复般的把彦辰摆放在沙发茶几上的设计底稿一股脑儿全部丢进了壁炉！

画作讨厌！设计讨厌！时尚讨厌！你们都很讨厌啊！

与其说哆哆是被我的火气吓到，还不如说是被壁炉里忽然蹿出的一股火苗给惊到!

与此同时，院子里响起了秦彦辰的车鸣声。

我大惊失色，壁炉前的地板上全是画稿的残骸，要是被他看到了我岂不是完蛋了! 顾不上多想，我将看都没看也不知道是否重要的画稿全部塞进壁炉里，眼看火势越来越大，烟味也越来越浓，连哆哆都没有去迎接它爹地，反而一个劲地扯着我的衣角将我往后拖，可我反倒像着了魔一样，无论如何都停不下来，好像自己是爱上火焰的雪人，哪怕被炙热的火光融化也不想要离开一步。

直到——

被迎面扑来的火苗忽然击中衣衫，而后被某股巨大的力量扑倒在地，我还来不及感慨好痛，外套就被扯掉，而后是一片杂乱无章对着壁炉乱舞的身影，直到几分钟后火势终于被止住，我在残余的烟味中不断咳嗽，哆哆的吠叫声也一直在耳畔喧嚣……

"闲着无事开始烧房子玩了？"

不用猜也知道这样低稳轻缓的声音只有秦彦辰才具备，我抬头看他，声音与面前这张俊秀温和的面孔不符，十足冰凉。影音综合出一种精神压迫，像是恼怒，而且对象是我。

好吧，我承认差点烧了房子。

"对不起。"我揉揉屁股，站起身。

"助燃剂还是我公司的设计图稿？"他手里举着的是我还没销毁干净的证据，声音提高了几个百分点。

依旧是没有走心的"对不起。"

当时的我根本不知道这些图稿是他为了Fairy Tale和著名设计师Vivian的合作而准备的，全部是由公司里的设计师设计，他将从中挑出一份最优秀的作品，而那个设计者将得到的荣誉就是这次展会作为

Fairy Tale的代表，负责Vivian此次在上海的所有接洽。

容我插播一句，Vivian是旅法著名设计师，她的设计有自己鲜明的个人特色，在二十岁刚出头的时候，就举办了自己的第一次服装发布会，且获得了史无前例的成功，被誉为法国时尚界的"Queen V"。但她的脾气也非常古怪，喜欢独居，从不接受各大媒体和杂志采访，更鲜与时尚公司合作，我记得以前艾伦约见她几次都未果，没想到这次竟然如此轻松地答应了Fairy Tale。而被Vivian看上的设计者也大多前途无量，几乎一路星光熠熠。所以这次的公司内部竞赛，可想而知那些编辑势必都拿出了自己的十二分诚意，要是让她们知道自己的心血竟然全部被我丢进了壁炉，化作了一摊黑漆漆的垃圾，我估计现在的我将死无葬身之地。

在等着挨彦辰批的时候，谁知道他忽然用力地捉住了我的手腕，将我带进怀里，我瞪大了眼睛看着他不知从哪里变出来的湿毛巾，开始像擦洋娃娃般一样将我的脸擦了个遍，末了推着我朝洗浴间的方向走去："快去洗澡，一股烟味。"

"啊！那这些样稿……"

"还不快去！"

我见好就收，立刻往嘴上拉了一条拉链，转身就跑。

半个月之后我才知道，以秦彦辰的腹黑级别来说，他会这么大发慈悲不追究我的责任肯定是因为他有了更好的计策！而我当时竟然傻乎乎地被他的好给感动，想一想我肯定就是脑袋被门挤了！

不过这些都是后话了。

又过了几天平淡无波的日子。

"好困喔。"

打个呵欠来到厨房间给自己倒一杯水。

赤脚却并没有想象中的冰凉触感，毛茸茸的地毯非常舒适，自从被彦辰捡回家后我就一直想要去研究生物的归巢性，看看像我这样在陌生环境待再久依旧会每晚焦虑的人，是不是真是异类。

对于失眠的人来说，深夜里的光束无疑是最有魔力的吸引，彦辰的房间门缝里还透出一丝光亮，我很想去告诉他，这样无休止地熬夜，他迟早有一天会猝死。可我同时也能想见他的反应，完全不理会我继续低下头工作，抛出一句话："你不也是天天熬夜？"

"不一样的好么，我们一个是主动，一个是被迫。"

如果可以选，我才不想每晚都和失眠约会。

好吧，其实我只是想找个人陪我说话，显然冰山彦辰不是个好选择。闭上眼自动将他房间的光线忽略，依稀感到酒红色沙发上仍有光亮在闪烁。

该死的手机。

真不懂自己怎么会那么冲动，找出艾伦送的手机卡发呆看了一整个下午，然后就鬼使神差地控制不了自己，双手比头脑先一步反应，关机、换卡、再开机。半个多月了，自从那条短信后，我就宛如从这个世界凭空蒸发，只能活在自己关乎艾伦是否有疯狂寻找我的想象之中，更是忘了有多少次试图将旧卡插进卡槽，却总在开机的一瞬间被抽空所有力气……

暗黑的屏幕亮了，时间像被拉长，四周寂静到可以无比清晰地听见我快得吓人的心率，"喵呜，喵呜"——短信铃音直响，我的手跟着颤抖起来。

一条条短信扫去，全是艾伦！

"安娜？你怎么突然来上海了？你现在在哪里？"

"为什么手机关机？"

"听说西郊花园附近出了起车祸，上帝保佑那不是你，开机回电话好吗？"

"Honey，这是第一百条短信了，我爱你。你……还爱我吗？"

爱，我爱。

脑袋无意识地点了点，心里像被车轮"轰隆隆"地碾过一般，他知不知道我已经目睹他背叛了我，他把怀抱给了她，亲吻给了她，心里是不是也多了个她，来跟我楚河汉界，分庭抗礼？

指甲陷入肉里的疼痛依旧填补不了内心的荒芜，失望像潮水狠狠扑来，将我浇得浑身湿透。

这样的"我爱你"简直廉价得糟糕透了。

可是……

艾伦，我过去十多年里都有他的影子，他就像是我的互补体，我性情温吞总是无意识活动频繁以致惹出各种状况，他思路清晰讲求目标与结果，我不了解他的事业，只知道他能力卓群；他却清楚我的一切喜好，知道我喜欢小孩和鲜花，爱吃薯片与巧克力，我们一直像灵魂伴侣一样合适，甚至能在对方身上找到自己需要的那一部分灵魂缺角。

这样近乎完美的未婚夫，我从未想过有一天会失去他，伴随"失去"而来的是浓度过高的痛楚，连吗啡都无法缓解，所以我顺从自己的内心，缴械投降。

食指压下一个个属于艾伦的号码，然后……

"安娜，是你吗？"听着他激动的语调，我的喉咙哽咽。

"是哪位？是不是安娜出了什么意外？请您出声好吗？"他的声音彬彬有礼，却也有难掩的焦虑，我动弹不得，沉默着眼眶开始泛红，想哭并不是因为他的背叛，只是因为在离家这么久之后终于听到了他的声音，远得像是从云端传来一般。

"安娜，我知道是你，拜托你说说话好吗……"艾伦小心翼翼放低声音，像是担心吓跑一只兔子般温柔，"你只要告诉我你现在在哪里，我马上就去接你回家！"

我捂住嘴巴，眼泪逐渐模糊掉眼前的世界，只能将听筒离得远一些，别过头捂住嘴不肯让他听见我示弱的哭声。

"说……话……"他哀求道，"安娜……"他轻唤我的名字，一如往常的声音里开始掺杂欲哭的悲感，"我知道是你，如果你不肯说你在哪里，那我们一个小时后约在人民广场的花园正中雕塑前见面好吗？我会等你，直到你来。"

我张开口，正努力想要挤出一点声音，最终都只是徒劳，泪水已经张狂地流了满脸，将整个话筒都浸得湿湿的，却流不到话筒的另一端。

挂了电话，整个人虚弱得不停发抖。

找到艾伦在电话里提及的那座雕塑时，已经是四点半。冬日稀薄的暮阳冷淡冰冽，所有路人都霎时成了皮影戏里只会活动的剪影，我的艾伦，就在那里。我清清楚楚一眼就找到了他。

棕灰色外套，俊朗的面容上蒙上了一层无奈的愁雾，他靠在石柱上双臂环胸，目光没有移动没有搜索几乎与石柱融合为一，好像我不出现他就会天长地久地等下去。

天长地久？

我笑得惨淡。

有那么一刻，我差点就不顾一切地飞奔过去，因为不想再让我的艾伦在冬风中受冻，可又在看到他抬起手看表的那一刻脚步停滞，记忆电光闪石，让我头痛，我想起就是他的这只手是如何温柔地穿过那个女人金黄色的头发，想起那辆艳红的跑车里残留下另一个女人的香水味……

不行！不能这样轻易原谅！

转身，裹紧外套。

在坐进出租车前我伸出手猛地抓住一个从旁边经过约莫十五岁的年轻女孩，她被我惨白的模样吓了好大一跳。

"麻烦你，"我的声音都在打颤，"看到那个男人没有？靠墙上那个，麻烦你过去跟他说，他要等的人不会来了。"冰凉的手从口袋里掏出两百块，堵住那个女孩子想要拒绝的话语。

"赶快走！"我迅速拦了辆出租车，生怕再晚一秒我就会后悔。

不断捂住双手在呵气，可是连气息都是发抖的白烟。

回到家已是夜晚，一直将自己关在房间直到刚刚才稍微能出来见人。

我换了个躺卧在沙发上的姿势，环住小腿，红肿的双眼上方敷着的冰袋早已失效，我也将手机卡抽出换回彦辰送的那张，代表我和艾伦感情的那张卡放在贴近心脏的位置，却觉得被压得就要透不过气。

我揉了揉眼角，望着房间的方向，迈开的步子开始犹疑，因为我无比清楚地知道就算我进去躺上床，也只能是瞪大了眼睛看着天花板数数睡觉而不是真的呼呼大睡，不行不行，我再不给自己找点事情做我一定会发疯的！

目光扫到客厅对角的吧台，彦辰保存完好的红酒此刻像个光源体，发出致命的诱惑。

咕噜一下滚下沙发，一连数杯红酒下肚，空空的腹部烧得难受。头疼得要炸开了，哆哆不知道什么时候醒的，像是知道我不开心，呜咽着绕沙发转了好几圈，时不时过来舔舔我的脚趾，笨拙地安慰着。

头一沉，好像压在了某个硬硬的物体上。

迷迷糊糊间我抬起头，咦？这不是我的衣食父母嘛！

好像被扶着进行了无规则运动，一路跌跌撞撞似乎走了好远还转了几个圈，然后终于"咣当"一记倒下，身体被人力推动继而靠到了比较柔软的枕头上，我眼角眯起看着头顶上这个忙碌不停、模糊不清的饲主："嗨。"原谅我在又困又醉的情况下，根本不知道将会说些什么，只是毫无疑问，必定句句带刺。

他理了理我的被褥，似乎抽身要走，被我一把扯住袖口。

"不许走！"

他疑问地看着我。

我嘟哝道："彦辰，你有没有爱过人？"

"什么？"也许是我的声音太过呜咽，他没听清。

"我猜你肯定没有爱过人，你一天到晚都在耍酷，将自己的心门封得那么紧，既不温柔也不体贴，从来都习惯别人按照你既定的方式去生活，太自大太狂妄，甚至还没有唐恩浩那朵桃花可爱。"

我双脚开始乱踢，将他好不容易给我盖起来的棉被统统踢掉。

彦辰双手交握，头微偏注视着我，没有不悦的表情。

"咚咚咚！开门！"我吸了吸鼻子，举高手对着他胸膛的位置敲了起来。

他挑眉看着我。

"咚咚咚！请问有人在吗？"我再次对着空气敲了敲。

他不置可否，仍旧看我。

"乖啦乖啦！小朋友把门打开，姐姐给你吃糖……"我坐直身子摊开双手做出一副期待和哄小孩子的认真表情。

彦辰终于忍不住笑出了声，不是讥讽的嘲笑或冷笑，而是露出我印象里仅有一次的真正的笑容，他削薄的唇弯起优美的弧度，一双眸子不复往昔的冰冷，反而带着柔和的光芒。那笑容明晃晃得太耀眼，以至于让我突然有一瞬间的清醒。

只是觉得有白色的雾气慢慢蒸腾到我的眼前，有一股暖流随着空气被我吸入胸间。

一定是酒醉的幻觉。

"睡吧，洛丽塔。"他拍拍我发呆的脸，我也跟着开始傻笑，这是神志不清的最后一个阶段。

折腾了整整一天，我决定在酒精中结束失眠，也许醒来后就会发现这只是一场梦，我的身边依旧有艾伦的爱情保驾护航，那是即便有立可白也涂抹不掉的爱情。

桃夭

第三章 你是天使，忽然闯进我的生命

——不要悲伤洛丽塔。

——我会陪你在这里，直到你可以真心微笑为止。

推开房门，俯身看熟睡的她。

还保持着婴儿般抱膝的姿态，都说人在极度缺乏安全感时，会本能地恢复到在母体中的姿势，下蹲、埋头于膝内，这样才能放松，才能找到温暖。

她不快乐，我一直都知道。

欢颜是她善意的谎言，笑容是她不尽完美的伪装。她笑起来的时候都有浓郁的悲伤掩映其下，我不知道那些悲伤从何而来，医生说她受到失忆伤害，过去二十多年统统变成一纸空白的人，心下会有极大的不安定因素，而这一场灾难的始作俑者，是我。

眼睛注视着她姣好精致的睡颜不忍移开，细密而长的睫毛……她很美，不是那种圈子里脂粉下高贵华丽的美，而是最自然清新的本真之美，是惊心动魄的美。想象起那双大眼睛里调皮撒娇起来的光彩，我失声而笑。

她的气息很近很近，萦绕在我的鼻间。我帮她掖好被角，抚过遮到眼睛的刘海，洛丽塔尚未消肿的双眼又流下一串清泪。

今晚，她哭了几次？又喝了多少酒？

忍不住动手拭去她的泪，心里飘过柔软的甜蜜。像受了蛊惑般，我在她眉心印下轻轻一吻，呼吸竟渐渐有些乱了。有些好笑，在她面前居然像个青涩的小男生，她忽然翻了个身，嘴里还蹦出极微弱的一句呢喃："要……快乐……"我一怔，合上房门。

听闻世界上所有的"狭路"都是为了"相逢"而设，我想起捡到"洛丽塔"那戏剧性的一幕。

一个月前，公司正在处理和美国洛杉矶一家公司的合作案，我因连续通宵忙活两天正拖着疲惫不堪的身子开车，却无奈突然接到的一个电话彻底打乱了我所有的冷静和理智。

是沈之蔓。

她笑着说："彦辰，我回来了。"

我想不到三年之后的自己居然还是会被这样简单的一句话击得溃不成军，这不像我。

我有些烦闷地挂掉电话，想不通这个女人的目的，也不想再妄加揣测，上帝许是看到了两个兀自失神的人，好心一牵，接下来的车祸便顺其自然地发生了。

我挂着5挡转弯，车速极快，正好对上不顾红灯还在横穿马路的她，我暗呼不妙，急忙踩下刹车，可惜已经晚了。脑海里最后一抹画面便是她为挡住车灯捂住眼睛皱眉的模样，脸上全无慌张。

下车，周遭一片倒吸冷气的声音，眼前是触目惊心的血，她躺在中央，宛如一朵染了颜料的白莲花。

是一个极清丽的女孩子，小巧白皙的面庞，尖尖的下巴，人很瘦，最吸引我的倒是那双浓密修长的眼睫毛，此刻像蝶翼一般扑扑直闪，她的秀眉蹙起，似乎忍受着极大的痛苦，脑袋和身上汨汨流出的血液在寂静的深夜里发着鬼魅的光。

我揉了揉额角，强迫自己镇定，立刻拨通医院的电话，定下床位直接将她送过去，丢下命令一般的嘱咐：一定要尽全力医治她！

眼看着手术室的灯光亮起，我这才匆忙赶回公司处理未完成的事情。

为了一个女人魂不守舍，结果撞到了另一个魂不守舍的女人。

这个世界一定是疯了。

再次见到她，是在车祸第三天。医生打电话通知我，她醒了。

"秦总，这位小姐有可能因为脑部撞击而造成失忆了。"我的主治医师面色有些为难，这倒真不是个好消息。

病床上的她头发凌乱地贴在颈侧，在温暖的阳光下泛着金光，那张白皙的脸蛋十分纯真，她看了我一眼，目光呆滞，继而又将头偏过，扫向窗外湛蓝的天空。

曾有不少女人用目光膜拜我，有轻佻的有暧昧的，也有迷恋疯狂的，但至今从未有过人对我视而不见得这般彻底。

他们在讨论该如何称呼她，不知为什么，"洛丽塔"这个名字不受控制地从我舌尖吐出，可病床上的她看上去很不满，急得双颊通红。我很想笑，觉得要理解她是不能用常人的思维方式的，车祸九死一生又摊上失忆，居然还对名字这般在乎。

下一秒她居然像疯了一般滚下了床，我难以想象一个瘦弱的女孩子竟会有如此大的爆发力，她将橱柜里自己的衣服紧紧抱在怀里，像个小兽般阻止我们上前接近。

一个失忆的人怎么会对自己的东西这样依恋？

而且还是一张有些磨痕的手机SIM卡。

她愣愣地看着我，眼里不再是呆滞和排斥，而是漫天盖地的无助和乞怜，我突然疼得心里一窒。

我第一次见到沈之蔓时，在漫天的雨帘里，我看不清楚她的模样，只是那一双哀怜的眸子和紧咬住嘴唇倔强的模样，日久弥新。

洛丽塔长得并不像之蔓，可刚刚那个太过相似的表情，突然让我温柔下来。

护士和医生都是一副震惊不已的表情，因为我正在替她揉着回血肿起来的手背。她的皮肤细腻光滑，看上去家庭背景应该不错。这样的女孩子成长环境一帆风顺，往往更脆弱。

我朝她伸出手，安抚之下，她终于同意我拿走衣服。在药物的作用下，她渐渐入睡，但我不小心碰到枕头，竟是泪湿一片。她眼角的泪痕犹在，我叹了口气。我知道我也许会摊上一个包袱，可意外的是，我竟然不怎么排斥这种附加的感觉。就像久未放晴的天空，突然从云层里射出一道光亮，让万年没有情绪起伏的我，再一次动容了起来。

是寂寞太久了吧。

接下来的几天，我一面工作，一面听着医院里随时汇报关于她的消息，秘书竟然惊讶地说："秦总，您……怎么突然爱笑了？"

是吗？笑容变多了吗？原来医院里的洛丽塔做的那些事，隔着听筒都能让我感到愉悦。

我不得不说，洛丽塔的心理年龄真的很小，这个名字简直就是为她量身打造。

都说漂亮的女人很多男人喜爱，漂亮又可爱的女人很多叔伯阿姨喜爱，漂亮又可爱又嘴甜的女人很多大姐姐喜爱，漂亮又可爱又嘴甜又有礼貌的女人呢——全部人都爱。

于是，洛丽塔住院短短数天，便赢得所有人的关注。

说也奇怪，她自从那天注射镇定剂醒来之后，就像变了个人。我再也没见过她泫然哭泣的神情，取而代之的总是一副笑容爽朗、调皮可爱的模样。听说就在失忆又毫无证件证明身份的情况下，她要出院都有很多人愿意接她回家。

比如跟我一样拥有VIP套间的某银行高层董事邀她当自己的干女儿，号称送她一整栋别墅；比如某钻石小开为了追求她，求她收下一整座假日浪漫满屋；再比如某公司董事长声称旗下所有连锁旅店，她无身份证均可随意入住。

我撑了撑下巴，有些后悔那些电话并不能像电影一样，完全还原洛丽塔这些日子在医院里如何跟他们打交道的场景。

我开了张数额不小的支票，准备驱车去医院看望她，却不料突然接到母亲的电话，说有要事要跟我当面详谈。

自从三年前，父母动用一切手段阻止我和沈之蔓的婚礼之后，我就很少回家。父亲是驻美外交官，公务繁忙，这个偌大的家一直都是由母亲操持。贵族出身的母亲拥有良好的品貌和气质，我曾经怎样也想不通，为什么她会褪去所有的包容和宁静，坚决不肯退让："你若执意娶沈之蔓，就再不是我的儿子！"

可我还是固执地操办了一场婚礼，只可惜最后等来的惟有一袭空空的新娘婚纱。

沈之蔓，不辞而别。

自此以后，我度过了一段略显黑暗的时光，我开始逃避这个家，也不再爱多说话，跟着恩浩沉迷于声色场所，直到知晓之蔓离开我这背后隐藏的真相。

"彦辰，今晚回家吃饭吧。"

我将电话移到左手，继续签文件："电话里直接说吧，晚上没时间。"

她似乎等了等，再度开口："车祸的事，你打算怎么处理。"

"我自会处理妥当。"

她有些急："你已经为了一个女人耽误过自己，我不希望再来一个像沈之蔓那样的女人缠着你。"

我语气有些不耐烦："她没缠着我。"刻意不去点明"她"指的是洛丽塔还是之蔓，"妈要是没什么事，我先挂了。"

她叫了我的名字，我很快切断。

明知道那件事情不该迁怒于自己的父母，却还是感到没来由的心烦。关于车祸的事情，如若处理不妥，一旦见报，将对Fairy Tale集团的形象产生极大的负面影响。母亲本意怕也是担心我，只是说出口的话却不自然冲撞了起来。

明明互相关心的两个人，所作所为却总与想法背道而驰。思虑稍一频繁便觉头疼得厉害，自从撞到洛丽塔，我一直没有好好休息过，刚准备给自己放个假，可惜第二天一大清早又被来自医院的电话吵醒。

我以为是洛丽塔又胡闹了，却没有想到，母亲她居然亲自去医院"探望"了洛丽塔！

　　我即刻驱车赶往医院，心情难免沉重，担心洛丽塔会被母亲的话伤到。我找遍了整整一层VIP病房，都没有她们的身影，顿觉不妙！

　　心里设想过千种可能，可结局无外乎是母亲逼着洛丽塔自动离开，并且保证对此缄口不言。不知为何，只要我一想到有可能再也见不到那个鬼灵精怪的丫头，心里便泛起一股隐隐的酸涩，更奇怪的是，这种酸涩随着找寻她的时间愈长反而愈加强烈。

　　心下无端升起一股莫名火气，却在那抹身影闯入眼帘时忽然降温。我第一次发觉，她的声音竟会这般清脆、动听。哪怕是叽叽喳喳喋喋不休地介绍自己，等等……失忆的洛丽塔居然亲密地勾着我母亲，字字铿锵地"介绍"着自己？

　　"我叫洛丽塔——这都是那个凶凶的秦总给我取的。"她吐了吐舌头，我看着母亲也配合地撇了撇嘴。

　　"其实我还蛮喜欢这个名字的啦，我应该是上海人，不过我可能也在美国待过，因为他们都说我说话有美音。嗯，我喜欢看流行杂志、吃东西、玩各种小孩子玩的东西，另外我还很能干哦……"

　　她在说起自己"能干"的时候调皮得在脸侧摆了个"V"字手势，逗得母亲一脸宠溺地笑，想不到我喜静的母亲居然丝毫不反感这种聒噪，反而还轻拍着洛丽塔的手臂。

　　母亲注意到我也在，笑着招招手让我过去，洛丽塔则瞪大眼睛，明显变得局促起来，我这才记起她刚刚似乎用"凶凶的"这个词形容了我。

　　我忍不住挑眉咳嗽了一声，目光阴寒地盯着她。洛丽塔果然如同一只动作敏捷的小猫般"喵"一下往我母亲身后跳去，这下把我们都逗乐了。

"妈，你怎么突然来了。"还是微微有些埋怨。

洛丽塔居然开始抽搐，瞬间换上一副惊悚的表情："什……什么！你们……你们是母子？"

"哦呵呵呵……骗人的吧，一点也不像啊，哪有妈妈这么和蔼可亲，儿子凶成这样的，好好笑。"她挥挥手打起哈哈，笑意填满了脸颊上的一对梨涡。

可是我们谁都笑不出来……

我从没见过一个女孩子可以有那样精彩纷呈的表情，羞愤、后悔、尴尬、憋屈……布满了一整张通红的小脸。其实还是多亏了洛丽塔，让我们紧张已久的母子关系得以缓和。母亲临走的时候居然还笑着嘱咐我："这女孩子单纯可爱，很不错，这次车祸你要好好负责，别亏待了人家。"

负责？我细细琢磨了母亲口里这暧昧的两个字，最后却鬼使神差地掏出西装里开好的支票，递给她。

可是洛丽塔……她却像只受到惊吓的猫咪般活力充沛地跳下床，"你……要赶我走？"

"不是赶你走，这是车祸的赔偿，足够你以后的生活开销了。"

她像没听到般："可是我住哪里？"

"有了钱，随你所愿。"

她摇摇头："我不要钱，我要住在这里。"

我有一瞬间觉得自己这么做是错的，尤其是在她愤愤接过我让护士提前打包好的行李的时候，那眼神足以让我死千万次。只是我实在想不通，怎么会有人对医院这么冷冰冰的地方产生依赖感。

洛丽塔终于还是离开了。

我站在高楼看着她的背影，数到第七十二步的时候，她一拐弯，我便再也看不见了。

想从胸前的西装口袋掏出一支烟来，却发现左心房的位置空了一块。

穿过走廊，来到花园，似是想去她走过的每一个地方再找寻一下她留下的痕迹。

耳际响起一片儿童的欢笑声，可我却心灰意冷。不是因为我身边没有了洛丽塔，而是我意识到，以后所有的欢笑声里，都再没有她了。

洛丽塔的声音很好听，笑靥很灿烂，表情很丰富，可是，那都是过去了。

去停车场取车的时候依旧有些心不在焉，神思却在看到洛丽塔的时候，悉数自动归巢。

她依旧是那副呆滞的表情，腮帮子高高鼓起，手里摩搓着一张小小的卡，是那张SIM卡。

"还没走？"太过激动致使我一开口就后悔，这是赶人离开的话语，可她似乎并未在意，回头给我一个快乐的笑容，将SIM卡不着痕迹地藏起。

"嗯，谢谢你这段时间照顾我，要回家了吧，替我向阿姨问声好哦！"她见我握住车把手便大方地对我挥挥手，"拜拜。"

我点点头，"啪"地一下带上门。明明想要回头留住她，明明不想要再次放掉转瞬即逝的机会，一想到未知的未来里面我们也许再不会相逢，我终于在车子开出几十米后踩下刹车，将头探出车窗。

"要去哪里，我送你吧？"我又想咬掉自己的舌头，什么时候开始秦彦辰你变得这么乐于助人了。

她一愣，旋即笑开颜来摇摇头："不麻烦啦。"然后用眼神示意我的右侧有车子要驶离，劝我加速通行。我有些失望，重新坐进车内，却想不出一个让她不忍再拒绝的开场白。

大概是停了好久不动，她终于好奇地走上来敲敲车窗，我摇下玻璃。

"你不会跟我一样失忆不记得回家的路了吧，所以停在这里挡住其他车的通道。"她右手撑住我的车顶，低头笑看我。长长的公主大卷发垂向一侧，遮住浅浅的梨窝，她的笑容很可爱，也很狡猾。

顺着她的手指向看去，我才发现身后早已经聚集了好几辆车在不耐烦地按着喇叭。我有些局促，却突然出声："上车。"

接下来的对话我充分认识到两点，我在商业上能说会道的战斗值在她的面前通通成了负数，还有就是男人和女人的思维，果真是天差地别。

所以后来跟她相处，我自动开启静音模式，一切交流全用眼神解决。只是有可能我眼神表达思想的功力还不太到位，以至于总是显得过于凶恶，把她吓到。

糊里糊涂的，我真的把她"捡"回了家。

洛丽塔是这样强调的，她说我"捡"到她这只宠物回家，绝对是这辈子做的最正确的一件事了。

起初我不信，可是后来，由不得我不相信了。

我以为她进了我的公寓至少会觉得局促，可没想到这完全是低估了她的适应能力。

"不错嘛！"她挑挑眉，然后高分贝尖叫，"啊啊啊！拉布拉多！"下一秒哆哆整个身子都挂在了她的身上。我皱眉，没想到这个丫头不止跟人自来熟，连狗都格外喜爱她。

我用眼神教会了她很多事，比如……我不喜欢别人随意更改屋子的摆设，我不喜欢陌生人进我的房间，我不喜欢屋子里多出很多太女性化的物品。

当然，这些都被她愤愤地定为怪癖，我摊摊手，不置可否。然后一转身就听见她咬牙切齿地对哆哆说："快！去咬他！"

可是现在，家里四处都会有她刻意留下的痕迹。她真的那么单纯或者说傻到以为我看不见她的小动作？

牙刷杯换成了凯蒂猫，碗碟新添了很多素淡的花色，而屋内更是随处可见的粉红色：粉红色的手机、粉红色的外套、粉红色的玫瑰喷雾、粉红色的唇膏……她笑，露出一对浅浅梨涡："这是魔法哦！拥有粉红色的人会得到上帝的眷顾，然后丘比特就会'嗖'一下射出爱神之箭，再然后，就会有人爱上我啦！"

她不知道，她笑起来有多温暖明媚，笑意满满绕进她的眸子里，就像是一切温暖的始发地。

或许，洛丽塔她本身就是上帝的杰作——一个粉色的天使，只是这个天使太过忧伤。

记不清多少次回家，都会看到她蜷缩在那个酒红色云朵般的沙发里，整个身子陷进去，兀自望着窗外的风景失神，那个画面，像极了玫瑰丛里殉情的朱丽叶，太美太夺目。

其实我很想告诉她，她是适合欢笑的，明明肿着眼睛还要强装笑颜实在太难看，如果真的想哭，就哭出来吧，我的肩膀可以随时借用，借了不还也没关系。

有人说过，感情的戏里谁先输了心，谁就先输了一半。

在我们的这场戏里，我对她不是一见钟情，从怜悯到喜欢，我用了三天时间爱上她。明明知道她的演技实在是太差，可我还是乐于陪她入戏。

　　我想要好好珍惜她，将她放在手心里，小心翼翼地照拂。她应该快乐无忧，她应该永远住在童话圣殿里。可每多看她一眼，我的心疼就加深一分。她总把自己锁在一个人的角落，不给我靠近的机会，然后抹抹鼻子，没心没肺地冲我开着玩笑，她总是肆无忌惮，可我的心却忽上忽下，常常漏跳半拍。

　　洛丽塔这只被我"捡"回来的猫，其实特别会麻烦人，所以你得随时看好她。她常常会忘记吃饭，忘记按时睡觉，她总会迷路，而且走路的时候还不看着路，所以经常会撞到树上，或者被路过的别人撞到。她明明喜欢哭鼻子，可总还要装出一副什么都无所谓的样子……

　　昨晚和恩浩一起喝酒的时候，他提议要见见洛丽塔，被我拒绝，他还十分不满："彦辰，现在年轻人都放得很开，你别老像旧社会的班主任一样，一天到晚吹着哨子。"

　　我挑眉，示意他继续说下去。

　　恩浩立刻离了吧台，一脸严肃指手画脚："哔！哔！你！和你！分开！你们之间拉开十公分的距离，下次不要让我再看到你们手拉手走在一起！否则叫家长！"

　　他见我笑了，立刻凑过来讨好："彦辰，看在兄弟一场分上，什么时候把你家那个漂亮的洛丽塔借给我玩玩？"

　　我立刻沉了脸色，吐了句："你不妨试试。"

　　许是话里寒气太重，他竟像洛丽塔往常一样，远远往后跳了一步。我哑然失笑，什么时候开始，我已经觉得生活中所有的事情都染上了她的影子？

　　前不久我留意到她的目光在电视上放出LG棒棒糖手机时便会大放异彩，这不禁让我想到她的那张十分宝贝的手机卡，应该也需要一只新的手机来容纳，可为什么我的心底有些奇怪的感觉，我竟然和一张手机卡吃起醋来？

刻意挑了一个特别的场合想将手机送给她，可她竟然对我"一起吃饭"的提议不情不愿。我强迫自己抢先离开家，以命令的口吻告诉她，我在楼下等她！她愤怒得简直要咆哮出声，可最终只得讪讪向我妥协。她不知道她这样心不甘情不愿，偏偏面上还得露出一副毕恭毕敬十分欢乐的表情有多么可爱，以至于我总忍不住想要逗逗她。

洛丽塔的鼻尖微红，眼圈也还有些红，睫毛像蝶翼般忽闪忽闪，鼓着腮帮子一副敢怒不敢言的模样朝我走来。

她嘟哝着问我要带她去哪里，我眯起眼，该怎么告诉这只小馋猫呢？

难道就说，去你上次广告里相中的那家。她肯定会歪着头想好久，然后我补充：就你眼睛大放异彩恨不得跳起来吵着要去的那家，她才会恍然大悟，接着不好意思挠挠头，说："哦……原来是那家啊，你早说嘛，你不说我怎么知道呢。"

想着想着，我又笑出声来。可洛丽塔似乎很疲惫，已经靠着车座沉沉睡去。

我心里一软，没再说话，转而将车内的暖气拨至最舒适的风向，侧头注视着她红扑扑的睡颜，突然就心跳加速，再待下去我可不敢保证自己不以某种方式吵醒她，于是我干脆下车。

我有些失神，烟拿起又放下。洛丽塔站到我身后我都浑然不觉，猛一回头正好撞痛了她。

她睡眼惺忪地嘟起小嘴，再一跺脚，忍不住埋怨我，发丝拂过我的下巴，像极了惹了柳絮的微痒。我眼神一弯，突然很想揉揉她的头发。

她微愣，大概从没见过这么温柔的我。我也不明白，为何那天晚上我看她一次，便笑一次。

看她嘟起嘴来我会笑，看她将饭粒吃到了嘴边我会笑，看她一面说着"这怎么好意思呢"一面将手机往自己的口袋里直揣我会笑……从没想过照顾一只小猫咪竟会给我带来这么多的欢乐和满足，只是……她为什么突然赌气，坚决不肯收下手机，甚至还扬言要自己坐公车回家。

她不再笑，连眼神都开始排斥我，我有些薄怒，本想吓吓她让她知难而退，可惜她似乎铁了心要跟我抗争到底。

我去给她送公交车钱，她在风里瑟瑟发抖，却依旧倔强地不肯先开口服软。

心里没来由地不舒服，下一秒便不受控制地踩下油门，车呼啸而去。

洛丽塔一定会气疯了，可是她不知道，我也从没像现在这样失控过。明明想要说服自己先回家，可心却丢在她身上了，看不到她便会焦虑不安，好像拼图遗失了一块。

于是车在绕了几个弯之后，又开回到这条街，我远远寻觅着她的身影。

她在前，我在后，小心翼翼地跟随。

这多像我们之间的距离，我一直在身后，只要她转身便可以看到。只是我猜不透为何那样单纯温暖的她会一直紧闭心门，再不言爱。

黑沉的夜里突然飘起了大雨，狠狠砸向洛丽塔。我心一紧，很心疼她，刚在路边停好车，想去追回她，可惜她已随着人群上了公交，拥堵的公交车驶离站台，溅起一路水珠。

突然，很失落。

漫无目的地让跑车跟在公交车后跟了一路，看着本来近距离的路程绕了一圈又一圈，心里空空落落，却只能烦躁不安地操起拳头朝方向盘砸去。

眼看公交车就快到站，我加速超了过去，停好车在楼下等她。

她的眼神很陌生，虽然在笑，却看得我彻骨透凉，我已经后悔了那样对洛丽塔，可是我哑着嗓子开不了口，第一次手足无措地像个孩子。

我怕，怕失去她。

她双目无神，只是不停发抖。将她送到医院的时候，连医生的眼神似乎都还带着埋怨，我突然对自己升起一股莫名的讨厌——既然捡回了这只小猫，为什么不给她温暖的巢穴反而要让她受伤，愈加可怜？

病床上她的小脸苍白无力，想起她更多时候都像是一个面容精致却没有灵魂的洋娃娃，家里的冰袋自从她住进来后便多了一个功效——给眼睛消肿。

我握住她的手，懊悔不已。多想告诉她，我以为自从沈之蔓走后我便不会再爱，可是现在有了她，我的天空不再是灰色，一切，都变得不同了。

如果可以选，我一定不会再让你受这些伤害。

洛丽塔，你，可曾听到？

第四章　他是很好的饲主，我却是不乖的宠物

　　好像每次和彦辰的作战计划都以失败告终，结果都是我割地求饶，然后我再密谋计划着下一次的回击，继而再失败……

　　上次纵火烧房子外加搅黄了他的约会的直接结果就是秦彦辰把我带到了他办公的地方搁眼皮底下看着，美其名曰"这样我比较放心房子和哆哆的安全。"

　　我呸！那你怎么不让我做行政文秘之类的工作，偏偏要把我丢在编辑部当什么设计助理。我一想到若是让眼前这些精致高贵的女设计师们

知道她们的图稿都惨遭我蹂躏，就禁不住后背一阵发凉。

更何况，编辑部的人简直都是一群难以相处的异类。

右手边第一个座位上的这个男人名叫马可，据说是个gay。他将头发挑染成银灰色，爱穿蓝色的衬衫，右耳的耳钉每周要换一次。他最大的喜好是收集各类名包，并给它们取上不同的名字。自打我进来第一天他最常做的动作就是捏着鼻子走过我身侧，打击我的穿衣品味就像还在读高中的小女生。

而正靠在卫生间门边抽烟的男人叫西蒙，他大多数时间都很张扬，少数情况下异常深沉，才华横溢，且吞吐烟雾的模样非常迷人。

抱着粉红色凯蒂猫抱枕睡觉的女生叫思思，很爱装嫩，每天上班第一件事就是"分享"前一晚上偶遇的哪家店又在打折、Prada降价了或是"我的发型师最近推荐我将头发染成紫色呢，说是最近的流行色"……我认为她微微有些聒噪，可是这里面的所有人都爱她。

倒数第二位是颇有御姐风范的碧华，她身高170，微胖，皮肤很白，因此常常熬夜惹出来的黑眼圈就更加显眼。她一到下班必定没影，听说喜欢泡吧找寻设计灵感。

如果你以为我和她们如履薄冰的关系是最伤神的话那就大错特错了，每一个团队都会有一个核心灵魂人物，她掌控着每一个人的前途和荣耀。

很不幸的是，Fairy Tale设计团队里的这个人，她相当讨厌我。

卢娜今年三十，成熟精致，每天早上九点准时坐到座位上给自己泡一杯薰衣草花茶。她入行十二年，身价如黄金一般直涨，业内不断有公司想高价挖她，可她死心塌地在彦辰身边一待就是六年。

能让一个女人无怨无悔奉献最宝贵的青春，原因只有一个。

然而我的从天而降让她忽然有了强烈的危机感，那种"你敢接近秦彦辰一步我就让你死无葬身之地"的眼神扫射让我每天都如沐枪林弹雨，连带着周边一圈人都对我边缘化。在我第四十五次被她冷嘲热讽，捧着打回重做的图稿校样从她办公室出来后，写字楼落地窗外已是华灯初上，我看着玻璃窗中的自己一脸灰败，有一种巨大的哀怨和迷茫从双眼里不断溢出，整颗心跌得很低很低。

"如果觉得委屈，可以随时离开。"

她说完就踱着高跟鞋步步铿锵离开。

当天晚上我没回家，赶完稿就趴在办公桌上睡着了，醒来的时候我是靠着休息室的布艺沙发，身上还披了一件薄毯，那上面有淡淡熟悉的薄荷香气。

可惜微弱的感动笑容在我脸上尚未维持三秒钟，就再度听到那阵噩梦一样的高跟鞋声！

"我就不明白为什么和赛睿那边的合约谈了这么久都没下来。"

"抱歉Boss，我昨天真的和他们吴总约了。"

"你知道我想听的不是这些，我只要结果。还有告诉企宣部，我不同意将下一期梦花园的封面人物给苏雯，她完全没有我想要的气质。"

"……是。"

"五分钟内，给我当期的杂志内插全稿，我要送去秦总办公室。"

"好的，我这就去准备！"

蹬蹬蹬，她们如一阵风般吹过转角，我刚想深吸一口气感叹自己逃过一劫，谁知就被她的声音吓了一跳，"还有你，洛丽塔！请你分清楚这里是公司不是起居室，我给你三分钟的时间，将你的口水擦擦干净来我办公室！"

而十分钟后，我就裹着大衣围巾站在了公司楼下的寒风里。

从小生长于时尚圈子的我对时尚是抱有朝圣的心情的，未婚夫又有多年时尚管理的经验，或多或少我都希望能在Fairy Tale多学一些相关知识，而不是像现在这样——紧紧攥着卢娜的早餐糕点要求，务必在半小时之内将一切办妥送回至她的办公室！

我刚刚买到加了一匙奶精两匙糖的星巴克咖啡，又赶到著名的Mr Pancake排队等开门，外加软磨硬泡插队混进厨房单独为卢娜量身打造一份无糖布朗尼配芦荟华夫饼，所以可想而知，我迟到了。

彼时，她正在和西蒙探讨当季的配饰潮流，听到我的声响时抬头看了我一眼，然后目光移到我手中的塑封袋："早餐？"我点点头。

她示意我看一眼钟表，笔尖敲击桌子："如果我等你这份早餐等到现在，杂志内插的研讨会何时结束就不得而知了。"

"卢娜，我尽全力了。"我不想赘述其间的困难，也不想指责她的刻意刁难，更多时候我只是需要一点正能量的鼓励，让我觉得这样死命的付出也不是一无所获。

"觉得为我买早餐委屈你了？"

我不做声，她也没打算等到我的回复。

"现在大部分年轻人都是眼高手低，以为拼后台拼关系就可以处处养尊处优，Fairy Tale编辑部来过无数个像你这样的小姑娘，都妄想在一夕之间成为闪闪发亮的设计师，可是最后，还是被我炒了。"

她说的每一句话都像在拿针刺我，我不敢保证再待下去我会不会情绪失控。

卢娜拿起内线电话："告诉装帧部，三分钟后我过来。"

"Poor girl！"西蒙紧跟她离去的脚步，经过我身边时摇了摇头。

我觉得那一刻的自己，就像是被零下一度的水从头到脚浇了个透，又像是一只待宰的鸡被一根根拔掉了毛。我快步走到盥洗室，生气地将塑封袋里的东西一股脑儿全丢进洗漱台，棕褐色的液体汩汩流出，我对着镜子大口吸气，告诉自己不准哭！

秦彦辰回到家的时候见我满身凌乱地跪坐在酒红色沙发上，有难得的片刻停滞："不加班？"

"是，从今以后我都不会加班了！作为娇生惯养的公主，我恐怕实在无法胜任你的得力干将的培养！"对于我的赌气，他微皱眉："卢娜人不坏。"

"But I quit！"我并不是在征求意见，而是告知他我的决定。

彦辰眸色微暗，半晌才点头："可以，明天完成最后一件任务之后你就能离开。"

"成交！"

而我显然再一次低估了彦辰的腹黑等级，他口中的最后一件任务成功地在编辑部里炸开了锅，我亲眼看见万年表情冷艳的卢娜眼神里有一闪而过的不甘心、马克给包上色的手蓦地一抖、西蒙的烟忘了点燃、还有思思张大了的嘴巴很久都忘了合上……因为，彦辰宣布接洽Vivian的任务全程落在了我的身上，而第一件事就是去Vivian的公寓取发布会的彩妆秀样稿。

"Vivian的公寓耶，多少姑娘做梦也想成为欣赏她手稿的第一人，让她去？"

"空降兵。"

"八成小公主回去向大老板哭诉我们是怎么折磨她的了。"

"哎哟，看来一季度的奖金是要没希望了。"

思思和碧华两个人丝毫不顾及我脸色的一阵青一阵白，谈得热火朝天以至于马克也颇有兴趣地加入了她们的讨论，直到卢娜从办公室出来讽刺声才微微止住："西蒙，进来一下。"

她看了我一眼，冷冷的姿态高不可攀。

秦彦辰的司机将我送到庄园前："洛丽塔小姐，Vivian不喜欢见生人，我只能送你到这里了。"

我拎起手提包下车。

该怎样形容满目葱翠绿色闯入我眼睛的感觉呢，偌大又寂静的庄园铁门由园丁打开，我在一阵又一阵的绿色中穿沿，恍惚中以为自己跌进了绿野仙踪，无法预见下一秒会出现的是花仙还是精灵，但一定会是惊喜。

我坐在下沉式客厅里等待女王，脚下是深玫瑰红色的波斯地毯，火炉把整个房间烧得跟夏天似的，浓郁的花香一直冲到鼻子深处。楼梯上传来高跟鞋清脆的声音，我紧张站起，然而在含笑的Vivian自楼梯上一阶一阶下来时，我却找不到语言来形容此时我的震惊。

绯闻对象、秦彦辰的、鹅黄色套装、咖啡馆、彩妆创意……全部堆砌成了眼前这个气质高贵的女人，她竟然就是时尚界的Queen V！

"你好，洛丽塔。"她言笑晏晏，示意失神的我坐下。

"Vivian？"依旧不肯相信。

她微笑："是我向秦彦辰推荐你来拿样稿的，只有你拿我才不用费心多做解释。"

我想这简直是这一周以来我遇到的最好的事情了！我接过她的文件夹抱在胸前："请您放心！我一定会用生命来保护它们！"

"打开看看。"

主打的是蝴蝶彩妆。

低调又不失华贵的蝴蝶慵懒地停在模特的眼睛下方，宛如从肌肤里生长出一样，连纹理的走向都如艺术品般精致到一分一毫，我惊叹道："太美了！"

"是你给了我启示，彩妆的灵魂理应和服装、鞋子、包包一样，它们都需要情感。这套'振翅而飞的蝴蝶'的妆容效果就得益于你的胎记小故事。"

"蚕蛹破茧成蝶的过程很痛苦却也很美丽，这一定会是今年最美的彩妆！"我将文件夹抱得更紧了，忽然觉得连日来阴霾的天空都被一扫而晴。

她送我出庄园门，不知为何，她整个人虽然有一种淡而疏离的感觉，可完全不像外界捕风捉影传的那般高不可攀，临道别前，她微笑替我理了理围巾："那天咖啡馆的相逢真是有缘，其实你刚开口我就知道那些话和借口都是假，因为那天我和秦彦辰根本没有约，不过还是很谢谢你的出现，我也告诉过秦彦辰，我很喜欢他带来的洛丽塔。"

我颇有些尴尬地和她挥手道别。

这整件事自此才真的是由点串成线再串成了面，秦彦辰打一开始就知道我擅自做主去找了他的"绯闻对象"，搞砸了他的约会，在我尚在沾沾自喜时他将我丢到公司编辑部受虐，完了再以我和Vivian见面让一切真相大白的方式来结束这一场闹剧。这让我心底霎时浮起一种"你以为你掌控了一切，实际上幕后大Boss正盯着你趾高气扬的背影无情地嘲笑"的挫败感！

回到编辑部时一群人对我的敌意更明显了，尤其是在看到我放在桌上的样稿文件夹时，他们一双双眼睛恨不得都把我射穿。

"洛丽塔，进来！"卢娜叫我。"是！"

我连忙将文件锁进台面下第一个抽屉，钥匙紧紧攥在手里，然后整理了下衣襟，敲了敲她的办公室门。

都是关于Vivian彩妆发布会的极公式化的流程介绍，整个叙述的过程她没有一丝一毫的情感起伏，而我速记的速度也在此前一周被她各种不可理喻的要求给训练得非常之快，在她将最后一叠文件推到我面前时，我"啪嗒"一声合上备忘本，扬起自信笑容："没问题，卢娜！"

她终于慢悠悠正视了我一眼，目光复杂难解，但决计不是欣赏。

我没有多想。

忙完整个发布会的走场以及细节检查已经是凌晨一点，工作人员全部都累瘫了，我也十分困顿，于是在第二天一早出了那件追悔莫及的大事而秦彦辰让我认真回忆前一晚的每一个细节时，我竟真的支支吾吾一丝印象也无。

——因为我忘记检查Vivian尚未公诸于世的彩妆企划案是否依旧完整。

那些金碧辉煌的会场布置、精致诱人的甜点香槟、纷涌而至的商贾名媛，其实只是点缀，真正能够支撑起这一整个宫殿的灵魂和基石应该是Queen V即将问世的彩妆设计！而现在，它们不见了！

"不会的！我昨天明明把它们锁在这个抽屉里的！"这个抽屉只有这一把钥匙，而现在摊开的抽屉里面工工整整，唯独那份黑色文件夹不翼而飞。我四肢发软，求助似地望向眼前这群姑且可以称之为"同事"的人。

此刻她们一个个也都如惊弓之鸟，虽然有看我出丑的幸灾乐祸，也有幸亏不是自己的失误的庆幸之感，可毕竟这样的事情发生在了Fairy Tale，谁都逃不掉。饶是卢娜再会克制情绪，此刻依旧冲我提高了数个分贝的音量："我早就跟秦总说过把这样大的企划案交给涉世未深的你来负责肯定会出事情的！"

"我……"辩解无力。

"卢娜，不好了！"

"跟你们说过多少次了，遇事不要慌。"她将头发拨至耳后，回头看向急急忙忙的碧华。

"据说对手公司拿到了Vivian的彩妆企划，秦总好像很生气，正在来编辑部的路上。"

周围霎时响起一片倒吸冷气的声音。

我更加茫然了，不知道事情怎么会忽然就发展至此。

他们都让开了一些："秦总您好。"

我抿了抿唇，紧张不敢看他。

"样稿不见了？"听不出多余的情感。

"恐怕还有更坏的消息。"马可耸耸肩，"听说企划案已经到了对头公司手里。"

"全公司能接触到样稿的只有洛丽塔一人，只有她知道样稿上画了些什么，我们其余人都没有这么好的运气呢。"思思语气发酸，但不知不觉已经将矛头指向了我。

"内奸噢？"不知谁忽然冒出这一句，还伴着嬉笑。

"没有！"我急道。目光从眼前一排排人的面容上扫过，有条不紊的卢娜、斜靠着墙沿抽烟的西蒙、拨弄着包包的马可、挽着碧华瞪向我的思思……饶是我再天真也该知道这事绝对不单纯，我甚至觉得眼前的每一个人都值得怀疑，可我像抽不出线头的猫咪，只能拼命挠着爪子。这感觉简直糟糕透了！

"我要知道全部细节，越具体越好。"秦彦辰坐在沙发上，他身上带着股冷冽的气息，一动不动望进我的眼睛里，"卢娜，我要你说。"

在她平静的表述里，我盯着彦辰的眼睛看，我害怕从那里面看到一丝一毫的怀疑，我怕他是不是终于要开始怀疑我的身份了，以及我来到他身边的目的。那枚金属钥匙都快要被我攥得发烫，我感觉像吞了秋刀鱼一样，此生都不想再接受这样的羞辱。卢娜终于说完，秦彦辰站起身，明明没有靠近我，我还是不自觉后退了几步，"洛丽塔。"他叫我，可是话没有说下去，他失望的语气冰凉冰凉的，沁得人心都快要麻木了。

我第一次发觉，秦彦辰对我感到失望这件事会让我这样难过。

"秦总，接下来怎么办？"他的秘书Miss董问道。

秦彦辰看了眼腕表："先封锁消息，离Vivian的发布会还有三天，今天拟一份应急备案和公关文案给我。"

"明白。"

人群渐次散去，四周归于寂静。我瘫坐在位子上，不知过了多久西蒙走过来坐在我的对面，我想现在自己的脸色一定可怜极了。

西蒙递给我一杯热可可，我的眼眶忽然就被蒸出了泪水，我问他："我是不是真的很笨，总是会把一切都弄砸，可是我真的有尽全力，为什么还是会这样？"

他摇摇头很不赞同："在我看来，你根本没有尽到全力。"

我过激否认。

他示意我安静一些："你不觉得你现在得到的一切都太轻易了么？你认真问一下自己，你对待这份工作真的尽了百分之百的努力吗？你一直很排斥的这些东西都被我们视作生命，你收获的小小成就大部分来自于你的小聪明而非多年来一步一步踏实的脚印。我们这些人为了自己喜欢的工作兢兢业业数年如一日，付出多少心血和汗水，而你只是偶然走个过场，轻轻松松根本不需要做得多好。"

我被他说得哑口无言，甚至觉得真的有被他击中。

西蒙拍了拍我的肩："真正热爱的事业，你是不会觉得它让你受了委屈的。"

我独自在位子上坐到下班，对于即将而来的灾难感到惶恐又无助。

我给彦辰留了条短讯，表达了我的歉意，没有过多的解释，只是说如果他需要我负责我一定不会躲闪。他没有回我。

一个人漫步在街上，周边隐隐约约的灯火闪烁，四处都是装饰缤纷的圣诞树，我这才发觉，原来当初来到上海的目的这么快就要逼临了。

恍若隔世。

心脏开始冒出难以负荷的痛楚，一方面来自于对艾伦的想念，一方面来自于对彦辰的愧疚，这个时候我格外需要一个人的陪伴，打开手机看了再三，最后只能选择大桃花唐恩浩。

他很快接通，在我没头没脑吐槽完这一连串匪夷所思的事态发展之后，他问我："所以你没有对彦辰解释？"

"怎么解释？"在铁的事实面前，任何辩驳都显得那样苍白无力。

"你不会这么做的。"恩浩很肯定，"彦辰应该也这么想，他之所以不能当面维护你，肯定是察觉到了蛛丝马迹不想打草惊蛇。"

"真的？"就好像在沙漠中行走已久的旅人忽然看到了绿洲的影子一样，我激动万分，却也害怕那只是海市蜃楼，在和恩浩打完电话心情稍微平复一些后，我来到超市想着为秦彦辰做最后一份晚餐，然后也许这个失忆的游戏就该结束了，我也许会去寻找艾伦，毕竟如果我想对Fairy Tale的损失做出一些补偿，以我的能力实在是杯水车薪。

彦辰没对我真正发过脾气，不代表他是一个没有原则的人。

我一个人推着车在超市里漫无目的地闲逛，走到蔬菜肉类的区域，不自觉又像往常一样想着今天要买些什么来满足彦辰挑剔的口味，他不爱辣，拒绝甜辣酱、麻辣酱；不爱酸，讨厌醋和番茄酱；也不爱甜，从不吃冰糖、红糖以及各种糖，真不知道他是怎么和"唐"恩浩做朋友至今的。

想着想着，伸出去的手就不知道具体该停留在哪一格里，于是就只能维持这样的姿势不动。

直到——

"洛丽塔你手都不冰吗？"唐恩浩这个大桃花不知道何时出现在我眼前，他猛然凑过来的大脸让我不自觉后退三步，深呼气："喂！你妈妈没教会你不要随便出来吓人吗！"

那一瞬间我真的像被惊喜击中！他怎么会突然出现！

像是察觉到了我的疑问，恩浩很得意地甩了甩手机："手机有GPRS定位功能啊，你给我打了电话我就知道你在哪里了，听你的语气明明就在说'你快来陪陪我吧'所以我就大发慈悲来找你了啊！"

"瞎说！我那明明是嫌弃你！"无法自抑的心底感到满满的感动，可惜嘴巴依旧不肯饶人，"那你刚刚吓我干嘛，不会好好打招呼么。"

"我那是在关心你，看你一直将手伸在冷冻层里怕你想不开着凉。"

我嫌弃地冷哼一声，下一秒便不客气地将手藏进了他的后衣领里。

"啊——好冰！"

"呼，暖和多了。"

"谋杀啊！好冰好冰！"前一秒还在嘲笑我的恩浩现在四处逃窜。

"知道冰你还问我冰不冰！简直废话！"我的心情也在他的嬉皮笑脸中变得晴朗起来，也不知有意无意，恩浩虽然上蹿下跳，却没有刻意远离我的魔手，他温热的体温顺着我的右手一直传递攀缘至我的胸口。

察觉到与他的行为过于亲昵，我将手猛地收回，狠击他一拳。

"下回见到我失神请摇醒我，我可不要再陪你在大街上发疯，会被人鄙视的。"我揉了揉脸，径自推车往前走。

"才不要，失神的洛丽塔比往常更萌！"他亲密地一手勾上我的肩膀，另一只手还特意蹂躏了一下我的卷发，那神态简直就像把我当做了一个刚买回来的洋娃娃。

其实跟唐恩浩多接触接触，才会发现他跟最初的印象完全不符，整个人似乎童心未泯，有些细微的小动作带着并不让人反感的稚气。

秦彦辰依旧没有回复我的讯息，等到近八点也没有听到他的车声，连哆哆都无精打采地只吃了小半碗饭。

我忍不住给他打了个电话，意外被接通，他应该在忙，因为似乎根本无暇顾及我喋喋不休的唠叨，如果不是在我问他是不是不回来吃饭时，一个低低的"嗯"字传回来，伴随着电话那端浅浅的呼吸声，我肯定会产生错觉，是我一个人在自言自语。

"彦辰。"

"洛丽塔，我知道。"

他也不说他知道什么，很快就挂了电话。

我捏着忙音的手机蜷缩在酒红色沙发上发呆，窗帘外浓郁蔓延着无比喧闹的圣诞气氛，本来在圣诞节远离艾伦去参加一场史无前例的大师级别的发布会是一件多么幸福的事情，可惜被我尽数搞砸。

"彦辰，你不知道，你不知道一个人在上海的洛丽塔有多害怕独自过圣诞夜；你不知道搅乱了你全部计划的洛丽塔是多么懊悔……你什么都不知道。"

听到彦辰的汽车鸣笛声是在凌晨一点。

哆哆打了个哈欠，然后闭眼用爪子将竖起的耳朵耷拉了下来。

而我依旧清醒。

屋外飘了雪，我躲在大大的落地窗帘后看向屋外空旷的场地，也许是怕吵醒我，彦辰的车声格外的轻。他从驾驶座走出来，雪花纷纷扬扬洒在他的肩膀上，他也不拂去，懒懒幽幽的如同从画里走出来一样。而下一瞬让我惊讶的是，卢娜竟然从后车座里紧跟着出来。她裹着一袭黑色风衣几步跑到彦辰跟前，似乎很急切地同他争辩什么，彦辰指了指出口的方向，而后越过她朝台阶走来。

卢娜一把抱住了他，从背面。

我抚了抚身侧的烛台。

隐约有争吵声，因为深夜格外的寂静，所以她的歇斯底里能被我听得清清楚楚。

"秦彦辰，我为你付出了这么多年的青春，你就为了那个青黄不接的丫头真的要做出这个决定？"

"我说了和洛丽塔无关，是就事论事。"他掰开她的手，"卢娜我一直很欣赏你的人品，可是你做出这样的事情实在让我很失望。"

"可是你该知道的，我并没有把图稿交给别人。"

卢娜鲜少会露出这样的崩溃，正是这样的真性情才让我觉察到她其实也只是一个女人。成熟和干练是她的伪装，在面对自己真正在意的那个人时，她也只是一个需要爱的弱者。我看见她站到了彦辰的正面，双手抓住他的袖子，踮起脚尖，她想要吻他。那样不顾一切的姿态让我有些难过，以及一点点的压抑，我别过脸去。

只是心头依旧被各种疑问纠葛着——图稿怎么会在卢娜那里？而仅仅半天的时间，秦彦辰又是怎么会知道这一切的！这些事情和我息息相关，我迫切想要知道一切原委，所以顾不上寒冷，我已经赤着脚拉开大门站在了冰天雪地里，以及他和她错愕的眼神里。

"洛丽塔。"秦彦辰见到我，有些不悦。

卢娜收起了她的失态，留给我的眼神依旧是高贵和不屑。

她手里攥着的那份文件都快要被雪水浸化，后来我才知道那是一份早就在下午已经通报了全公司的辞退书。

秦彦辰调出了编辑部那一层所有出入口的监控录像，最终在电梯间以及楼道的各处监控时间比对下，确认了打开我抽屉并拿走设计图稿的人。而卢娜没有否认，她说在我准备会场流程的过程中，曾拿走我放在盥洗室的钥匙并用肥皂做了一个模具。不过卢娜因为爱他，并没有如传言般将图稿卖给对手公司，而Vivian的彩妆发布会依旧可以一如计划般完美举行。

所幸有惊无险。

屋外皑皑的白雪渐渐掩埋掉所有人不愉快的记忆。

Vivian无疑是红毯上最耀眼夺目的那颗水晶，可惜那样空前绝后如戛纳电影节般的盛典我没有去参加，卢娜出国了，听说去了意大利。我始终忘不了那晚雪夜里她悲伤的姿态，那是在爱情里面失败的女人特有的悲哀和无助，让我想起现下一无所有的自己。

我无法恨她，即使在编辑部的这段经历实在不算愉快。

西蒙说得对，我应该找到真正属于自己的世界，而非强势进入他们辛苦打拼的圈子，坐享其成。

当我把这个决定告诉秦彦辰的时候，他没有说话，只是温和笑笑，掌着方向盘的手朝我伸了过来，顿了顿，落在我的头顶，轻轻揉了揉，便弄乱了我的头发。

我的脸很不争气地红了红。

下车后，我跟在他身后，小小的鞋子踩在他留下的大大脚印里，玩得不亦乐乎。我觉得现在的一切简直安宁得无比美好，就快要忘掉院子里那棵一到夜晚就闪闪发亮的圣诞树了。哆哆的声音隔着门传出来，让我有了归家的满足感，而彦辰忽然转过身来打断我的自娱自乐，自然捉住了我的手腕，稍稍用了点力就将我带进家里。

"不愿意参加庆功宴就乖乖在家里陪哆哆过圣诞夜，不许乱跑。"

我装作没听到。换鞋子时我没忍住一直压在心底的疑问："秦彦辰，你怎么那么相信我？"

他替我摘掉围巾，又抖了抖我头发上的风雪，悠悠吐出一句："你不会这么聪明。"

"……"我觉得上一瞬间无比感动的我简直是自讨其辱。

秦彦辰给我煲了份奶油菌菇汤，带上门又重新朝会场赶去。

今天是Fairy Tale历史上浓墨重彩的一页。

今天也是圣诞夜。

我懊恼地将脑袋埋进了沙发，本来是担心魂不守舍的自己在会场出糗所以才想躲回家里，可现在发现一个人的情况更加糟糕。这段时间工作的忙碌成功地转移了我的视线，然而那也仅是治标不治本。而今脑海里以往关于圣诞的每一缕记忆，关于和艾伦共处的点点滴滴都早已深入骨血，现下化作最深的折磨反复席卷而来。

一口气喝掉了一瓶彦辰的红酒，酒杯凌乱地堆在茶几上，我甩掉鞋子在沙发上打滚，赤着的脚丫在空中乱舞，哆哆呜咽着绕沙发转了好几圈，时不时过来舔舔我的脚趾，笨拙地安慰。撑着胀痛不已的脑袋，帮它准备好晚饭后，我"啪"地一下带上门，将自己放逐到上海的圣诞夜之中。

街上四处都是狂欢的派对，衬得我一个人愈发凄清。以前圣诞夜，身边有艾伦，还有父母朋友都围坐在一起，几番嬉闹不休，甚至互扔抱枕大战三百回合。可是今年，注定要我一个人了吗？

拔掉手机里艾伦的SIM卡贴近胸口，心里很痛，忽然就想起了白天车上彦辰温软的笑。

他的胸膛结实温暖，靠过去的时候，似乎能静止周遭的一切风雪。

我笑，怎么会想起他了？

出租车司机好心问我到底要去哪里，我手往窗外一指："诺，这儿停就好。"说完还连带打了个酒嗝。

一天之内第二次站在Fairy Tale楼前，心情却如此天差地别。即便没有进去我也可以想见会场上的觥筹交错，珠光宝气……为什么时间不能快进，这样我就可以跳过圣诞节，这样我就不会有被遗弃的失落感，这样我就可以假装快乐了。

街边走过数对情侣相互拥着取暖，有人手里捧着奶茶，我眯起眼睛，隐约撇到三个字：优乐美。

我咧嘴笑开，上次和彦辰说起，我看这个广告感动死了。女生问男生"我是你的什么？""你是我的优乐美啊！"女生撅了嘴："原来我是奶茶啊？！""这样，我就可以把你捧在手心里了。"

多感人！

可是秦彦辰只是懒懒看了我一眼，回了句："喝完了就会扔掉，捧累了就会摔下来。"

当时我还瞪了他一眼，说他毫无情趣可言，可是现在的我不就是被艾伦捧累了么，摔得还挺重。

手揉揉胸口，不小心又触碰到那张卡，怎么雾气再次飘满眼眶！突然觉得我需要一个充气娃娃让我抱着大哭一场，而哆哆和唐恩浩都会比秦彦辰更适合这个角色。于是我意兴阑珊得又不想上楼找他了，脚跟一旋，转身准备走人！

我的棒棒糖手机却适时地闪起彩灯，小清新的音乐提示着有电话打进来了，我疑惑地接起。

"你杵在那一刻钟，吹完冷风就要走了？"出乎意料，竟然是彦辰低沉冷清的声音。

咦？我吐了吐舌头："你在哪儿？竟然看得到我！宴会已经结束了么？"

"我在休息。"

"哦。"手指绞着衣服，尽力平稳自己的情绪。

"有事？"

"唔……今天圣诞夜。"

今天圣诞夜，我喝醉了，一个人在外面吹着冷风。本来以为醉了就可以晨夕颠倒，魔鬼变成天使，艾伦也会回到我身边，那个女人根本就是一场梦……可惜红酒威力不够，现在这样上不着天下不着地的滋味让我痛苦得想要去死！

"嗯？"他停了几秒，我隐约听见那边有纸张簌簌翻动的声音。

"你都不祝福我节日快乐！"换个人赌气。

电话那端传来低沉的轻笑声："你不肯参加我的宴会结果还是来到这里吹冷风，就是为了一句圣诞快乐？"

许是酒精的作用，我的脸颊居然开始发烫。"不可以吗？"

他小心翼翼放低声音配合说："可以可以，洛丽塔做什么都可以。"哼！这还差不多！

"等我一下我马上下来，如果有陌生人来喂你吃糖，记得要拒绝。"电话那边的嗓音醇厚，我终是忍住了想告诉他"你讲冷笑话的功力实在不太够"的想法，扯着嗓子干笑了两声。

就当我等到快没脾气的时候，彦辰终于出现了。我张大眼睛，这才发现他手上正捧着一杯奶茶。

优乐美？

他递给我，奶茶蒸腾出的热气立刻驱散了寒冷，我吸了一口，心里怦怦直跳，又忍不住想到了那段广告词。

"这样我就可以把你捧在手心里了。"彦辰淡淡说出了我正在想的话，我冲动地跳到了他的身侧，手舞足蹈叫道："啊！你怎么知道我在想什么？"听到他说起曾经鄙夷的广告词，我已经不仅仅是激动这么简单了。

他蹙眉："你……喝酒了？"

我吸了吸鼻子，脑袋高速运转着想要纠结出一个完美的理由，既可以蒙骗过关，又不至于显得我很悲伤。

可是他似乎没打算等我的下文，就换了话题："带你去个地方。"

呃？

我揉揉眼角，他高大颀长的背影已渐行渐远，我立刻小跑跟上。"彦辰，等等我。"手很自然地去拉他的衣角。他似乎有些惊愕，脚步微滞，回过身来。对上那双深不见底的眸子，我心一慌，跟着手从他的西装衣角上滑落。

不料一双温暖的大手轻巧握住我垂落在半空的左手，瞬间一股热流传遍全身。

彦辰的手很暖，暖到可以吸走我所有的冰凉。

我忘了说话，只是愣愣盯着他孤傲的背影，呆呆地咬着奶茶吸管，任由他牵着我转过一条又一条街。

"到了。"没有反应过来他会突然停下，我又直直撞进了刚刚转身的他的胸膛。

"砰"一声，奶茶杯因为挤压而变形，尚有余温的奶茶顿时四溅开来！眼睁睁看着奶茶渍在他的胸前西装上晕开一圈圈难看的痕迹，我挠挠头，尴尬地扯出了一个笑容。

他似乎并未在意，嘴角勾起极好看的弧度，拍拍我的肩，我顺着他手指的方向看去，是音乐喷泉广场！

我仿佛瞬间从寂寥冷清的世界跨越到了一场舞会一样，四处都是嬉笑人影，情侣相携拥抱亲吻，有父母推着童车，小宝贝们手里紧紧拽着气球，而广场中央的圣诞老人正欢乐地派送着礼物，就连七彩的音乐喷泉都应景地奏出了"Merry Christmas"的音乐！

眼看我捂住嘴巴，一脸惊喜，他挑眉，语气淡淡："在这里等我，五分钟就好。"

不给我拒绝的机会他便跑开，远远看着彦辰的背影融进眼前的梦幻乐园里，像极了闯进童话的王子。

他停在舞台中央跟戴着耳麦的男人简单交谈着什么，偶尔回头看我一眼，俊美绝伦的侧脸被煌煌灯光镀上了一层金，看得我心微微一颤。

"Merry Christmas"的音乐戛然而止，喧闹的广场霎时安静了下来。

他笑容温暖，目光灼热，向我伸出手来。

我不明所以，下一秒梦幻广场竟然奏起了"The Last Waltz"背景音乐，这歌本就有一种介于情歌和舞曲之间的温柔，四周顿时响起一片此起彼伏的口哨声！

有年轻年老的情侣已经大方携手跨入天然舞池，开始踩着节拍旋转跳起了华尔兹；周遭调皮的小宝贝扯着嗓子尖叫不止，蹦着跳着不断鼓掌，一不小心就放走了手中的气球，整个天空顷刻间飘起了五彩缤纷的云；就连圣诞老爷爷也牵着身边索要礼物的孩子们闹哄哄地欢歌跳舞起来。

"我……是在做梦吗？"

他回头看向人群，声音很是温柔："你说没人陪你过圣诞节，那我便让全世界都来陪着你。"

他的笑容淡淡的，似要划伤我的眼睛。

揉揉双眼，用力深呼吸。我不想在他面前掉眼泪，彦辰的洛丽塔应该是快乐的。

周遭圣诞狂欢的气氛感染了我，配合着舞曲，他进左，我横右，他退左，我进右。他眉目一挑，我亦不甘示弱。

音乐唱到，"I fell in love with you"时，我一惊，旋即仰脸笑道："我亲爱的饲主，你该不会像歌里唱的那样——爱上我了吧？"

"……"

"要表白就快说，爱我要趁现在！"我笑意满满地点点他右肩开着玩笑，腰上的手突然一紧。

彦辰低头扫了我一眼："你想多了。"

我的脸一阵青白，果然是自讨无趣，于是我磨磨牙齿，转身就走："不跳了！"结果他没松手，我又走得太急，脚下一滑，我差点摔了下去，被他一把捞起："笨死了，跳个华尔兹都会跌倒。"

隔着这么近的距离，又闻到他身上的淡淡清香，意识到姿势有些暧昧，我脸一红，接着一连踩错数个拍子，就连他的脚也未能幸免于难。彦辰轻皱起眉，我于是毫无淑女形象可言地打了个哈欠，不着痕迹地将身子抽离他怀抱。

整整一晚我都像是踏进了梦境仙游的爱丽丝，肆意在喷泉里跳舞，踢起阵阵彩珠，时而高高蹦起，拉扯漂浮的气球，一边高喊"飞起来咯"一边回头冲彦辰笑得灿烂夺目。圣诞老爷爷被我追着满广场要糖吃，他那么庞大的身躯反而成了小白兔，而我则是吵闹着要吃糖的大灰狼。

曾经那么渴望今夜可以忘记艾伦，没想到我竟真的做到了。是谁说的，一群人的狂欢温暖不了一个人的孤单？此刻的我，心里是真的开出了花。

一直到广场屏幕上开始倒计时，午夜十二点的指针稳稳合并在那个角度，困意终于袭来。

记起我这几日平均每晚只睡两三小时，今天晚上又跟着人群折腾狂欢，现在上下眼皮已经开始打架，我怀疑我是不是站着就能够进入睡眠状态。

手在嘴上拍了两下，发出一声惊天动地的哈欠声，我朝彦辰郑重弯腰作九十度敬礼，佯装严肃："谢谢你送的圣诞礼物。"谢谢你容不得我受半点委屈，谢谢你在全世界都背离我的时候依旧无比坚定地相信我，谢谢你放下一整个公司的欢宴来陪我过一场盛大的圣诞狂欢。

夜色里的彦辰目光幽深，优雅地勾起唇角，那笑容太晃眼，足以让所有女人深深着迷。

不打算再调侃他，我丢给他一个感激的表情，认定回家的方向后，晃晃悠悠地迈开步子。他静静走在我左边，宽大的影子完全笼罩着我，我们没有谁先说话打破沉默，安享这一刻的宁静。

毫无征兆地，我的步子再也迈不动了，眼神直直盯着眼前橱窗里的那个玩具巨熊——它浑身都是细密的棕黄色绒毛，水汪汪的大眼睛笑望着我，像极了去年过生日艾伦送我的那只笨笨，看着看着，无止尽的酸楚再度从胸口冒出。

"喜欢？"彦辰双手插在裤袋里，懒懒立于一侧，虽是询问，语气却更像是肯定。

我憋了半天，觉得眼角都红了，却只摇摇头，蹦出蚊子似的几声哼哼，我说："一点也不喜欢。"

然后越过他的身子径直走了出去。

再喜欢有什么用，这家店已经关门了，更何况橱窗里的熊又没有艾伦身上的味道，它顶多只是个替代品。

昏昏沉沉坐进了彦辰车内，他凝望我许久，突然拍了拍我的肩，故作神秘："等我一下。"

大脑已经接近迟钝状态，我支吾数声，记不清过了多久，只觉眼皮快要合上的那一刹那，双手一抓便抓到一个柔软舒适的身子。

咦？艾伦的熊怎么跑到这里来了？可是笨笨后面的那张脸……怎么会是彦辰？

这就好像是圣诞老爷爷打了个盹，本来应该把艾伦装进白色袜子里给我送过来，结果我发现，白色袜子里蹦出来的居然是彦辰。

好诡异！

他挑眉，我揉揉眼睛，拆下熊上面挂着的卡片，彦辰居然在上面画了一个被怪兽欺负的洋娃娃，然后这只熊英勇现身，一脚踢飞了怪兽。

我大笑，用食指弹了弹他胸前西装上的奶茶渍，没来由的感动混合着酸楚再次浸满心肺。

这只怪兽太丑了，一点也不像我的艾伦。

他躲在熊后，粗着嗓子说："小妹妹，熊哥哥带你回家洗洗睡了。"我应声而笑。他启动车子，我接过熊转向车窗外，埋头于熊的肩膀，涌出眼眶的泪水都被我蹭了上去。

彦辰，谢谢你。

透过反光玻璃对上他温和的笑容，我在心底低声说。

桃夭

第五章　有他陪伴，哪怕山崩地裂天地易容，也只管淡淡一笑

钥匙伸进门孔，咦？我明明记得我出去的时候有反锁啊！难道彦辰今天回来了？

我掰着手指头数数，要知道距离上次圣诞夜他大发慈悲送我一份大礼之后，我已经连续三天没有见他回家了。就连我拎着爱心午餐好心好意地去公司探望他，想要对他久久不归家抒发一下我的关爱之意，他竟然都避而不见！

现在他难得被我抓个正着我怎么可能放过，于是我大力推开门吼

桃夭

道："我回来啦！"一面寻找着彦辰的身影，一面在心底组织着待会儿拷问他为什么自圣诞夜之后就一直躲着我的原因！

只是，彦辰不在。

一回头我却看到从他房间里走出了一个身段袅娜的女子，她很美，举手投足间都带着淡淡的忧郁和高贵的气质，眉目温婉清欢，又似染上些许妖娆。

她见到我，有一瞬间的微愣，旋即眉眼里都换上了艳艳的笑意："你好，我是沈之蔓。"

我没看错吧？"生人勿近"的彦辰房间里居然凭空冒出一名陌生女子，而且还是一名无论从正面、侧面、站姿或是坐姿上看，都完美到无可挑剔的女子。

这就好比有人突然一棍子把我击昏，然后我醒来发现：现在我所经历的一切都是一场梦——我还在美国，艾伦也正挽着我踏入红地毯一样不可思议。

我定了定神，报以甜甜一笑。目光扫过她左手中指，我一眼便认出那是Cartier三年前让世界瞩目的那款情侣对戒："海洋之星"。传闻它是世界顶级设计师应邀打造，历时半年呕心沥血而成，全世界只此一款。

贵公子一掷千金为博红颜一笑，只是我没想到沈之蔓竟然是那个传奇的女主角。现在它正安稳地戴在她白皙的手指上，晕染开细小深蓝的光芒，静婉、清幽，与她很是相配。

沈之蔓留意到我的目光，莞尔一笑，凉凉的笑意绕着眸子，却始终绕不进眼底。

她挑眉，神色里微染胜利者的娇羞，径直越过我的身子走向哆哆。

她俯身亲密地抚着它的毛发，哆哆眯起眼睛，很是享受——他

94/

们，应该也是旧识。

沈之蔓突然笑得温婉，柔柔软软地问我："洛小姐，会煮咖啡吗？"

"你认识我？"我张大眼睛，满是好奇。

她优雅起身，看着我笑："边喝咖啡边聊吧，我想，我们可能需要好好聊一聊。"

她眼底浓浓的深意我一时读不懂，只不过，我本着来者是客的信念，更何况我还想好好八卦一番她和彦辰之间，是否真如我所猜那样有一段凄美无比的过往。所以我瞬间端来了两杯咖啡。

天地良心！我绝对不是故意的！

都是被彦辰那个家伙毒害，以至于我没给第三个人煮过咖啡，于是在沈之蔓喝了一口便优雅地蹙起眉毛之后，我才想起，我忘记问她的喜好了。

而给她的咖啡，正是习惯性照着彦辰的要求来的——不加奶精不加糖。

"对不起对不起，我一不小心煮成彦辰的口味了。"

我起身准备再进厨房，却不料被她止住。

她似乎很是惊讶，失神地望了我许久后幽幽问了句："你说……彦辰喜欢喝这么苦的咖啡？"

"喜不喜欢我不知道，不过从我住进这里给他煮咖啡开始，就没见过他有加奶精和糖，也许是习惯了吧。"我想了想答道。

其实我本来想说的是，他整个人就是朵奇葩，性子冷，脾气又怪，再多一点这类似的喜好，也不足为奇。可是转念想想，她也许比我还要了解彦辰，于是作罢。

"……是么。"沈之蔓长长的睫毛颤了颤，不动声色又细细喝了口咖啡。这次她没有皱眉，只是笑容里似乎晕开了很多苦涩："我没有想到，我的离开竟然会让他连口味都变成这样决绝，不留余地。"

我该说些什么？他们究竟是什么状况？为什么唐恩浩那个八卦大桃花没有早些给我补过课！

我张了张口，可实在想不好如何安慰她，窗帘大开，阳光穿窗而入把她那颗湛蓝色"海洋之星"折射起好看的光度，心里忽然漏跳了一拍。我转过脸闭起眼睛，艾伦的脸瞬间浮现在眼前。

今天是我消失第五十二天，艾伦，你还好吗？

冬天，是不是特别容易让在爱里受了伤害的孩子感到寂寞。

手里摩搓着艾伦和我的订婚戒指以及那张SIM卡，我爬上了酒红色的沙发，捡了个舒适的姿势，躺了下去。

一侧身，竟然发现沈之蔓此刻看我的眼神突然有明显的敌意，本就浮于表面的笑意更是已经敛去，眼里有万千种情绪流转，似是不甘、怀念、满足、厌恶，又似统统都不是。

我被看得起了鸡皮疙瘩，然而不过又一瞬，她已经掩去支离破碎的表情，从容地抚了抚垂落在额前的头发，淡淡笑开："瞧我这记性，都忘了介绍。你好，我是彦辰的未婚妻，最近刚回国。"

是我多心吗，总觉得她将未婚妻三个字咬得格外重。

等等……未婚妻？

如果说我看到"海洋之星"戴在沈之蔓的手上，有一闪而过的诧异，那么自从我得知那个掷千金的人是秦彦辰之后，诧异便深刻持久了起来。

只是怎么会……心脏开始与"思念"这玩意儿同步抽痛，我又想起了艾伦。

"你好。"她又重复了一遍，我这才发现她垂在半空中的手，显得格外突兀。

我赶忙将戒指和SIM卡不着痕迹地藏进沙发的夹缝里，握住她伸过来的手，只是她的力度有些大，我微微觉得痛。

她换上了完美的笑容，淡淡瞥了一眼我身后的沙发，将手抽离开来。哆哆欢乐地蹦跶到她跟前，尾巴摇得格外勤快。

沈之蔓捧起哆哆的脸，笑得缤纷妖娆，好不得意。

"我的小宝贝，妈咪不在的日子里，爹地有没有欺负你啊？"哆哆十分欢快地伸出舌头直往她脸上蹭，间或回头向我宣扬着它的兴奋。

沈之蔓抬起头与我对视，眸子里面晶晶亮亮，我看得懂那种情愫，她爱彦辰，很爱很爱。

她笑语清婉："洛小姐别见怪，彦辰以前老爱开这种玩笑，说哆哆就是我和他的儿子，久而久之，我们都改不了口了。"

"哦，呵呵呵，不见怪不见怪。有哆哆这么个贴心的儿子，是他的荣幸！"

咳咳……我怎么会听不出她言语间丝丝炫耀的味道。

只不过，睁着眼睛说瞎话这种事情我也会，哆哆是彦辰儿子这我知道，因为那座万年不化的冰山对它比对任何人都好，只是哆哆还有个妈咪这事……彦辰确实没告诉我。

她弯了弯眼角，脸上的笑意半真半假："他妈妈之前对我有些误会，我们分开了三年。"

"那时我们都固执不肯各退一步，我不肯为他放弃我的事业，他亦不能多加谅解。后来我觉得累了，就去了美国。如果不是前些日子住院生病，我可能还不会回来。"

看我疑惑的表情，她笑着解释道："生病的时候我想了很多，觉得自己就像一颗被拔出土，运到另一个陌生环境里的树，以前习惯性依靠的那棵树怎么找也找不到了，陌生的土壤又不适合我，我渐渐感觉自己从根茎开始枯萎，也许就快要死了。那段时间，我想得最多的就是我和彦辰的过往。爱情约莫就是这样，一朝离别，分外想念。"

她言语间一派轻描淡写，可一个女子独自在陌生的国度闯荡三年，其间艰辛寂寥，孤苦无依，我虽不能目睹，却可以想见。

她突然抬头看我："洛小姐，你能理解吗？"

我点头道："能。"

我心里确实是这样想的，假如有一天，艾伦离开了我，留我在另一个地方独活，我心里也会像被剜了一个大洞一样，空空落落，无爱可依。

沈之蔓淡淡推拒开哆哆的热情，手指抚摸着那枚戒指，连声音都变得轻柔了起来。

"他是那样清冷孤傲的一个人，身边所有的女人都爱他。所以当他的目光停在我身上的那一刻，我简直快要失控了。"

她将杯子放回托盘，起身走到落地窗前，留给我一抹高贵的背影："彦辰常常喜欢站在这里，从背后环住我，闻到他身上淡淡的薄荷香，我就会安心。"

我看着她低眉掩去眼底的涟漪，唇间抿出一丝笑来，心里一软，脑海里却浮现出彦辰常常站在窗前落寞的姿态。

原来，竟与她有关。

我像突然看到彦辰静静站在她身后，俯着身，沈之蔓的发丝轻轻摩擦在他的外套上，她一抬头，就可能碰上他的下巴。

不知道为什么，我竟然觉得有些刺眼。

她眉目一黯："初见他是因为哆哆，那个时侯它病得很重，可是我很穷，没有钱送它去宠物医院。你知道的，上海的宠物医院，不是我一个连学费都付不起的女孩子可以负担的。"

"我看见他的车，便将哆哆放在他的车边，我跟自己赌，赌那辆车的主人会救下哆哆。"

"只是我怎么也没有想到，他竟会是赫赫有名的秦彦辰。"她眯起眼睛，迷蒙的眼光看着我，模糊地笑了笑，道："其实他是谁都该跟我没关系了，我当时只是站在雨里哭，看着哆哆蜷在他的臂弯里上了车，我应该高兴的，可是我却就忍不住哭出声来。"

"那一刻，我突然觉得自己像电视剧里演的那些单身母亲，因为没钱便不得不送走自己的孩子。"

"那后来呢？"我从沙发上坐起来，将头靠在屈起的右腿上。

沈之蔓化着妆容的脸上浮起一朵淡淡的红云："后来，彦辰竟然找到了我上学的夜校。他用清冷的音调，问我要不要见见哆哆。再然后，我们就相爱了。"

她眼中有万般光彩，真是一个妖精般美到极致的女子，一颦一笑里都是风情。

她说："彦辰说女孩子走夜路不安全，就执意来陪我上课。你能想象出他伪装成大学生的样子吗？他比我大三岁，那时候也只是刚入社会，还微微有些青涩，他坐在我旁边，淡淡的气息拂过我的脸颊，又痒，又甜蜜。"

"他才不要好好上课，反而一直目不转睛地看着我笑。越是不常笑的男子，笑起来才格外夺目。那时候我就想，要是能这样坐在一起一辈子，哪怕给我全世界，我也不要了。"

我听着她娓娓道来他们的故事，眼眶里竟蓄起了泪水。

这一刻，沈之蔓不再把我当成假想的情敌，仅仅是孤单奔波了太久的旅人，突然想找个人好好说说话了。

话里话外都是他们的戏，是我没有参与过的曾经。

心里突然有些微酸。

"啊、阿嚏！"我抹了抹鼻子，裹紧了外套。这事情发展的速度还真是让人匪夷所思。

前一刻我还在家里听沈之蔓絮絮叨叨，现在却流落在街头吹着冷风。

好吧，我承认，我再次无家可归了。

我就这样离开了彦辰，没有告别没有留言，走得太匆忙，甚至连一件行李都没有带上。

我不是没有想过和他分开的那一天，也许是艾伦找到我，认错要带我离开，也许是我终于鼓起勇气决定面对，自己离开了。

无论是哪一种，都会比现在这样更有尊严点。

当我看见沈之蔓的行李完完全全放进彦辰的房间里的时候，当我听见她口里意思再明确不过的逐客令的时候，我终于震惊得无法思考了。

这真应了一句话：我猜中了开头，却没有猜中结局。

我以为她是来等彦辰的，没想到一别三年，回来之后倒好，轻轻松松就搬进了他的房间，好像三年不过一瞬，她那么肯定，他们之间必定一切都清晰如昨。

所以说女人的心思，不止男人不懂，连身为女人的我也表示真是难以理解。

我停住脚步，看着路边一家门店洁净的橱窗，玻璃上清晰地映出了我的脸和红红的眼睛。

心思突然有些哽咽。

其实这事本不能怪沈之蔓，就好比我也不能容忍我的未婚夫家里住着别的女人一样。姑且不管那个女人是不是被他撞到失忆，因为谁知道失忆这事会不会衍生出其他后果，说不定就日久情深无法分离了呢。

再往深处想想，我还很羡慕沈之蔓，毕竟我就没有那个勇气走到艾伦和那个女人面前，揪起她的头发，"啪"地一巴掌甩过去。

瞧瞧，多有气势。

路过奶茶店，我给自己买了一杯优乐美。回头望了眼那栋高楼，我想着此生也许我和彦辰再也不会见面了，心里突然便有些不好受。

我们之间这一场相遇，始于他撞伤我，接着他由于内疚和责任，给我提供了一个温暖的住所。其实"捡"到我这只麻烦的宠物，一定给他的生活带来了很多不便。比如他得经常看着我以防我走丢，他得负责帮我盖好踢掉的被子，甚至还要常常吃掉我不喜欢吃的食物……

可是直到我临走，他都不知道，其实我没有失忆，他不该付出这么多的。

长长的街道像是没有尽头，路两侧的树枝萧索荒寂，我蹲下身，埋头于膝内，莫名地想要哭出声来。

好不容易刚刚习惯一种生活，可是这么快就又要失去了。

奶茶烫到了我的舌尖，一不小心喝急了呛到，我开始费力咳嗽，似要将肺都给咳出来。

若是以往这样，彦辰定会似笑非笑地调侃一句："笨死了，喝个水都不会。"

可这一次，哪怕我想隔着手机听他的声音，都不可能了。我忘记带走那款棒棒糖手机，就连艾伦送我的订婚戒指和那张SIM卡，都被我不小心塞进了酒红色沙发的夹缝里，一并留在彦辰那里了。

叹口气，外加揉揉头发，洛丽塔，你真的笨死了！

无甚知觉地迈着步伐，竟然走到了西郊花园的那个路口，艾伦的家就在那头，我在这头，中间的十字路口，人声鼎沸。

我想起一个多月前，在这里，我倒在彦辰的车前，浑身是血，奄奄一息。那样多的身体疼痛都比不上心里的疼，彦辰说我流了很多的血，可是谁也看不到我心里缓缓流出的潋滟的血。

而现在，我竟像重生了一样，再站在这里，恍觉已经过了一个世纪那么久。

其实不过是五十二天。我离开艾伦的日子。

走走，又停停。掉头，再掉头。我终究还是没有去找艾伦。

我想他，可又不想见他。

我咬着小拇指，不知道美国的父母是不是已经知道我失踪的消息了，他们会不会已经急疯了？艾伦也是吗？想想我就这么任性地一走了之，隔绝掉一切消息，他们不要急得想杀人才好。

去公用电话亭给他们打个越洋长途吧。

就说，就说我和艾伦完蛋了。

护照丢了，我无法回美国，不如给自己放个长假去旅游，等什么时候我可以云淡风轻地站在艾伦面前，笑着打招呼："嗨，好久不见。咦？身边这位小姐很漂亮啊，未婚妻吧，恭喜哈！"

一想到会有那样一天，我就十分沮丧。

不行不行，长期心痛有害身体健康。当快乐不再上门，我就该主动出击制造它！

我挑了家热闹的酒吧，背景音乐嘈杂暧昧，喝了酒的脑袋被震得沉痛。

明明这么痛了，为何耳边还清晰回响着刚刚电话里的对白，经久不散。

从妈妈哭泣而模糊的言语间我依稀辨别出了"艾伦"这个名字，心脏跟着漏跳了半拍。"喂？"电话那端立刻响起他深情温柔的嗓音，像是害怕下一秒我又消失不见一般。她哭泣而模糊的话中让我辨识出"艾伦"这个名字，很诡异的，心情就像在秋风港畔感受悲涩时却猛地遭人推落海中而换上愤怒和挣扎一样。第一次听见他发抖害怕的声音。

捂着嘴咬紧牙关，我避免自己痛哭失声。

"安娜？"如同以往亲昵的低唤，只是柔和的音调中似乎添加了很多的焦虑。是因为不知道怎么向我解释不再爱我了吗？

"安娜……说话啊。你……你怎么可以……这样狠心？"

狠心？我想笑却笑不出来，艾伦的声音开始变得无助和悲戚："在上海等我来接你好吗？我们，需要好好聊一聊。"我告诉自己要深呼吸。聊什么？谁爱谁比较多？让我完美地退出并祝福你们相携至老？

我拼命摇头，如果我拒绝，是不是这一天就会来得再晚一点。

心绪似海浪一层一层缓缓压上来，像触了礁石，艾伦发抖害怕的声音我听不真切，他说："安娜，等我，我来带你回家。"

话筒应声而落，上海的夜晚太过热闹，而我的心却荒芜成了一座空城。三个人的房子，还是家吗？

咸咸的液体混着酒精灌入喉间，我的酒量相当糟糕，几杯下肚意识便模糊起来。没想到刚刚踩到地面，我就跌进了一个宽敞的怀抱。

一只长臂顺势勾住我左肩，我借力站稳，努力睁开昏沉的眼皮看清这登徒子到底是谁——哈！这不是大桃花唐恩浩嘛！

"嗨。"我打了个酒嗝，开始傻笑。

"唉哟，唐大少，怎么见了新人忘旧人嗻！"我这才发现他身后居然还站着个浓妆艳抹的女人，一双美目挑衅地看着我，娇滴滴的我见犹怜。

唐恩浩二话不说，塞给她一张卡，那身穿香奈儿的美女便挎着爱马仕包包，步步妖娆好不欢乐地走了。

"洛丽塔，你怎么在这里啊？彦辰呢？"他试图摇醒我，见我不回答，那双狭长的桃花眼又眯成了一条缝，笑意满满地盯着晃头晃脑的我。

"你有什么不开心的事，也别来酒吧找男人，你可以找哥哥我啊。"他怎么这么吵！好在困意渐浓导致我的听觉也快跟着消失，他抽开手臂似乎想要掏电话，被我下意识地一把抱住，"借我肩膀。"我喃喃自语，将头枕上了他的右肩。

我知道他想打给彦辰，可是……阔别三年的未婚妻归来重续前缘，彦辰现在应该是跟沈之蔓花前月下、饮酒对酌共享良辰美景，我就别去自讨没趣、两看相厌了。

"别……别送我回去。"我嗫嚅道，恩浩身子一怔，我看不到他的表情，却知道他答应了。

习惯性地早早醒来，宿醉带来撕裂般的头痛，我撑了撑额头，却发现自己置身于一个完全陌生的地方，而身上亦被换上了干净的纯白睡衣。

有风吹过，窗口响起清脆悦耳的风铃声，我环顾四周，回想起昨夜朦胧发生的一切，巨大的惊恐排山倒海而来。

我赶走了唐恩浩的女人……那他会不会就让我代替了……

正在此时，卧室的门恰好被人推开。

尖叫声顿时冲破屋宇，我紧紧攥住自己的睡衣领口，往后直退，面前的唐恩浩应是刚洗漱完毕，前额几缕头发微湿，清亮有神的桃花眼里闪过一丝羞怯。

他为什么会害羞，难道我们真的已经……

见我紧咬嘴唇眼泪快要夺眶而出的模样，他一下子慌了手脚："洛丽塔你，你别害怕，我出去，我这就出去。"

隔着门板又响起恩浩的声音："我说洛丽塔，你放心，我对幼齿萝莉不太感兴趣，昨夜的衣服是阿姨帮你换的，你要不要这样委屈？"

"吧嗒"清脆一声，脑海里有根弦似乎断了。他他他，他要不要这样肆无忌惮地揭穿我！

我愤愤出了房间，如果说眼神可以杀死人，那他现在早就可以暴尸荒野了。

唐恩浩懒懒地回头看了我一眼，换上了一副笑脸，调戏道："走光了。"

顺着他赤裸裸的目光，我低头对上自己的领口，果不其然，刚刚揪住领口的反应太过激烈，现在已经松散了两颗纽扣，虽然没有对我平平的春光造成多少泄露，可他双手相环挑眉看我扣扣子的眼神……太打击人了。

"咳咳……你刚刚说我是幼齿萝莉这话，你要不要做出一点解释。我我我，我哪里不像个女人了？"

结果他看我半天，从上到下从下到上扫视一圈，吞了吞口水幽幽道："其实我说，你真不算女人，顶多算个女孩。不，女孩也不是，前面还得加个小字才符合实际。"

说完他一本正经地端起茶几上的餐点开始往嘴巴里送，电视上放着纽约最新的一场梦幻T台秀，模特们长长的玉腿藏在衣料间若隐若现，这个男人到底有多饥渴啊，一晚上没有活动就成了这样。

"美食当前，你都不要考虑一下和我同坐？"他慢悠悠喊道，桃花眼里都是遮不住的笑意。

"不要。"我撇过头。

他点点头，若有所思地站起身，然后端起点心往厨房走去。

"你要把它们倒了么？"我急了。其实我的肚子老早就在抗议了，我只不过小小使用了一下迂回战术，可惜唐恩浩太不开窍了。

"我怕它们勾引到你，到时候你没在那边站成地老天荒，多可惜。"

洛丽塔，你要深呼吸，可再多的心理暗示都没用，我像豺狼一样扑上去抢下食物，他挑挑眉："你，确定胃口有这么大？"唐恩浩话还没说完就承受了我一记黑轮，只可惜没吃东西的力道太轻，没能让他变成国宝熊猫。

虽然我很不喜欢他将我所有女性的特征都归类到几岁小女孩那一类，但我不得不承认，跟T台上那些走秀的女人比起来，我真的算不上合格的女人。

好吧，我很沮丧。

唐恩浩挑着牙祭，哼着小曲，一边指指点点，一边旁若无人地凑近我，问了句："跟彦辰闹别扭了？"

"……没！"

"那就是你吃醋了！"

我"噗"一口将蛋糕屑通通喷到他脸上，他十分憋屈地愤愤叫道："你不要不承认，要不然你怎么解释沈之蔓一回来你就离家出走这件事。"

我想想，其实事实不是这样，可貌似大家都会往那个方向想，我表示我不能以一己之力扫荡掉所有邪恶的人大脑里邪恶的思想，这真是莫大的可悲。

他换了个话题："觉得这场走秀怎么样？"

"还成吧，设计不错。"珊瑚红、蔚蓝色、金黄色的缎质曳地长裙，配上遮掉半边脸的帽子，集女性的万般柔情与奢华于一身，确实光彩动人。

唐恩浩点点头："没想到沈之蔓真的实现了她的梦想，跻身为纽约时尚界炙手可热的新星。"

他刚说完我就呛到了，再抬头一看，那站在舞台中央万众瞩目的设计师不是沈之蔓是谁！我喃喃道："这就是她口中的不惜放弃彦辰也要实现的事业？"

唐恩浩饱含深意地看了我一眼："没事的洛丽塔，虽然沈之蔓比你女人、比你漂亮、比你妩媚，但是我一定挺你和彦辰到底！"

我磨磨牙齿，胸腔迸出一句压抑着的"去死！"不知从哪冒出一股蛮力，抄起沙发上的抱枕，一把砸过去将他按倒在沙发上，蒙住他的头死命地按着不让他吐气。

"咳咳……果然是、是唯小人……与女子……难养也……咳……"他断断续续的抽气声从枕头下闷闷发出，我得意地笑，以至于旋转楼梯上传来由远及近的脚步声我们谁也没有发现，直到，彦辰抱着手面无表情靠在门旁看着我们。

我的手僵在半空中，人还挂在恩浩的身上，果真是十分可笑的姿势。见我没再施力，恩浩借机一跃而起，叫到一半的"憋死我了！"在看到无措的我和寒气逼人的彦辰的时候，也自动噤了声。

唐恩浩起身理了理头发和衣服，低声道："你们慢聊。"临走前背对着彦辰用唇语示意我："是我把彦辰叫来的，不用谢。"说完还摆了个欠扁的笑脸。

唐恩浩一走，这气氛就更诡异了。我怎么都感觉自己像是被捉奸在床犯了错的那个，可事实明明不是这样。

我故意挺起了胸膛，毫无畏惧地与之对视。

彦辰挑了挑眉，慢悠悠踱步过来，坐到我身旁，随手翻开一只茶杯，瞟了眼我们刚刚吃的点心，却什么话都没说。

可越是这样的沉默越是令人忐忑，我觉得有必要解释一下，斟酌开口道："其实就是开个玩笑，他一直嘲笑我不像个女人，我就略施惩戒而已。"

他把玩着手中装满茶的茶杯，听不出有何感情色彩："你倒是很希望他把你当成个女人？"

他将"女人"二字咬得很重，我心想，这下真撞枪口上了。我一紧张，头摇得跟拨浪鼓似的："没有没有，我们什么都没发生。"

彦辰停下动作，看似随意扫了一眼我身上的睡衣，竟然笑了笑："看样子昨夜休息得很好。"

我刚想反驳，你昨夜才休息得很好。我心里不是没有疑问的，比如我也很想知道他和沈之蔓究竟怎样了，他这样一早就来恩浩家里摆脸色，就是为了我不告而别吗？

这样想着，我不由得脱口而出："她回来，你很开心吧？"

彦辰仍是盯着手中的茶杯，悠悠问了句："她是谁？"

我心想你真是太能装了，面上却还是不动声色，想从他的神色中辨别出一丝破绽，可惜一无所获。

我蹑手蹑脚想要逃离案发现场，至少回房间换身衣服御寒，跟今天的彦辰同待在一个屋子里，我若不做好保暖措施，迟早会冻僵成一座小冰雕。

他清冷的声音冷不防又响起："就那么不想见到我？还是这正好给了你借口，可以顺理成章地离开？"

我不解地转过身，迎上他浓黑的眉，冷静的眸子，挺直的鼻梁和凉薄的唇，这样好看的一张脸，映入我的瞳仁里却像是突然沾上了一层冷意。

我心一颤，"你这又是什么意思啊，我都说了我跟他只是闹着玩儿，你是个很好的饲主，只是我再待在那里不合适了，我得把你还给沈之蔓，就是这样。"

我抬脚准备离开，又想了想，补充了句："她还很爱你，你该好好珍惜她。"

彦辰突然起身逼近我，像是带着极大的怒气，直到我的背抵上冰冷的墙壁。他双手撑墙，将我固定在他的怀抱和墙壁之间，头微低紧挨我的额头，那股好闻的淡淡薄荷香再次萦绕满整个局促的空间，又暧昧又轻狂。

他的声音从头顶传来，带着我从未听过的严厉："你真的以为你还很小吗？一个人去酒吧那种地方买醉，随便跟男人回家过夜，这样闹着玩你觉得合适吗？你要真想这样闹着玩为什么不找我？"

我被吓得说不出话，只有紧紧盯着他看，彦辰却突然颓软了下来，他竟似有些哽咽："洛丽塔，你不知道……我昨晚差点，差点就……"他最终还是没有说出那些话，我亦没有逼问，只是静静追随着他深不见底的眸光，那里像是一片深海，宛如要将我吸进去方才作罢。

我像是哑巴了，愣愣接过彦辰递来的手机，听他说着："下次再忘记将它随身携带，小心我把它没收。"

我咽了口口水，一把抢过，低低保证道："不会不会，再也不会了。"

一切都像是乱了套，等我清醒过来的时候，已经被彦辰领着站在了他家门口，我刚刚还讶异为什么再没见到恩浩的身影，我把这个疑问转给彦辰听，他淡淡答了句："怕再被你揍一顿。"

我恨恨道："原来他也知道出卖我的下场。"

彦辰点点头："那是因为他更清楚出卖我的下场。"

我沉默了一会儿，心觉其实唐恩浩真是个悲剧角色，不管怎样，这一阶段他应该见到我和彦辰都会绕道而行了。哦不，也许还得算上沈之蔓一个。

打开门，彦辰手指突然抚上我的眼睑，帮我合上眼睛："等会儿我让你睁开的时候，你再看。"

我听话地闭上眼睛，被他扶着肩头走进客厅，彦辰笑了笑："喜欢吗？"

酒红色沙发不见了，取而代之的是一套复古银灰色意大利布艺沙发，搭配着硬朗线条的几何图案的靠枕，以及条纹与方格图案拼接的手工羊毛地毯，碰撞出独特的美感。

我拽着彦辰袖子的手指，开始控制不住地微微颤抖。

"原来的沙发呢？"我惊叫，呼吸渐渐失稳。

彦辰似乎没料到我是这个反应，宽大的手掌扶住我，想吸走我的颤抖。"是我不好，昨天回来晚了，之蔓她擅自做主将旧沙发丢掉了。这款是我后来定下的新货，也很柔软，我以为你会喜欢。"

喜欢，怎么可能喜欢？我的婚戒和SIM卡都在旧沙发里，你让我拿什么去喜欢。

"还能找得回来吗？"告诉自己吸气，努力吸气，吞下去要失控的哽咽。

彦辰眉心紧蹙，低声道："她直接叫垃圾车拖走的。"

心尖突然一阵阵刺疼，"那就是找不回来了……"我自然知道上海的垃圾回收站多到数不清，要想寻回那样不起眼的沙发，几乎是全无可能。

"洛丽塔？"彦辰的眼底交织着心疼和疑问，我鼻音渐渐转重，捂住嘴巴含糊不清地说："沙发里，有我的SIM卡。"

他的脊背微微一紧，显然是意料之外。

我冲他露出没有温度的笑容，那笑容轻得我自己都感觉不到，全都稀释在了全身的疼痛之中。

我问："她为什么要丢掉那个沙发！她凭什么丢掉那个沙发！"情绪已然失控，我听见希望碎裂的声音，那样清脆。

"怎——么——可——以！"我握拳大叫，豆大的泪珠一滴滴涌出红红的眼眶，来来回回踱步于客厅内，像一只气急败坏的的疯猫，哆哆被我吓得躲在一边，我一个转身，却被彦辰紧紧拉入怀中。

"洛丽塔，冷静点。"他似乎被我吓坏了，可是我的不安和身体巨大的爆发力让他沮丧，我拼命扭动他亦不舍得用力束缚住我，任凭我一拳拳捶打在他的胸膛上。

我想开口告诉他一切：我没有失忆，那张卡和戒指都是我最珍惜的人送给我的，我不能没有它们！

"彦辰，我……"疲惫不堪的语气刚一开口就被他打断："乖，累就睡一会儿，凡事都有我在。"他由始至终都没有问我为什么在意，只是宠溺地任我胡闹。

察觉到额头上有温热的触觉，我意识到那是什么，脸颊热得发烫，却也意外地安静了下来。

我重新闭上眼睛，心浸泡在悲伤的汪洋里，我知道，那么多年的温暖都被拿走了，以这样决绝的方式，被拿走了。

我推开彦辰，努力挤出一个笑容："我没事了，先回房了。"然后在他欲言又止，眸色深郁的表情里，合上了门。

对不起彦辰，我还是只能让你，在我的世界之外。

这几天过得格外苍白。

踟蹰于新的沙发上，思绪却跟随着被抛弃的酒红色沙发一起流浪。

三年前，沈之蔓买下它，搬进了彦辰的家。三年后，她看见我随心所欲躺卧其上，便如针芒在背。

她骄傲如孔雀，自是无法忍受我突然介入他们之间。彦辰呢？三年里，无论酒红色与素色的客厅如何不相配，他都舍不得丢弃，这是不是也代表他是一个不轻易改变习惯的人。

就像，我一样。

习惯了艾伦的声音语调、指尖的触碰和怀抱的温度，甚至于他敲我房门时三长一短的动作，以至到最后，习惯了艾伦的一切所有，是不是，也包括习惯了他给的爱情？

习惯？

我摇摇头，怎么可以怀疑我对艾伦的爱，我爱他，否则我怎会这样痛。何况，变心之前的他，确实值得我爱。

哆哆均匀的呼吸渐入耳尖，夜里的风有些凉，我看着风卷起窗帘，抱紧了双膝。

"又不睡？"身后慢悠悠响起温柔的低语。

我回头，抿出一丝笑来："这不正在看星星呢。"

他走过去关紧窗，唇畔笑意渐深："哦，看样子我一出来这些星星都自动隐藏起来了。"

我看了他一眼，点点头："你早点像这样认识到自己讨人厌就好了。"

彦辰站住了脚，微带赞许地看着我："你不妨再得寸进尺点试试。"

我识趣地低下头看着自己的脚尖，不再做声。

他不动声色坐到我身侧的空位，瞥了一眼我的脚，眉尖蹙起，问道："为什么不穿袜子，着凉了又会麻烦人。"

"我……我剪趾甲。"

"哦？"他眼里似乎落下万千星光流转，笑着从茶几下抽屉的盒子里拿出指甲刀，自然地握起我的脚腕，放在了自己的腿上。

我清晰地听到自己倒吸了一口冷气。

彦辰他、他竟然开始帮我剪脚指甲。

"是很懒，借口又多，果真还是个小孩子。"

我憋着一口气，一抬头就对上他漆黑如墨的眼眸，只是一瞬，却仿似有暖流击中我，我红着脸低下了头。彦辰依旧重复着手上的动作，细心、专注。

本来早已冻得冰凉的双脚现在却像伸进了暖炉一般，他的手若有若无的触碰，前几日被他吻过的眉心又开始火辣辣地烫了起来。

"你……这几天工作很忙吗？我看你每天都要凌晨才能回来，会不会太辛苦？"

他身子突然颤了下，旋即敛去神色，没有回答。

"好了，去洗洗睡吧。"他拍拍手，我小心翼翼地抽回双脚，轻轻吐出一句"谢谢。"

两人极有默契地突然起身，头撞上他下巴，我慌乱转身，他的胸膛却紧紧抵着我的背，呼吸渐渐急促了起来。

察觉到彦辰的双手举在半空，只要放下来就可以环住我的肩颈，我侧了侧身，不着痕迹地抽离了出来。

"是因为之蔓吗？"他突然问出没头没脑的一句话，声音居然有些懊恼。

我一怔，旋即莞尔："哈哈，我如果说是，你会不会就每晚早点回家不乱逛了？"听出我言语间的若有所指，他眉目一挑，又对上我一贯开玩笑时戏谑的表情，顿时脸色隐隐有些难堪。

我摆摆手表示到此为止，打了个哈欠回房。"对了彦辰，我有时候是不是，太任性了？"

所以艾伦才会移情别恋，爱上比我成熟的女子。所以你才爱沈之蔓爱到那样长久深刻，而我，永远像个长不大的孩子，需要被护在身后，而非与你们比肩而立。

他看我半晌，淡淡道："不，这样刚刚好。"

我猝然抬头，他眸中含笑，像极了岁暮天际繁星，璀璨夺目。

桃天

第六章 别为我忧伤，我有我的美丽，它正要开始

除夕夜。

给彦辰打了几通电话都没有回应，虽然明知沈之蔓回来，定会占用他很多时间，只是我心里还是莫名有丝失落。

谁让他上次送我的圣诞夜太美妙，以至于让我竟对除夕也起了丝丝期待。

"叮咚！"哆哆先我一步冲到门边，狂吠不止。

我拉开门，瞪大眼睛，这这这……这不是我的酒红色沙发吗！哆哆

一路追随着搬家工人，而我，对着彦辰手心里摊开的东西，愣愣说不出话来。

SIM卡和我的订婚戒指，分外诡异地摊放在他的手心。

脑海里"嗡"地一下炸开，一时间涌进数不清的小鸟叽喳不休，叫道：完了完了，让你不早些坦白！

彦辰拉过我的手，递过东西，便去倒了杯水，看着他们摆放沙发："当心点，对，这个沙发放这边，小心边角。"

他的背影温和挺拔，却久久不肯转过来看我一眼，直到，人都散去，哆哆满足地去一边吃着点心，他还是背对着我，这让我愈加自责。

"彦辰……"

"唔。"他喝了口水，淡淡说道，"没事，就稍微让人留意了下附近的几个垃圾回收站，正巧有人碰上了。"

他静静看我一眼，四目相对，又各自移开目光，我心里乱成一团。

我才恍悟这几日他夜夜晚归是去了哪里，这么多的垃圾点，何况好几天前的垃圾，光靠留意就能做到？

我吸了一口气，抬起头郑重地凝望着他，决定告诉他这一整个荒唐的始末。哪怕他会因此生气，不再原谅我，甚至将我扫地出门再不相见，我也不想再这样继续欺骗下去了。

"彦辰，其实我没有……"他却突然出声打断我，唇角含笑："怎么，想好如何报答我了？"

末了他撑了撑下巴，作思考状："今晚除夕夜，正好有个好玩的地方，我缺个舞伴，你要不要考虑一下陪我。"

说完他越过我又去倒了杯水，剩我呆立一旁。我没听错吧，彦辰竟然会这样青涩地约人？而且刚刚他脸上明明飘起了一朵几不可辨的红晕。

我有些不好意思地绞着手指揶揄了下："我还小，那种高档场合……"

"会有很多好吃的。"他随意扫了我一眼。

"可是……"我还想拒绝。

"有你最喜欢吃的'雪媚娘'。"

我一愣，明显将坦白和拒绝的事抛到一边，不住重复道："我去，我去。"

他双手抱胸倚在墙上看我，"求我。"真是小气。

可是我还是很乖地点点头："求你。"彦辰唇畔含笑，不作反应。我又跟着扯了扯他的袖子，"求求你了。"

他明显一怔，似乎没料到我会为了"雪媚娘"这样没有骨气，他颤抖地揉了揉额角，叹口气："真是拿你没办法。"

我不知道是不是由于前面态度的转变太大，又或是他对于魅力不及甜点而深感郁闷，以至于去衣店挑礼服这一路上他都十分缄默，偶尔吐出的一句话也只是，含着怨气的诸如"真是个小孩子"之类。

然后……彦辰真的给我挑了套小孩子的装束，一款嫩黄色Missoni的连衣裙搭配Louboutins霓虹黄色坡跟鞋，公主风格很浓。

未见镜子也自他们眼里看到了惊异和称赞。彦辰看向我的时候不好意思地咳了一声，跟总监低声交谈了几句。

我别扭地站在他的面前，看着他一身白色礼服衬着颀长的身形愈发风度翩翩，我愈发想将脸捂住。一旁的小姐却还不住地称赞："秦总好眼光，洛小姐这身公主款式配上新的发型，一定会成为今晚最大的亮点。"

彦辰浅笑不语，看出我的窘态，递过来一副精致的银白色羽毛面具，而他手上的另一幅则是金色贵族面具。

我起了兴趣，他挑眉一笑："今晚是假面舞会。"

在导购小姐艳羡不已的目光中我出了店，他自然揽过我的肩，为我披上外套，闻到他身上淡淡的薄荷香气，我突然恍惚，不知现在究竟是现实还是梦境。

幸好有面具护着，要不然脸红的样子一定会被他嘲笑。

车停在一座复古的西欧式宫殿前，我举目望向漫天夺目灯光霓虹，果真奢华至极。

彦辰回眸含笑，我提起裙角，将戴着蕾丝手套的左手稳稳放进了他的手心，同他一并入场。

坡跟鞋稳稳落地，一瞬间仿佛自己回到了中世纪的西欧。复古的音乐萦绕四周，巴洛克式的装饰富丽堂皇，穿插的曲面和椭圆面空间色彩震撼强烈，晶亮的水晶灯高挂穹顶，投下波光粼粼的倒影。

抬头远远望见二楼金色栏杆前，高雅的男士女士，隔着面具高举红酒杯，言语晏晏。

本就热闹的场合却随着彦辰的到来而安静了下来。

如果说以前只是略有耳闻他的魅力，那现在站在我身侧的男人，却宛如镁光灯下睥睨天下的强者，生来就该是万众瞩目的。

周围有女孩惊呼："天，秦彦辰！好帅啊——""真的啊！他也来了，旁边的那个女孩子是谁，以前怎么没见过？"

我想所谓的名门淑媛都可以为了他这样失了身份，即便他不是我的男友，仅仅作为舞伴，已是让我本不在意的虚荣心也跟着膨胀了起来。

这感觉，貌似不错。

虽是隔着金色的面具，彦辰那双眼睛里此刻的光彩却愈发熠熠夺目。

他侧身微微靠近我，似笑非笑："还没看够？"

这一亲密的举动霎时为我引来极多女子的注目，我羞愤异常地低下头，恨恨道："你没偷看我，怎么知道我在偷看你。"

他刚想挑眉反驳，可惜有宾客前来礼貌招呼，彦辰的语气客气而疏离。我静静看着他举手投足间的贵族气质，就像在家里欣赏他每一个完美的小动作一样，不知从何时起，那些动作都已经成为我依赖的画面了。我刚想笑，视线却不小心对上了迎面而来的一束冷光。

一身Versace裸色抹胸礼服完美地凸显了沈之蔓的身材曲线，她今夜微露性感，桃红色的面具有些妖冶，四目相对那一刹那，她的嘴角扬起淡淡的弧度，有些，嘲讽。

我禁不住打了个寒颤。

身子不受控制地转身，明明没有做错任何事，却只是心虚地想要逃。

左手却冷不防被彦辰的大手拉住："怎么？你就这么馋，迫不及待要去吃东西？"他离我离得很近，近到我可以看见他眼里我的倒影。

心跳突然加快，不知为何，我竟想起，那个圣诞夜绚烂的气球云彩下，我和他，偷偷牵着手。

"刚刚侍应生送到那边桌子上的巧克力慕斯很诱人，我……我吃完就回来找你，我保证就一小会会儿。"

他宠溺地笑了笑，任凭我离开。

身旁的觥筹交错都是背景，我远远躲开沈之蔓冰凉的视线，看着她妖娆地立于彦辰身侧，有宾客偶尔瞥我一眼，旋即各自笑侃："三年前的金童玉女，今日站在一起，还是这样般配！"

"是啊是啊，才子佳人，赏心悦目多了。"

他们的声音太大，我不得不怀疑，是故意说给我听的。

我旁若无人地坐在角落沙发上，咬了一口雪媚娘，清甜软滑的淡奶油入口即化，奶香怡人。远远看着人群中彦辰微笑的眉中，有一种感动停在我的胸前，不断涌动。

人都希望事事可以尽善尽美，但十全十美是要遭天妒的，十全九美就很可以了。所以每一段恋情里都有瑕疵，所以我差点弄丢了我在意的卡和戒指。可是我眼前的这个男人，他有好看的容颜，温柔的脾气，他硬要将我所有的事情都办成十全十美。

只可惜，这样好的男人，却不能属于我。

沈之蔓靠近了彦辰，她的肩膀有意无意地擦过他的肩，笑得满室生辉。彦辰俯身，似乎也很认真地看着她，那样亲密的动作仿佛带着说不出的深情和眷念。我强迫自己垂下眼睫，其实本就是我突然闯入他的生活，对他的事业和过去几乎都一无所知，我想要霸着他的恩宠，其实这本就毫无道理。

再抬头时才发现沈之蔓已经不知道站在我面前多久了，紧身剪裁的裙装让我想到她今年纽约的那些设计，如果她不是对我有这样多的敌意，我想我会很欣赏她的大胆和创新。

她举杯做了个cheers的动作，脸上半真半假笑得柔软又刻意："洛小姐今天能出席这个舞会，倒真在我意料之外呢。"

我说："那样有纪念价值的一套沙发沈小姐轻轻松松就丢了，也在我的意料之外呢。"

她微笑："年代有些久了，染了些灰尘，我怕脏。怎么，洛小姐很在意？"

我对上她含笑的双目，没有说话。

是的，我在意。不只在意她差点弄丢了我的爱情，更在意她怎可一而再地用这样决绝的方式，随心所欲地伤害彦辰。

三年前，她为了事业，离开彦辰远走异国。三年后，她亲自毁了彦辰自始至终不舍得丢弃的东西，只因了一句：我怕脏。

她状似无意地看了看我的裙子，"Missoni嫩黄色的连衣裙也只有洛小姐能穿出她的味道，这是她们设计师今年的新款。可是依我看，还是缺了点名媛该有的沉稳，有些太活泼了不是？"

她摇摇头，挑眉有些讽刺地笑："我就不太有这样的设计，因为我知道彦辰的一切喜恶。他还是比较欣赏知性和独立的那类女性，活泼和可爱也许只是一时昏了头罢了。"

这话隐含的火药味太浓，我咬唇，有些生气地低低回应道："也许，口味已经改变了，正如那日你喝的咖啡一样。"

沈之蔓警告性地看着我，可彦辰却突然走了过来，看了我们一眼，将我往他身边拉近了些，温柔问道："怎么了？"

她脸上的笑容顿了顿，摘下面具的眉间隐现一片清寂无力。我突然有些后悔，为刚刚失控的情绪。

正在这时，大厅里响起了一道洪亮的声音——有人高声提议让彦辰和沈之蔓为今晚的舞会跳一曲开场舞。

语音刚落，轻佻的口哨与低笑声已经渐次传开，一时间全场的目光悉数聚焦在我们三人这里。我只觉温度陡增，在这样寒冷的冬夜，我竟还会觉得丝丝炎热。

沈之蔓优雅旋身放好高脚杯，戴上面具，众人又迸发出一阵惊天动地的呼唤："彦辰！之蔓！"

她脸上还是挂着柔软的笑，骄傲地睇了我一眼，眸子里有一闪而过的不屑和玩味，转至彦辰身上，却又化为一摊浓到化不开的眷念。

我往后退了一步，躲过了彦辰拉我的手。

背景音乐配合着放起"Scarborough Fair"，彦辰俊美的双眼里渐露不郁，我扯了扯他的袖子，将他手上的面具稳稳拾起，示意他戴

/121

上。

他深深望我一眼，寥寥一字："好。"然后转过身牵起骄傲的之蔓，一并跨入了正中心的舞台。

我重重舒出了一口气，只是心田依旧有些沉沉的压迫。目光忍不住想要追随他们，不想错过一个细节。

会所里的灯光暗了下来，深沉如黑色的丝绸，其间缀满一颗颗闪钻无比的星光。

在那一大片奢靡华贵的灯火相应之中，他们舞姿轻灵，与音律完美融合，俊秀与清美、优雅与高贵，抬脚、落地间舞出的慢三就像是灵魂深处的契合，仿佛这世间只有他们二人，连我在内所有的其他一切，都成了陪衬和多余。

低低的掌声渐渐响起，舞曲交替变换，他们却还没有停下，越来越多的人跨入舞池，我百无聊赖地欣赏名媛绅士的舞蹈，尽量不去看彦辰和之蔓那对俪影，刚想离开，背后却突然响起一个熟悉无比的声音："这位小姐，可以请你跳支舞吗？"

高脚杯从我手中滑落摔碎在地，我怔怔立住，似乎已经站了万年之久，却偏偏，不敢回头。

那声音的主人。

分明是，艾伦。

时间一分一秒流逝，除了僵直的后背，我再做不出半点反应。

慌乱蹲下身企图捡起碎裂的高脚杯玻璃，裙裾拂在地面，我眼角的余光看着艾伦已经与我只隔了一步的距离，他，认出我了吗？

艾伦刚想礼貌地弯腰帮我，我却抢先一步背着他站起来。长发从他抬起的指尖拂过，他惊诧地摘下面具，我看到面具背后那张想念已久的面容，嗓子却像被狠狠卡住，半点声音也不能出。

周遭的盛世繁华蓦然变得静止，宛如横空劈出来这一方角隅，来往宾客觥筹交错皆成背景，时光都悄然停止，只有他长久而坚持的凝望。

低眉深呼吸，我的右手缓缓攀上耳郭上的面具，触到一片水泽，隔了这样似久不久的时间，隔了这样多的念想和坚持，我爱的他，现在正站在我的身后，问我："要不要一起跳支舞？"

也许，该面对了。

一步、一步，心里只希望这样的转身可以再慢一点，我要怎样开口对他说？"艾伦，好久不见哈。"不好……会太没心没肺了。或者是直接问："艾伦，你……还爱我吗？"不好不好，太矫情。难道是"艾伦，我，真的很想你"这句吗？

我想得太投入，连撞进彦辰宽阔的胸膛我都没发现。咦？我还没开口，他就一把抓起我的双手，细细察看，声音里都带着难得的恼意："就一小会儿没看着你，又差点把自己弄伤。你是有多小啊，连个杯子都拿不稳。"

他叹了口气，揉揉我的头发，又顺带将我摘到一半的面具放正戴好。

"我……"像是被抽空的力气又悉数灌了回来，艾伦挑了挑眉，饶有兴趣地看着我们，嘴角的那副笑容，又让我的眼前浮起一层雾气。

他……也许有疑问，可是，他放弃了。

彦辰揽着我，力道比以往任何一次都要大，他的笑意绕着眸子，凉凉地说："对不起，我的女朋友恐怕不能陪你跳这支舞。"

艾伦理解地点点头，举杯自饮一口作罚，只是神色不可避免地冷了下去。

我终是没法猜出他是否认出了我。如果青梅竹马都没能认出，那未免也有些太薄情，若是认出了却又视而不见，那也许，真的是不爱了。

无论是哪一种结果，对我而言，不啻于都太过残忍。

我看着艾伦走远，难过地别过脸去，彦辰绷着脸扳过我，难得地在嘴角牵出一丝笑："不开心了？"

我深深看他一眼，无比郑重地点点头："今晚，真是个错误，如果你现在带我离开，我还有百分之一的可能性会原谅你。你，要不要弥补一下。"

他抱着双臂看我咬牙切齿的模样，坦然摇头："不要。"

我急得瞪他："你试试？"然后在他手臂上狠狠拧转了一把："主动给你机会让你反省认错，必须要！"

他"嘶"一声咽下疼痛，无奈地看着我："好吧，我要。"

一出会场大门，我就被冬夜的凉气狠狠击中，眼前裙裾大片的嫩黄色漫进我的眼睛，漫进我的心胸。临走前艾伦朝我们投来若有若无的一瞥，我却像被烙铁烫到一般，彦辰不知为何，竟然懂得我的慌张，他冲我安慰地笑笑，转身便去取车。

看着他的身影被复古的街灯拉得又长又落寞，我走上去从后面抱着他的背，眼泪蹭在他的西装上，彦辰身子一颤。

"别……别动，就让我抱一小会儿。"

彦辰你知道吗，我竟然选择了跟你走。刚刚艾伦猝不及防地出现，打乱了我一切既定的步伐，而你微微笑环住我，口气似埋怨更是宠溺，那股只属于你的薄荷香迎面而来，让我无端觉得勇敢和安定。

为什么你会比艾伦，更让我觉得安心。

他拍了拍我的手，转过身来，看着我抽噎的模样，没来由地眉心一皱。

他的大手拂去我脸上的泪渍，轻柔的触碰宛如对待珍宝一般，他轻轻刮了刮我的鼻翼，叹了口气："还真是爱撒娇，别人还没碰你，就害怕成这样，真是拿你没办法。"

我扯了扯嘴角，想用力笑。彦辰，还好你不懂。

他挑眉："走吧，想去哪？"我抹掉眼泪，小步追上他。

车缓缓奔驰在如墨夜色里，车内潺潺流转的音乐缓解了一些尴尬的气氛，他单手撑着额头，透过镜子看我半晌，笑了笑："在想什么？"

我哑着嗓子说："我以前一直奇怪，为什么灰姑娘等了那么久，还没有等到来接自己的南瓜马车。"

"嗯？"

"原来是因为，南瓜马车中途就被别人劫走了。"

他笑了笑，没再接话。我亦别过脸，我的南瓜车也晚点了，也许，再也不来了。

他没有把车开回家，反而停在电影院门口。"走吧，给你买爆米花，通宵场。"

我惊讶不已，他怎么猜到我想发泄。我咬唇摇摇头，哼哼道："我才不要去电影院，没创意。"

而且，情侣太多，会衬得我们两个失意的人更加孤单。

他似笑非笑："那你倒是给个有创意的法子。"

灵光一闪，我突然大叫："我们买碟片回家看吧，还可以唱唱小曲喝喝小酒，多有情调！"

他忍住笑意，佯装严肃地点点头："真有创意。"

我挥挥拳头，他的大手则一把包住我的拳头，扯着我上了车。

以前在美国，艾伦常常会带我逛音像店租些碟片。大抵哪里都差不多的，上海的音像店，虽近深夜，却也并不寂寥。

彦辰挑了一张《追风筝的人》，唇角微微上翘："看部深刻点的片子吧。"

桃夭

我清了清嗓子，模仿着主角阿米尔的语调一字一句道："为你，千千万万遍。"

"哦？看来不算很没文化。"彦辰垂眸，笑着点点头。我咬牙愤愤道："你有文化，那你知道卡勒德·胡赛尼的这部书第173页上第15行是哪句话吗！"

他明显一愣，对上我信心满满一副看好戏趾高气昂的模样，约莫知道惭愧了。

彦辰敛去笑意，挺正式地问我："好吧，我收回刚刚的话，我最没文化了。是哪句话？"

我满意地接受了他的歉意，良久，眼中攒出一个淡淡的笑："我又没说我知道。"

他抽搐地张了张嘴，半晌却没发出一个音节。我得意地转身，忽略了他姹紫嫣红的表情。

一边翻着碟片我一边嘟哝着："其实吧，那部片子拍得挺好，只是我更喜欢原著。当时我看哭了好多遍，大家都喜欢从民族和阿富汗文化上来看这部巨著，可我总在想风筝。"

彦辰靠在架子上，低头示意我继续。"你想啊，风筝可以是亲情、爱情、友情，也可以是正直、善良、诚实。对阿米尔来说，风筝隐喻了他人格中必不缺少的一样品质，只有他自己追到了，才能成为健全的人，成为他自我期许的阿米尔。"

我自顾说着话，眼睛随着快速在架子上来回移动的手指找寻今晚的目标。"耶？有了！"一转头却对上了彦辰诧异兼欣喜的表情，他深如古潭的一双眸子悠悠的，似要望进我的心底。

"拿的什么？"极温柔的语调。

"《恋爱假期》，一直很想看的轻喜剧。"他凑近，我用手肘顶

126/

了顶他，"彦辰，你有没有觉得，这部片子很像我们俩现在的生活状态？"我调皮地冲微愣的他眨了眨眼，然后继续撒欢儿似地翻找着碟片。

影片的结尾曲渐渐唱开，我已经哭成了泪人，彦辰似乎陷入沉思中，缄口不语，于是更衬着我的叫嚣多么刺耳。

我接过他递来的纸巾，哽咽道："别嘲笑我，我是感动得哭了，他们的故事太，太感人了。可是彦辰，你说假期结束了，他们两对的恋情该怎么继续发展啊？"

彦辰没有答话，我看着他的表情并不像想象中轻松，眸光深沉，似一摊化不开的浓墨。

我扯了扯他的袖子，他方才抿出一丝苦笑："洛丽塔，你是想告诉我，这只是一个短暂的假期，我们不应该太过当真，是不是？"

我心里一咯噔。心道，我不是这个意思……

彦辰恍惚笑了笑："要不要喝点红酒？"

这种情况下，我是不可能拒绝他的提议的，更何况喝喝小酒这也是我最初的想法。

彦辰揉了揉我的头发，起身去拿法国空运回来的Lafite红酒。他伸手将最后一张包装纸撕下，动作有些狂躁的温柔。

红色的液体潺潺落进高脚杯里，视线里最后一缕光线逐渐被收敛，最后只有那抹邪魅的红色盘旋在眼前，经久不散。

"Cheers！"我们相视一笑，彦辰一饮而尽，我看着他美好的下颌弧线映着灯光，喉结动了动，有一种极致的诱惑。还没反应过来，手已经伸到一半，他挑眉探究性地盯着我，像是看穿了我的企图。

我缩了回来，他却不肯放过我，身子陡然逼近，一双漆黑的眼眸里漾起了雾霭，我紧张地往后退了退，却无意识这个抗拒的动作会伤了他。

彦辰静静凝望着我，忽然又笑了笑，那笑容染了愁绪，比以往任何时候都要落寞和动人。

"砰！""砰砰砰！"

毫无准备地，屋外腾空而起一束束璀璨烟花，瞬间染亮了幽蓝的苍穹！

我"啊"一声惊叫着从沙发上跳起。"彦辰彦辰，除夕诶！好漂亮！"这些色彩顷刻便将传奇的东方巴黎气质完美呈现。十里洋场的旧上海，此刻偏偏宛如一朵昙花，仿佛12点的钟声一经敲响，它便会艳丽开放。

我捂住嘴巴，说不出是兴奋还是难过，又一年过去了，不变的是烟花和热闹，变换的却是时空和姓名。

可又不得不承认，今年，是我过得最陌生却又最幸福的一个除夕夜了。

年代已经有些久的酒红色沙发可经不起我又跳又闹的折腾，我一个没站稳眼看就要摔了下去，彦辰手快一把捞住我，让我跌进他的怀抱，反应过来时，我的手已经紧紧勾住了他的脖子……

他向我垂下头，霸占了我眼底的一片烂漫烟火。空气仿佛一下子稀薄了起来，仅余几丝暧昧不清的酒气。他再度俯身，鼻翼紧紧抵着我的，我眼前再无其他，唯有他漆黑如墨的眸子、他浓密入鬓的长眉、他霸道温柔的笑意……

前一刻似乎还喧闹不休的烟花直响，现下却静得让我紧张，只能听到我和他的心脏，怦怦直跳。连张口呼吸都有些困难，我有些热，想要推开他，他的吻却再无顾忌地直直落了下来。

微凉的唇瓣刚刚贴上来，却并不是落在我的唇上，而是如蜻蜓点水般，掠过我的额头、眉心、眼脸、睫毛，继而缓缓向下，吻过我的鼻尖、下颌和脖颈……

带来一阵阵酥麻，我忍不住战栗了起来。

他的呼吸似乎急了，霸道的吻终是覆上我的唇，抱着我腰的手亦是加大了力气，我有些羞恼，想要躲闪，他却紧紧托住我的头阻止我的不安分。

"乖，别乱动。"彦辰低沉的声音有些沙哑，浊重的喘息声轻拂过我的耳畔，好痒。

他灼灼凝望着我，黑瞳突然晕开了笑意，再次深深漫天吻了下来。软软地吸吮着我的唇瓣，舌尖霸道地撬开我紧闭的牙关，长驱直入与我唇齿相戏，逼得我的舌无处可逃。

我委屈地瞪大眼睛，身子绵软无力，这才发现在他的面前，我根本不堪一击。

他的手指缠绕着我的发丝，而我的手则紧紧揪着他的衣领，身子紧张得战栗和颤抖不止。

"唔……彦辰，不……不要……"刚想开口，声音却再度被他的吻所吞没。

热烈而绵长的吻，连空气都烫得惊人。

彦辰的唇，很软，他的舌，很热。我渐渐放弃了挣扎，只觉眼前一片迷蒙，唯有他身上好闻的薄荷香淡淡萦绕着我，给我最安心的触碰。

曾经我最奢望的便是能和心爱的男子，在满天星斗之下，一吻定情。而现在，屋外烟火绚烂，夜空里正在上演极致的缤纷。

只是，心爱的男子……

像是突然有道响雷劈向我，我猛地一惊，睁大眼睛。

心下顿时浮起一股强烈的羞耻感，我怎么可以背着艾伦和另一个男人接吻，而且还是这样心甘情愿地相吻。我怎么可以对彦辰，情难自控了……

我用尽了全力，开始拼命捶打彦辰的前胸。

他皱眉稍一松开，我立刻跳到地上，动作敏捷得让他分外沮丧。

我无辜地张大眼睛，眼看着他的脸色由不郁渐渐变成难堪，我委屈地说了句："彦辰，刚刚那个吻，只是宠物对饲主的撒娇，你……别想太多。"

说这话的时候我慌张捂住脸，上面早已布满红通通的证据。

他伸手想要拉我，我却像触电般远远逃开，屋外斑驳陆离的烟火繁华衬着他淡雅清俊的面容，突然染了浓重的惘然。

周围物什全部失色，朦胧不可细看。唯有他清澈明亮的眸子半眯起，唇角似乎翘了翘，有片刻的寂静。我睫毛都不敢动，直直盯着他的脚移动、再移动，最后走到我面前停住。气压有些低，我忍不住打了个寒颤。

他淡淡的口气从头顶飘来："洛丽塔，除夕快乐。"我看见他一瞬不瞬专注的表情，俊朗的面容里浮现了一丝罕见的痛色。

目睹着那扇素色门板隔断我的视线，我傻傻笑了笑，又傻傻回头望向窗外的烟花，这才发现，它们也都散场了。

原来，都谢幕了。

后来，我终于理解了生活其实是门很高深的学问。最高深的地方莫过于，你以为你能规划好接下来的一切，可事实上，它总能出其不意，让你每天都又爱又恨。

比如我以为那天晚上我会由于羞愤而夜不能寐，结果我反而一夜无梦睡得相当欢畅。再比如我以为之后的生活里，我和彦辰会由于那个缠绵悱恻的吻而或多或少有些尴尬，可事实证明，有些人真的可以称作是天生的演技派。

无聊的时候我会天马行空地瞎想，都说一个男人对一个女人一旦产生了怜惜之情，那么他对她的感情也随之会无限地接近于爱。

难不成我英俊潇洒温柔多金的饲主对我的感情已经升级了？

思及此我总会嘿嘿傻笑，每每引得哆哆骨溜溜爬过来舔舔我的脸，然后我就会强迫自己对手指，将头摇成拨浪鼓状，逼走脑海里所有不堪的邪念。

情人节。

日子就这样一天一天波澜不惊地逝去。掰指数数，我住进彦辰家里，一晃也已经三个多月了。

今天恰好是第一百零一天。

"爱你不是两三天，每天却想你很多遍，还不习惯孤独街道，拥挤人潮没你拥抱……哎！哆哆，别动！再动我打屁屁了！"

可哆哆显然不把我的威胁放在眼里，我哼到一半的小曲被不安分的它给打断，手紧紧拽着它的项圈也不行，它竟然哗啦啦一阵狂抖，溅了我一身的水，啊啊啊！

我沾着沐浴泡沫的双手万分颤抖地抹去了脸上的水珠，浑身湿淋淋的哆哆一脸幸灾乐祸地伸着舌头讨好我，身后冷不防传来彦辰玩味的声音："你就是这样伺候它洗澡的？"

我磨着牙齿转过头瞪他，他看见我脸上横七竖八挂着泡沫，一下子接受不能，喝水喝急了，开始咳了起来。隔着这么远的距离我也能感觉到他的肝颤，然后，我邪恶地笑了。

我勾勾食指："过来。"

彦辰挑眉，搬了个矮板凳坐在了我的旁边，哆哆似乎很满意这样的架势，一个没注意，它一跃跳出了专用浴缸，在地上打了好几个滚表示激动。顿时，整个卫生间的地面全是狗毛和泡沫，一片狼藉。

这下，轮到我跟彦辰一起肝颤了。

我撑着腮帮子，彦辰费力地将哆哆拖了回来，不满地看了我一眼："在想什么，都不帮忙。"

"我琢磨着哆哆刚刚想要跳起来以示欢迎，可惜它不知道地上太滑，真是跟它的爹地一样，脑袋有些不大灵光。"

彦辰凉悠悠地瞥了我一眼，我立马捂住嘴委委屈屈凑到哆哆身边，给它换掉耳朵里沾了水的棉花球，彦辰轻笑着凑近我们，一边握着它的项圈，一边固定着哆哆的身子。

我用清水清洗掉它身上的洗发液，轻轻梳理一遍，又涂上护发素，再按摩一遍，哆哆满足地一会儿舔舔彦辰的脸一会儿又舔舔我的。等到全部清理干净顺带用热风机吹干毛发的时候，我们已累得神魂颠倒了。

彦辰凉薄的唇抿起一个似笑非笑的弧度，我看着泡沫沾在他的唇角上方，很是可爱。忍不住伸手想要帮他擦去，他一把握住我的手腕，目光有些灼热。

我尴尬地回头扯下一条干毛巾："诺，擦擦吧。"

"谢谢。"

我点点头："原来你会说谢谢，我还以为地球人的规矩你都不懂呢。"

他重重"嗯"了一声，故意拉长尾音，于是我又得寸进尺地好好数落了他一番。他无奈地笑着陪我一起打扫完卫生，便回了书房，一连三个小时都没有出来。我愣愣盯着紧闭的门，印象里他已经连续三周起早贪黑了，听说公司又接手了一个名设计师的手稿发布会，他这段时间一定忙坏了。

我端了杯咖啡，敲了敲门。"进来。"推门而入，他揉了揉额角，冲我疲惫地笑了笑。

"在忙什么？"

他接过咖啡，笑着回避掉了我的问题，有些慌乱地遮起书桌上的一些书籍。

我抱住双臂，踱至他身边，若有所思地点点头："这么神秘，那我不打扰你好了。"说罢我佯装抬起脚离开，他刚一放松警惕，谁料到我又迅速折了回来，"刷"一下从他挡住的书堆里抽出了一本来看。

他蓄满笑意的眸子突然一派正色，我发现果然是我想多了，这就是本期他们公司《梦花园》杂志的情人节特刊，我昨晚上已经看过了，现在毫无侦探价值。

我转身想走，他却喊了下，有些不自然地问我："没兴趣知道这本书的秘密？"

一听他居然主动坦白秘密，我顿时凑了上去。他揉了揉我的头发，翻开书："我指出一句话，你念出来就懂了。"

这么神奇？我的脸上分明写着不信，他不置可否耸耸肩。"这句。"

我看过去："我本次是代表日本最高级别的设计品牌Miss Beauty来到中国上海，为我们的理念而不断努力。"我诧异地蹙眉。他又翻了翻，"这句。"

"爱情之锁的Rescateme钥匙吊坠以23颗白色碎晶钻勾勒出心型钥匙，再以2颗粉红色心型晶钻点题，注入无穷爱情力量。"这是一条项链的简介，我还是一知半解。

"还有第201页这句。"

"你可以制作你喜欢的卡通造型、各类形象。"这下我是真的蒙了,三句天南海北毫无联系的话语,念到最后我的声音已经几不可辨。我疑惑不解地看着他,彦辰笑而不语,站起来刮了刮我的鼻翼:"傻丫头,饿了吧,我带你出去吃饭。"

　　我发现在彦辰面前,我的冰雪聪明丝毫派不上任何用处。更诡异的是,我想不出那三句话的谜底,他居然会感到受伤,该感到受伤的是我好不好!

　　街上四处都是相拥的情侣,就连西餐厅里今日的气氛都格外的浪漫。如果我真的失忆了,就这样和他度过每一天,想来也是一件十分幸福的事情。

　　很久以后我常常会想,如果那天我没有好奇地走出Swarovski门店想去自己逛逛,如果我安安静静地陪着彦辰跟那名设计师聊天,也许,我们就不会这样被动地——分开。

　　"安娜!"面对突如其来的尖叫,我透过玻璃看清楚了身后那张熟悉的面容,手里的包包应声而落。

　　是艾伦。

　　他激动地一个箭步冲过来将我狠狠拥入怀里,双臂勒得我生疼。

　　"你到底躲到哪里去了!"他的下巴搁在我肩上,吻了吻我的侧脸,那里正挂着亮丽的笑容。

　　逃不开,于是,我开始笑。他的胸膛明明紧紧抵着我,为何我感受不到心跳的频率,是因为装了别人了对不对。

　　"艾伦……"我哑着嗓子开口,话说到一半,却僵住了。

　　因为……彦辰,橱窗里映出了彦辰,我突然觉得像是有一柄长剑没入我的胸膛,剜开血肉模糊的痛楚。他脸色煞白,整个人僵在那里,提着Swarovski袋子的手停在半空,可是,他却在用力地笑。

天意果真如刀。

原来他早就知道我没有失忆，早就知道我有一个深爱着的未婚夫。所以他眼睁睁看着我被艾伦拥入怀里，却没有像往常一样上前来阻止。他看着艾伦深情地吻我，却只能无力地充当观众的角色，浑身上下透出难言的寂寥。

我想要叫他，可是我拼命咬唇发不出一点声音。我不知道该以什么身份挽留他，是他熟悉的洛丽塔，还是他陌生的安娜。

是真相太残忍，还是我们粉饰得太动人？

艾伦松开从背后抱我的姿势，转到面前，宽大的身影挡住了橱窗里倒映出的彦辰。"安娜，到底发生了什么事情？"

我明明想要落泪，却扬起笑脸："嗨，艾伦，好久不见。"

真的好久，好久了。

我看着他，头发比分开时候更长了，也许是外面的风太大，头发吹成了我不爱的发型，黑眼圈也重了许多，原本合身的西装现在都有些大了。"你不见了一百零一天，期间开过一次手机收到了我的短信，为什么不回我也不给我打个电话，到底发生了——"他鼻音浓重，就快要控制不住情绪。

失神盯着艾伦的胸膛，那里别着的别针不是我送的款式。我深吸一口气，虽然在笑，声音却在颤抖："收到你短信的那天我去过广场赴约，可最后我还是想起了那些难堪的一幕幕，就是我来上海那天晚上，在路边看到的那些。"

一口气明白清晰地说出压在我心底三个多月的秘密，居然会这般平静。想象里的愤怒和哭泣，竟然通通没有出现。

我抬眸，清晰地看到艾伦眼底淡淡的痛楚和挣扎，心跳一百二、一百三、一百四，我居然还清醒着，为了等他一个答案。

其实不用等的，他隐忍疼痛的表情已经说明了一切。

"你爱她吗？"听到我的问题，他扶着我双肩的手顿了顿。

我笑出声来："没关系的，如果你不爱我了就请告诉我，我可以离开，我们还可以做朋友，一辈子的好朋友。"

我说这些话的时候其实觉得特别悲哀，我记起以前和艾伦一起窝在沙发里看美剧的光景。在美国，我常常会感觉，出轨这种事情就如家常便饭，就连明明交往却在外面偷吃这样的情况亦是屡见不鲜。

我信他，所以我从未想过有一天我们会成为这场闹剧里面的男女主角。现在出了这样的事情，看着他为难和懊悔，其实我的挣扎不比他少。

我眷念着抚上他浓黑的眉、漆黑的眸子，那里面是雾蒙蒙潮湿的颜色，站在我面前的这个人是我爱了十年的心上人，他曾经动情地对我说：这世上只有你，让我想一辈子在一起。

就是这个想一辈子和我在一起的男人，就是这个坚持不能没有我的男人，他等不及了，终于是跟别的金发女人上了床，一想起他们缠绵的样子，我就会觉得，他太脏了。

"我爱你。"艾伦突然出声打断了我的思绪。

"我只爱你。"他开始哽咽，声音像残缺不完整的破布，布满补丁和线头。"我知道我可能没有资格求你原谅，可是安娜，你离开我的日子里我想了很多很多，我可以没有一切，但我不能没有你。"

不待我反应再次被他狠狠揽进怀里，像是要捏碎我全身骨头似的力道，拼命压迫着我的心脏。

明明应该感动的，我的眼眶却还是干的。我想，也许他还是不太懂我，他常常埋怨我不肯把自己交给他，尤其还是在美国那样开放的国度。可是我不明白，不肯就是不爱么？

我住在美国，骨子里就不能传统么，我只想把最好的自己留到新婚的那天，可是我的未婚夫，终于还是等不及上了别人的床。

他抱得我太紧，就快要让我窒息。越过他的肩膀，我看见彦辰还在。他眼底似乎翻起破碎的巨浪，一层一层终是落成深潭。往事如走马灯旋转不休，我恍惚了半天，在刹那间似醍醐灌顶。那次假面舞会，彦辰就知道我是艾伦的未婚妻了，所以他才不让我摘掉面具，所以才答应带我离开。只是现在，他再也没有办法来带我走了……

是不是因为快乐太过单纯，所以才这样易碎。

我看着他转身，一步一步离开。步子落得很沉，连同他手里提着的那个Swarovski袋子，一并敲击在我的心头，沉重压抑得让我疼痛。

艾伦说的话我没有听进去，只是数着他的步子，一步、两步，他的身影渐渐缩小，十七步、十八步……

一个转弯，呜呜，彦辰，彦辰不见了……

我开始无法思考地哭泣起来。

缺氧般的痛哭。

"安娜？对不起，对不起，你不要哭了好么？是我不好，你打我，我不离开了。"他不断地吻着我的眼睛，想要吸走源源不断的泪水。只是我的心里宛如裂开了一座深渊，扔下再多的巨石也发不出任何声音。

空荡荡的。

很疼。

我看着彦辰消失在一片灯火璀璨之中，想着这约莫就是真正的分离了。我们之间这一场所有意外的停留，就如同短暂的假期，总是逃不开离别的结局，而那些昏黄斑驳的温暖，终有一天要消失在无边无际的黑暗里。

我缓缓合上眼睛，哑着嗓子说："艾伦，我原谅你。"

他一怔，难以置信地推开我，我惊见他瞳眸中涌出狂喜的波澜，还夹杂着一层淡淡的薄雾。

我笑，脑海里浮现的却是我们曾经的笑骂。我挥挥拳头说，你要是敢对不起我，我才不会像电视里演的那样哭爹喊娘，我一定一脚踹开你，然后再找个各方面都比你优秀的，带到你面前兜一圈，让你悔不当初。每当这时，艾伦就会从后面抱住我，用胡楂不停蹭我的脖颈，非得要我咯咯笑着求饶不可。

他会扳过我的肩，极认真地看着我双眸，温柔地吻吻我的眼睛，说：宝贝你放心，我永远不会给你这个机会的。

艾伦，这些话，约莫你都忘记了吧。

心里太疼，我埋进去抱住了他的身子，不受控制地咬住他肩头，将所有的呼喊都隐藏进他的衣间。

隔着厚厚的衣料我仿佛还能嗅到丝丝血腥味，艾伦只是心疼地圈紧我，腾出一只手来打电话："琳达，我找到安娜了。对，你在家里等我。"他的声音还在颤抖，不知道是不是受怀里的我的影响。

琳达也来上海了？看来我要被骂死了。她是艾伦的妹妹，也是我从小到大最好的朋友。她懂我所有的喜怒哀乐，有时候只需一个眼神，我们就能准确无误地说出对方心底的想法。

她果然没有让我失望，我一进门，就听到一长串拖鞋"啪嗒啪嗒"急促敲打地板的声音，继而映入眼帘的是她一头艳如火般的红色长发，妖娆地披散在肩头，眼线高高挑起，唇蜜浓而晶亮，还是跟记忆里一样热情。

我张开双臂，很是想念她。可惜琳达投过来的冰冷视线宛如细针密密麻麻让我胆寒。不待我反应，她就冲了过来一把抱住我，不断捶打着我的肩，尖叫声冲破屋宇："死安娜，笨安娜，你躲到哪去了，你看着我们急得满世界找你你很开心是不是，你怎么这么不负责任，我们都快疯了。"

眼泪将她完美的妆容晕花开来，她还在不停地数落我："你知不知道我哥他为了找你吃了多少苦，我从没见过那样颓废的他，你失踪的第一周他几乎没合过眼，硬是将上海所有的角落都翻了个遍。你怎么这么狠心啊！我恨死你了！"

我回头望了望艾伦，他没有接话，疲倦却温柔地笑着拨了拨我额前的刘海，眉眼间一派心疼和眷念已经是最好的证明。

"对不起，对不起。"此刻我除了不断鞠躬和重复这无意义的三个字，实在是找不出其他途径来缓解我心里的愧疚。

她的肩膀颤抖得厉害，泪水已经没入我的肩胛，回到了生活的正轨我应该喜极而泣不是吗？可是为什么心里还是堵得厉害，似乎有一种不同于愧疚的心情沉沉压上心头，逼得我头昏。

是什么情绪？

我闭上眼睛，脑海里不受控制地浮现出我离开商场前那最后的一瞥，橱窗里彦辰的轮廓似乎在突然间变得异常清晰，大厦里稀薄的灯光洒在他身上，衬得面容俊朗明亮却又分外忧伤。

"糟糕了！"我突然惊叫出声。

"手机！还有包包！"我懊悔不已地拍了下脑门，我把它们都落在商场了。怎么办怎么办，我记不得彦辰家里的电话和他的手机，只有那款LG棒棒糖手机里有，我如果不跟他道声平安的话，彦辰，他会担心的。

我着急得直跺脚，来来回回在客厅里打转，"怎么了？"艾伦的声线已经恢复往常的温文尔雅。

我混乱不堪地说了原委，当然我绝口不提彦辰、恩浩和哆哆。

/139

只可惜我们回到商场的时候，哪里还有包包的影子。四处都是稀散的人群，我猜想我现在的脸色一定惨白如纸，否则艾伦怎么会担心成这样，他抬手想抚上我眉梢，我笑了笑，避开了。

心下仿佛不能承受更多的重量，现在的一切都太过陌生，中间那三个月架起的墙生硬地隔开了我们之间那些过往。

"安娜？"我猛地回头，却不知道自己眼里疑似泪水的那些东西到底是因为看向艾伦时光芒的刺眼，还是因为忽然的难过或者欣喜。

我躲开了他的拥抱，坐进了车后座。疲惫不堪地靠在椅垫上，拒绝回答他们两任何一个刺探的问题。

我只是不断重复着："对不起。""我再也不会离开了。""我这段时间在上海过得很好。"其他一切，我都缄口不言。

夜色，忽然就浓重了，像泼出的墨，漆黑无光。

艾伦家里的沙发也很软，可惜我蜷缩上去的时候总是不知道该怎样安置我的腿，或躺或缩都很不舒服，他歉意又疲惫地冲我笑笑："你要是不喜欢，我明天全部换一套。"

我停顿许久才反应过来，原来他以为我介意那个女人留下的痕迹。我极低地轻笑出声，我也以为我很介意，可是刚刚的我，想的竟然全是彦辰的酒红色沙发。

我离开彦辰，那些类似疼痛的情绪，我以为只是我的不习惯。

不习惯没有酒红色沙发收容我，不习惯脚边突然没有了哆哆，不习惯每晚睡前没有了跟彦辰互道的晚安……那么彦辰你呢？你习惯我突然的不告而别了吗？

我轻咬下唇，明明一切都回归于好，我却早已失眠成了习惯。

只可惜新家里的窗也不够大不够明亮，仿佛屋外浓郁的夜色都不如之前吸引人了。

艾伦穿着银灰衬衫配黑毛衣，简简单单站在那里也是风情万种。目光扫到他那双漂亮修长的手，记忆的风再次呼啸而过。以前我最喜欢的就是玩他的手指，可是现在我只觉得它们脏。

"宝贝，怎么不戴戒指了？"

我扬起明艳的笑容："在这里。"

我将口袋里的SIM卡和戒指掏出来重见天日，来回抚摸，心内有难言的沉重。这些物什的附加价值早就超出我的负荷了，也不知道彦辰上次费了多少心思才将它们找回来。

我有些失神，直到察觉艾伦已经快将戒指戴入我的中指，我"唰"一下赶忙逃开。

一时间，我们都有些尴尬。

艾伦捧起我的手单膝跪地，苍白的声音划过屋里静谧的空气："没关系的，我可以等。"他吸了一口气，笑笑："丫头，你要准备好，从现在开始，我要重新追求你。"

艾伦的声音落在地上，有细碎的温柔。我从未见过他笑得这样凄凉，心里有莫可名状的情绪席卷而来，我搂住了他的脖子，靠了靠他的脸颊，轻声说："对不起。"

他身子一僵，抬起头看我，时间在那短短几秒中又像是静止又像是汹涌呼啸。

天气很冷，屋子里的我们两人，身上都似蒙了一层霜。

我起身离开。

那时候的我并不知道，很多故事都是开始于无忧无虑，之后投入多了，量变就导致了质变，站在当下想一想，发现故事本身其实早就面目全非。

这才是莫大的讽刺。

第七章　在最大的悲伤里，眼泪都成奢侈

住在艾伦的公寓里时，我习惯性地早起做早餐。

咦？桌子上居然早已摆满了丰盛的早餐，仔细看看，都是我爱吃的唉，我刚想惊叫出声：彦辰你良心发现了吗！可是艾伦的笑脸从厨房里凑了出来："要说早安，这是礼貌哦！"

我的笑容僵在脸上，琳达过来掐了我一下："妞，愣着干嘛，快去洗漱，我都馋死了。都怪你玩了那么久的失踪，害得我哥都无心厨艺了，快去快去！"

心提到嗓子眼又被我生生压了下去，不是彦辰，桌脚旁也没有哆哆撒欢儿的身影。所有的一切都在提醒我：洛丽塔这个身份已经过去了。

"好久没喝到你煮的咖啡了，不知大小姐今天心情如何，能否赏赐一杯？"艾伦轻笑，温暖的笑容里，有一丝狡黠。

我笑着点点头。

可是——我居然忘记艾伦和琳达的口味了。

一匙奶精二匙糖，还是二匙奶精一匙糖？

长久地犯着难，我又习惯性地咬起了嘴唇，连艾伦突然出现我都没有察觉，直到他微凉的手紧紧握住我的，我瞬间像通了电一般，发不出言语。

对上他清澈的眸子，他暖暖地笑："我的是一匙奶精一匙半的糖，琳达受不了苦，要一匙半的奶精二匙糖。"

他握住我的手再不说话，自顾加好了辅料，汤匙不断搅动着咖啡，温醇的香气四溢开来。

艾伦急着品了一口，嘴角挂起一个像潘杰希尔峡谷那样大大的微笑："真怀念！"

我有些讪讪，随便扒了几口饭就去了阳光房晒太阳。

冬天的阳光透过轻薄的帘子照射进来，卷高竹帘，我看向楼下的芳草地，想起了以前在美国的家，笑容渐渐隐了下去。

该怎样和父母解释，我和艾伦还会不会有未来，我还爱他吗？

"你还爱艾伦吗？"突然的出声吓了我一大跳。

从没见过琳达这样严肃的表情，我露出舒服的微笑，点头："我爱。"

她似乎很是讶异，连我自己也有些失神，我竟然是……没有思考就脱口而出。

桃夭

琳达眉尖一挑，矫情地捏了我一把，继而叹了口气："安娜，我总觉得你这段时间有什么事情瞒着我们。"

我有些窘迫，"你别老瞎想，我没有。"

她旋即爽朗地笑出声来："我了解你，我们三个人从小一起长大，我怎么可能相信你那样空洞的眼神，会代表爱。"

我哑然失笑，嗓子有些干涩得难受。

我说："我记得，我们一起在沙滩上驰骋，一起弹奏乐器，一起参加比赛，一起入睡……一起度过了这么多生命中美丽的时光，想想都觉得嫉妒，那该是一种绝艳的幸福。一辈子，两个人在最合适的时间里为彼此留下生命中最珍贵的记忆，谁说这不是天赐的运气，想与他执手到老，心存同向，这些我一直没有忘记，只是现在，我需要时间，你能明白吗？"

气氛一下子安静了下来，琳达脸色微微一变，话到嘴边似又欲说还休，我也不去问她。目光扫到沙发上铺着的花纹繁复的丝纱发套，我莫名觉得刺眼。

琳达静静看着我。

过了好一会儿，她想起什么似的，兴致勃勃地冲我挥了挥手上的一张名片。

"这是什么？"我问。

"不是我要替我哥说话，真的是那狐狸精自己不要脸来勾搭的，我哥跟她已经断了，你要不要，发泄一下？"

"发泄？"

我笑开，我是挺想整整那个金发女人的，感情这种事情，我才不要故作大方。而且，琳达整人的招数我领教过，很是刺激。于是我邪恶地点点头，表示期待。

而且这样我就能够找到机会溜出去找彦辰他们道别了吧……

这几天我总埋怨他们兄妹把我看得太紧了些，恨不得时时刻刻出现在我的面前才肯罢休。

琳达还在计划着整盘计划，我闲得无聊开始看电视，我的身侧是艾伦英俊淡漠的眉眼，他商量着挑起话题："我们回美国吧？爸妈都担心挺久了。"

心里一滞，我低头看了看自己的手心，语声淡淡："我已经打电话跟他们报过平安了。好久没回上海，怪想念的，回去的事情过一段时间再说吧。"

我望向他那张我曾深爱的面容，脑海里挥之不去的却一直是彦辰转身的背影。艾伦不自然地冲我笑笑："好。"

我吁出一口气。

电视里铺天盖地都是Fairy Tale新潮流的剪彩仪式，我看得目不转睛，拼命在人群中找寻他的身影。艾伦皱眉道："琳达喜欢这些东西倒还正常，你什么时候也开始关注起这些了，以前跟你说公司的业务的时候，你不是都爱理不理的吗？"

我淡淡接口："突然，我就开窍了。"

顾不得多说话，人群里，我已经看到了他。

那身Dolce&Gabbana的修身西装衬得他愈发英挺，嘴角挂着淡而疏离的笑容，一如我最初见到他的那样。

他跟来人打招呼，总会先用右手相握，继而左手再轻怕对方的右肩，点头含笑以示欢迎。

全都是我欣赏的表情和动作。

原来，不自觉间，对他早已这样熟悉了啊……

他的精神似乎有些疲惫，可言笑间仍是进退有度，大方得体。我第一次感谢那些争相跑新闻的记者，让我可以透过镜头，见到他。

剪彩仪式过后彦辰也同时宣布展示了Vivian今春的最后一组手稿，飘逸似云，线条参差独立，用色大胆明艳，琳达早已激动地将她对Vivian的崇拜之情阐述数十遍亦不知疲倦。

只不过，我没有想到，为这些手稿做宣讲的竟然会是她。

沈之蔓。

她无疑是自信又完美的，言辞间都是对Vivian的欣赏以及对彦辰的钦慕。她常常会在某处停下，若有所思地绽放出迷人的微笑，目光灼灼投向台下的贵宾席，然后摄像头就会跟着拍向彦辰，每次都配合得完美无缺。

有酸麻的感觉袭上心头，我垂下眼帘揉了揉眼角，想要避开不再去关注他们两人的琴瑟友好。

十张手稿很快便解读完毕，场下雷鸣般的掌声经久不息。摄像机却仍孜孜不倦地追随着她和彦辰亲密无间的姿势。

或耳语、或微笑、或递过杯子喝水、或关切地询问冷暖与否……我拿起一杯水，仰头大口吞下，想要冲淡心里莫名的不舒服。

琳达敏感地问我："妞，怎么了？觉得这些设计不好？"

我努力平复情绪，笑着摇了摇头。艾伦探寻的目光有些扰人，我假装不经意抚了抚发丝，回避掉了。

剪彩会圆满成功，他们相携立起接受媒体的称赞，频频合影，我望着镁光灯下优雅非凡的彦辰，唇角不自觉蔓延开盈盈笑意。

突然默想到一句很喜欢的话——相爱的人为彼此奉献自己的心并不代表非要紧握着对方的心不放，因为只有生命的手才能牢牢抓住你们彼此的心和爱。

彦辰和之蔓，也许就是这样。

他们之所以相配，便在于，他们站在一起，却又没有靠得太近。

就像廊柱分离，才能撑起庙宇。

就像琴弦必须隔开相望，才能为同一旋律而振动。

就像橡树和松柏也不能在彼此的阴影下生长一样。

我打算关掉电视，心里有些寂寞的窃喜。彦辰，我为这样优秀的你，感到骄傲。

可是琳达突然一声尖叫拉回了我的遐想，怎么会——现场顷刻间变得一片混乱，惊叫声此起彼伏，保安严阵以待拒绝任何形式的继续采访……

那个被镁光灯围得水泄不通的地方，那里……彦辰竟然倒在了那里。

一阵天旋地转袭上来，我猛地站直了身体。

心直直地坠下去，坠进望不见底的深渊里。明明是寒冬，背心里的冷汗却止不住地冒了出来。我扶着沙发边缘，心里一阵阵地发虚。

我要去见他。

这个念头一经冒出，便犹如野草般疯狂生长。

电视里的直播已经切掉，娱乐新闻跟踪只说Fairy Tale集团执行董事突然昏迷于发布会现场，已经急送医院抢救。

恍惚间耳畔都是喧嚣的救护车鸣笛，以及鼎沸的人声。背心里的汗转冷，衣服黏黏地贴在身上，我忍不住打了个寒噤。

艾伦诧异地抚了抚我的额头，眉心微皱："脸色怎么这样差？"

我僵硬地扳下他的手，越过他身子，目光坚定地对琳达说："走，我现在就要去找那个女人发泄。"

只有这样，我才能觅寻到机会，去见彦辰。

"现在？这么晚了？"

我咬唇点点头。

她暧昧地笑了笑，一脸恍然大悟的表情："我就说怪不得你今儿个一天都魂不守舍，原来此仇不报，寝食难安啊。"

我挥了挥拳头："你……你到底去不去？"

"得，我去打个电话问下，你去把你身上这件Hello Kitty外套脱了，换一件威风一点的衣服。"

琳达风风火火地跑上了楼去打电话，我刚想回房，艾伦一把拉住我。

"去哪里？我送你们。"

他专注地盯着我，我回了个笑容，轻声道："不用了。"

有一点失落一点惆怅一点后悔，我告诉自己，眼前这个男人才是我要"执子之手，与子偕老"的人，我去看彦辰，只是为了报恩。

其他，再没有什么。

很久以后想起来我才觉得好笑，我和艾伦琳达一起相处，每日的眼里都氤氲着迟疑。旁人一眼都看出了我的心思，而我仍蒙在里面惶惶不知，其实我早已爱上了他。

现下，彦辰那张疲倦憔悴的脸，在眼前直晃，我揉了一下眉尖，强迫自己把这个影子压了下去。

"妞，当心！"琳达急切的声音突然响起在耳畔。

什么当心啊？我收回神，正想循声望去。"砰！"我的身体却直直撞上了面前的柱子。"唔……"一记闷哼，我抱着头痛苦万分地蹲了下去，头皮震得麻麻的，身子也不争气地开始颤抖。

琳达赶紧踱着高跟鞋过来扶我："多大人了，走路还会撞到，真是笨死了。"

我攀着她的手直起腰，干笑两声："没事，没事。"

真是笨死了……跟彦辰宠溺的口吻，一模一样。

心里忽然满是说不出口的难过。

刚刚出门多亏了琳达站在我这边，艾伦一脸老大不情愿，最后也不得不放行。琳达说，那个女人现在在医院，我一听医院的名字，不由得瞪大眼睛，那不正是我之前住的那家嘛。

心里开始窃喜，小鹿般笃笃乱撞。彦辰的私人医生都在那边，也许他也在那家。

只是喜悦下一秒就被冲散，当我发现那个女人正挽着唐恩浩的手臂的时候，我真不知道我是该哭还是该笑了。

这世界该有多狗血才能发生这种事情啊。

我第一反应就是——逃。

这种情况下唐恩浩和琳达见面，最惨的必然是我。我不敢想象我辛苦遮掩的这三个多月的经历被琳达一点点挖掘出来的后果，一定会掀起一股难以想象的血雨腥风。于是，三十六计，走为上上计。

可琳达又一把拎着我的衣领，扯了回来："你怎么这么没用，那个女人就在你的面前，我拜托你摆出一点正室对小三的气势出来好不好，真给我丢脸。"

我摆摆手："你看我忘记换掉Hello Kitty外套了，真是出师不利。我们下次再来威风凛凛，好不好？"

她咬牙，恨铁不成钢一字一句吐出来："我、说、不、可、以。"

我哆嗦着将拉着她的手，缩了回来。

后事是这样发生的。

唐恩浩进了电梯，琳达大步刚想去追，不料被我狠狠拖了后腿。在她不断叫嚣"干嘛干嘛"的过程中，我刻意将她拉到个空间结构十分繁复的角落。因为我了解琳达什么都厉害，就是在复杂的建筑结构处会晕眩，继而要绕很久才能找到出路。

而且，一般奢华的建筑必定都要费尽心思来体现它的与众不同。所以这家医院里符合我条件的角落就更多了。

趁她还没反应过来之前，我一个转身拐进楼梯间，又从楼上一层转出进了另一条通道。

拍拍手吐出一口气："呼，琳达，那个女人交给你了。"同时暗暗祈祷她发现我私逃后，不要河东狮吼才好。不过这里是医院，应该不会有这种可能性……看来我果真是邪恶极了。

好在儒雅医生和护士姐姐们都还记得我，彦辰是住在这家医院，可惜通道门口围满了记者，我没法进去。

仿佛是过了整整一个世纪，我才回过神来。说不出心里是失落还是其他，我低头看着衣角，不甘心见不到他就要离开。

很奇异的感觉，有幽蓝色的光芒入眼。我抬起头望向高跟鞋步步铿锵声音的源发地，呵呵，真巧。

沈之蔓张开手，稀薄的阳光给她纤细的手指镀上了一圈淡淡的边晕，海洋之星的蓝色戒指套在她左手第三个指节下，仿佛天生就嵌在那里一般。

她走到我面前，亭亭立在那儿，从头到脚打量我一番，笑出声来。

"顾小姐，别告诉我这么巧，你又失忆住进这家医院了。"

我手一抖，猛地抬起头。"你在说什么？"

她眼角微微上挑，脸上还是那样半真半假的笑意："顾梓泠小姐，英文名安娜，美籍华人，借用假失忆来接近Fairy Tale集团执行董事。你倒是给我解释解释，我在说些什么。"

我勉力笑笑，摇摇头："我还是不大明白你的意思。"

不想和她多做纠缠，我擦过她的身子。不料沈之蔓突然加大力气，一把紧紧攥住我的手臂，将我硬是扯了回来。

她冷声："顾小姐难道还需要我提醒，你的未婚夫是MEARA公司的副总裁吗？"

我看着她因为愤怒已经微显扭曲的脸，觉得好笑，竟真的笑了出来。

"是，我的未婚夫是MEARA公司的副总裁，不过MEARA公司的市场在美国，你不觉得你太多心了点吗？而且如果我没有记错的话，沈小姐在纽约的那场时尚秀，也跟我们公司有合作吧。现在这样，是过河拆桥吗？"

她似乎正在极力按捺心底的厌恶和波澜，只是抓着我的手不自觉又紧了几分力气。

我冷冷甩开她的手，却听到："你敢说你不是有预谋的？否则怎会那么巧，除夕那晚的假面舞会，艾伦和你刚一见面，彦辰就急急带着你走了，紧接着原定于批给Fairy Tale的迪拜项目，就轻轻松松给你未婚夫的MEARA拿过去了？"

这突如其来的信息太令我茫然，宛如迎面给我扇了一个巴掌，我一时说不出话来。

她笑得讽刺："Fairy Tale的《梦花园》杂志还差点遭遇渠道商退货，彦辰忙了多久才好不容易平息下来。现在他终是累倒了，医生说他胃穿孔。你倒好，来看笑话的吗？"

我极力稳住身形，定定地与她对视，声音却免不了发颤。我说："不管你信是不信，你说的这些，我都不知道。"

我没有撒谎，真相以这种方式呈现在我的面前，我亦无力抗拒。只是沈之蔓不会明白，我心里的痛丝毫不比她少。

胃穿孔……好好的彦辰怎么会胃穿孔……

我的声音根本不像是从自己口中发出的，嗡嗡的在耳边响着："医生怎么说，彦辰他、他醒了没有？"

沈之蔓居高临下地回头瞥了我一眼，嘴角浮起凉凉的笑意："洛丽塔这个名字很适合你，你可还记得我说过，活泼和可爱也许只是彦辰他一时的迷恋，终究不能久长。"

屋外阳光正好，清清淡淡地站到了她的手边，照在她指上那枚幽蓝色戒指上，钻石反射着璀璨的光芒。

她说："我也许会相信你被蒙在鼓里，对此事全然不知情。但你的身份终究是MEARA公司副总裁夫人，你们要强势进入已经被瓜分的市场，目标就直指上海时尚界的龙头老大，这样的事情每天都在发生，只是请你看清楚，彦辰需要的并不是你能给的，如果你继续这样缠在他身边，下一次彦辰和Fairy Tale还将面对什么样的困境，恐怕你我都不能想见。"

她笑了笑："为了彦辰，所以我劝你，还是离开吧。"

恍惚间我听到她语气里的疲倦和落寞，只可惜后面的话我没有再听进去，心底似蓦然注入一泓冷泉，冰凉到底。

沈之蔓走了。

我的肩膀开始控制不住地微微颤抖，有些东西越是接近真相造成的痛楚越是深重，这种痛一直痛入肝肠，痛入骨髓，痛得五脏六腑都扭曲了……

先前我一直在想艾伦那夜究竟是否认出了我，他怎么会任我被彦辰带走而不闻不问，试问若他真的一直在用心用力寻找我以至于不眠不休，那这一出临阵抢标的事又从何谈起……

我这才发现，跟我青梅竹马一起长大的那个人，我原来并不曾真正了解。

或许，年少时那个优雅清隽的少年，早已死在我心底定格的那个剪影了。

只是彦辰，他正躺在病房里，而我连见他一面都成了奢望。

他受了那样大的压力，却从不肯对我诉说。我一直从他那里索取温暖和关怀，却转个弯就亲手将他推向了绝境。沈之蔓说得对，我非但不能帮到他什么，反而会一直给他添麻烦和伤害。

我早该想到，堂堂Fairy Tale的董事，怎么可能让不知名的女子长伴身侧。自从那次沙发被送回，他将戒指和SIM卡交付到我手心的时候，我们之间就宛如只隔着一张纸，彼此都了然于心，只是都不去捅破而已。

这一出戏演到现在，我才发现，最可笑的，竟然是我自己。

手心里早已聚满了湿濡濡的汗，医院里很静很静，宛如墓地一样。

我的目光穿过对面墙上"禁止喧哗"的大字，穿过洁净的玻璃窗，望向外面。我还记得幼年的时候读过郁达夫的书，他说江南的冬景带着一种明朗的色调，只是为何现在我看到的光景，会这般萧条和惨淡。

不知道过了多久，耳畔似乎响起阵阵不休的争执，我迟钝地抬起头，脚底有些发软。

琳达正紧紧拽住艾伦曾经出轨的对象，我看着那头妖娆及腰的金色长发，似乎又回到那日的街头，看见他们亲吻、我出车祸、在我现在所处的医院里，第一次见到彦辰……

脑海里急速滚动播放着我和彦辰的一切一切，我从未像现在这样慌张和害怕，我怕他醒转不过来，我怕胃穿孔大出血抢救不及时他就……

我害怕的太多，最害怕的那一点就是再也见不到他。可是我现在只能杵在这里，像个失神的洋娃娃。

这世上的事情总是太过荒唐，现在眼前他们的热闹再吸引人，也终究是，与我无关。

"安娜！"琳达终于发现了我，惊叫出声。

与此同时，唐恩浩和女伴也从拉扯中转过身来，望向我所处的地方。

我站正，忍着撕心裂肺的痛，冲着他们没有温度地微笑。

我说："嗨，好久不见。大桃花。"

我不是没有想过我这一声招呼喊出口的后果，只是既然大家都心知肚明，我又何必再待在他们圈起的城堡里，故作伪装。

唐恩浩显然愣了愣，眼眸里流转的都是惊愕的情绪。

琳达松开那个女人的手腕，气势汹汹地走到我的面前，一把戳戳我的脑袋。

"安娜你最好给我个解释。"她在生气。

我恍惚笑了笑，声音很轻，心却很疼。我摇摇头说："琳达，我不欠你任何解释，倒是你哥，欠了我很多解释。"

唐恩浩始终抱臂站在一旁，目不转睛却不说话。我看着他的衣服上有多处的不规整，就连西服的衣领处也有些褶皱。而被他护在身后的那个女人，就更加狼狈了。

她烦乱地拨弄着头发，口里一边还念念叨叨地撒着娇："大少，你看看这个女人什么素质啊，你要替人家做主嘛！"

从前没见过这个女人的模样，她每每出现，留给我的都是朦胧不可辨的背影，以至于我总会幻想着她的正面该有多么的倾国倾城。只是现在当真儿瞧见了，着实是有些失望。

她算得上琦颜玉貌，只是气质上比起沈之蔓那样的优雅高贵，还差得远了。

琳达没有理会我的反常，仍是自顾指着她喊道："有些人真的是不要脸，一天到晚像个婊子一样粘着男人。你既然立志要出来卖我也管不着，但是你竟然敢欺负到我嫂子头上，你信不信我下一秒就能弄花你的脸！"

这话实在难听，居然顺带着连艾伦和唐恩浩一起骂了，我可以理解琳达在美国待久了普通话用起来不太注意，可是不知情的唐恩浩……他的脸已经气得绿了。

那个女人已经急得要哭了，唐恩浩挑了挑眉温声软语地安抚着她，又冲着我皮笑肉不笑开口说道："洛丽塔，你怎么跟这个泼妇关系这么好啊，听哥哥的话，来我这里，离她远点，小心被这个母夜叉给带坏了。"

说完他就来拉我，琳达眼疾手快，一把扯住我的右手，阻止我被拉进恩浩的怀里。

"安娜，这到底怎么回事？你怎么会认识这种人。"

"哎哎哎，怎么说话呢你，什么叫这种人啊！今天你首先冲出来像个疯子一样欺负我的女人，我看你年纪小不跟你一般见识，你现在又得寸进尺，是不是真要我叫保安你才知道收敛两个字怎么写啊！"

"哟！我没听错吧！一个大男人讲道理讲不过女人，就嚷嚷着要喊保安来，你不嫌丢人我还嫌丢人呢！安娜我们走，跟这种人待在一起，我怕掉身价。"

"洛丽塔，不许走！"

两人一左一右扯着我的手臂，那个女人傻傻站在一边，脸色惨白，额间有细密的汗珠渗出，看样子也十分诧异情况怎么会变成这样。

"你跟洛丽塔什么关系啊，你想把她带哪去你经过我同意了吗？洛丽塔愿意跟你走吗，你真以为你是谁啊你。"

我一副不可置信地盯着唐恩浩看，他还是我认识的那个对女人极尽温柔的大桃花吗？难不成他跟琳达八字相冲，一见面就非得像个仇人一般，分外眼红？

琳达反唇相讥，完全忘记了这里是医院："没错！我就看不惯你这吊儿郎当的样子，以为自己有几个臭钱了不起啊，你也就这点眼光，看上的婊子都是人家用过觉得不好的，你捡起来再用也不嫌脏。"

我终于是受不住了，冷声喝道："够了！"

二人皆是一怔，就连远远躲在一边看好戏的护士们似乎都颤了一下。

医院里明明暖气开得很足，我人却早已冻得瑟瑟发抖。我抬眸朝唐恩浩笑了笑："她是我从小到大最好的朋友，你这样说她，我会伤心的。"

唐恩浩眉心微蹙，似乎有万语千言想要问我，最终却不得不将目光投向前方，一语不发。

我知道，他一定也早已知道了我的身份，琳达口口声声喊我"嫂子"，他约莫也能猜到她是艾伦的妹妹。彦辰刚刚出了那样的事情，他见到琳达没有什么好脸色，这也是无可厚非的。

只是我，被他们一味宠爱的我，亦是帮凶……

心中一时烦乱，我再顾不上报复小三的事情，转身望向琳达，坚定地说："我还有事，你别等我了，我忙完了就会回去。"

言毕我拉住唐恩浩的袖子，一字一句咬得格外慎重："我要去见彦辰，只有你能帮我了。"

唐恩浩似乎很是欣喜，立刻就忘记了他今天还带着女伴："洛丽塔你这样就对了，你都不知道彦辰这一段时间过得有多狼狈，不是我说你，你怎么这么狠心啊……"

他絮絮叨叨我一句也没听进去，琳达赶到我面前拦住我们，她模糊的眼光从头到脚打量我，半晌，眼里攒出一丝极陌生的笑意："顾梓冷，你这段时间到底发生了什么，你不觉得你该和我说说清楚吗？"

她站得太近，让我有些透不过气。她每次叫我中文名的时候，就代表，她在生气，在委屈。

可是这一百零一天发生的事情，有时候我自己都难以分辨是梦境还是真实，我只能望着她有些煞白的精致面容，和那双晕起雾气的浓黑大眼，埋头低低说道："对不起琳达，我现在还不能。"

唐恩浩一把揽住我的肩，漫不经心地睇了琳达一眼，推开道："对不起借过啊，让让啊。"

我被他带着身不由己地往前移动着，却忍不住回头望了琳达一眼，她紧紧咬住嘴唇，眼里都是止不住的寒意和哀伤。那个金发女人用手抚了抚头发，得意地啐了她一口："你也不过如此嘛，没想到我们都输给一个还没长开的丫头了，呵呵。"

那话清清楚楚传进我的耳畔，我深知以琳达的性子，她定会回敬过去，只可惜我似乎走得远了，还没有听到她的辩驳。

唐恩浩将我的心不在焉悉数收进眼底，更紧地揽了揽我的肩，那双狭长的桃花眼又开始泛着不羁的笑意，轻轻淡淡的口气吹拂过我的耳郭，他说："洛丽塔，其实你那朋友长得挺标致的，就是那脾气……啧啧啧，你回去好好管管她啊，要不然当心以后嫁不出去。"

我刚准备恶狠狠地教育他一番，不料被他双手一捞，拉进一间办公室。

他静静看着我，有护士应了他的吩咐出去，顺带合上了门。

我琢磨着也许这是一次颇为正式的问讯，于是深吸了一口气："你是不是有很多话想要问我，其实我说什么都好像在为自己辩白一样，但我真的是不知情，我不可能去伤害彦辰的。"

我过去扯了扯他的衣角，说："我不管你和沈之蔓是不是都恨我，但是我求你，求你带我去见彦辰。"

他摇摇头，神色是从未见过的严肃："那些话你要说的对象都不该是我，我把你带进这里只是想保护你，我会带你进去，不过你得答应我一件事情。"

我点头。

他摸了摸下巴，笑道："我现在还没想好什么事，洛丽塔你先欠着哥哥我哈。"

我差点挥拳过去，他用唇语示意"彦辰"，结果我立刻蔫了下来。好在求人办事情的时候，我总是能屈能伸的。

下一刻我就明白了恩浩口中的保护我是什么意思了。

他让我穿上护士服戴上口罩和帽子，紧紧跟在他的身后。我每一步都踩得格外小心，原来病房门口早就被一干娱记围得水泄不通，保安在一旁堵起人墙，才能勉强维持秩序。

恐怕连唐恩浩都没有想到，我已经这样严密的部署，竟还是被认了出来。

推搡间现场瞬间就一片混乱，源源不断的人撞向我，有眼尖的记者一把拽掉我的口罩和帽子，长长的头发瞬间松散了下来。有人叫道："传言是真的！快看！MEARA公司副总裁未婚妻真的跟秦彦辰有一腿！"

我大惊失色，根本来不及思考，就已经被恩浩紧紧护在怀里。他一手遮住我的眼睛，一手替我挡开蜂拥而至的镁光灯和摄像头，周遭嘈杂一片，等待良久的记者们显然都不想无功而返，因此格外拼命。

"请问顾小姐，您是不是被Fairy Tale集团的秦总包养了？有人说你们已经住在了一起，这是您未婚夫设下的局吗？"

"顾小姐，这次Fairy Tale为了弥补损失才召开Vivian手稿发布会，途中又遭遇这个意外，请问真的是您和秦彦辰的情变，导致他酗酒过度劳累吗？"

"顾小姐，顾小姐……"

……

一连串问题如机关枪般朝我连番扫射不休，我不知作何辩解。耳畔嗡嗡直鸣，唯有恩浩气急败坏的叫声我还能依稀听见，他的手圈得我生疼，却用自己的身体替我挡掉一波又一波进攻，不断叫道："保安呢！快来人！"

我没有想到，我的到来竟然是这样的一记重磅炸弹。

四面八方都是照相机"咔嚓咔嚓"的声音，人头攒动，就像剧烈翻滚的海浪一般，墨黑的海……深不见底……就似要立刻将我吞没……

有寒意自心底源源不断地生出，记不清混沌持续多久，在终于听到病房外室的门"砰"一声重重带上时，魂魄才算被拉了回来。

我看着恩浩贵重的西服经过今天两次的纷争，早已面目全非，忍不住抚顺了气息，强撑起精神笑了笑："你这件衣服会不会要我赔啊？"

他愣了愣，继而也笑开怀，声音越笑越大，最后我们干脆坐到了地上，相互推着笑了起来。

恩浩渐渐敛了神色，我一转头，正好对上他抬起的手，轻轻抚上我的面颊，原来那里早已残有朦胧的水泽。

我不好意思地避开，嬉闹着打掉了他的手，接着眯着眼用手弹了弹他眉宇间的"川"字，抹了抹鼻子，拉着他站了起来催促道："彦辰呢？"

他不自然地咳嗽了一声，眼里有失落一闪而过，然后用手指了指里间，我顾不上其他，立刻就奔了过去。

只是推开门的那一刻，我还是怔住了。

早该想到的不是吗，沈之蔓才是最适合坐在他床边守护彦辰的那个人。

瓷碗"啪"一声脆响，我看到彦辰仍然保持着握着瓷碗的姿势，手中却空无一物。地面的木质地板和病床单上晕开了一摊粥渍，有青瓷碎片凌乱不堪地散在地上，沈之蔓蓦地站了起来，面上神情清冷如四月凉雨。

彦辰的眼睛一眨不眨紧紧盯着我，冷淡的面容上神色震惊。我看着他明显憔悴和狼狈的面容，眼底的青黑色较之前段日子又似更重了些，胡子又乱又长，唯有那双漆黑如墨的眸子里惊喜异常，很亮很亮，就像是端着一泊清泉。

我忍住哭腔，声音也禁不住变得很轻很轻："我刚走不久，你就病成这样，你才是天底下最笨的那个人。"

他突然笑了笑，淡淡应了我一声，沈之蔓俯身帮他掖掖被角，不悦地说："彦辰你刚动完手术，医生让你多休息，洛小姐就交给我招待好了。"

彦辰没有看她，淡淡道："你先出去。"

我一愣，明显看到沈之蔓红润的脸庞忽然间血色尽褪，眼中的华彩也瞬间熄灭。

良久，彦辰也没有再望向她一眼，只是低低咳出声来。他眼里黑白分明，一丝情绪也无，仿佛刚刚那句话是再平常不过的寒暄。

唐恩浩走上前来，一把抓住沈之蔓的手腕，将她连拖带拉地往门口带去。

"你放开我，放开！我自己走！"

沈之蔓先前又淡又温顺的眉眼早已褪去，恢复了初见时的冰凉。她越过我身边的时候，故意停了下来。

我看着她冷淡的神色里兀然浮出一丝笑，那半真半假的笑意有些悲凉，渐至眼角，最终敛于浓如蝶翼的睫毛之下。她极低地说了句："好好想想我刚刚跟你说的话。"

这话宛如一把利刃直直刺向我，她说得不错，我的确就像个跳梁小丑，着实是可笑。

约莫是我脸上的空白表情让她满意，她终是冷哼一声，拂袖离去了。

我看着她远去的背影，揉了揉自己左心房疼痛的位置，想着我果然还是不懂这里面太过高深的名堂。

彦辰略抬眼帘，手轻轻拍了下床边，示意我坐过去。

我以为我们之间会有一丝尴尬，没想到他眼底竟然泛起一丝轻快笑意："又在想什么？"

"啊？"我回过神来，目光扫到他扎满针孔的左手，心里一时有些微酸。我扶起他的左手，没有告诉他刚刚在屋外记者闹场的事情，反而脱口而出："疼吗？"

他笑了笑："洛丽塔，我一点也不疼。"

我仔仔细细瞧着他，以前总在心底设想了万遍千遍坦白时的开场白，现在当真相早就被摆在桌面的时候，我需要做的，只是找一个好的切入点，切回那个话题，便可以了。

良久，我说："你肯定不知道刚刚大桃花有多狼狈，他在外面被我的好友琳达指着鼻子骂，就因为他新的女伴是我未婚夫曾经出轨的对象，你说好笑不好笑。"

我清晰地听到他唇齿间逸出一口凉气，这话太残忍，我知道。

他皱着眉定定看着我，但却没能看出一丝破绽。只得淡淡回道：

"恩浩最新的那个女伴我听他提过，就是一个上流社交的宴会里认识的，那样的女孩子经常会出入这些场所，大家都是玩玩而已。"

他顿了顿，又问我："你和你的未婚夫，你们和好了？"

我故意换上轻松的笑容，用力点点头："是啊，明年五月份的婚礼会照常举行。我太爱他了，所以还是决定原谅他。"

彦辰略显病容的脸色突然变得苍白无力，看得我心蓦地一紧。他怔了怔，收起被我握住的左手看着我，半晌，才轻轻道："有的时候，我真的弄不清楚到底哪一个才是你，是那个在我身边的洛丽塔，还是安娜，抑或是他们口中的顾小姐……"

胸膛里猛地一跳，我别过头，问："你怪我吗？如果我说，那些事情我都毫不知情，你会信吗？"

他这次答得很快："我信。"

我虽然想过他会告诉我他相信我，只是心底隐隐还是担忧，觉得那都只是安慰罢了。他不欠我什么，反倒是我欠他太多。若还要在狠狠伤了他之后再来求取这样的宽待，简直太过可笑。

然而我，偏偏还是忍不住问出了这样可笑的问题。

彦辰看穿了我的心思，伸手拂过我湿濡濡黏在嘴边的发丝，像以往每次一样，刮了刮我的鼻翼，轻声笑道："你这么笨，想不出那样天才的法子。"他哽了哽又说道："都怪我不好，没能保护好你，总让你受到委屈。"

我的眼角有些微湿，哑着嗓子说："为什么……总要对我这么好？"

他轻轻握住我的手腕贴近他的胸膛，手指抚上我的眼角，神色渐渐和缓道："上次情人节还记得我带你去的那家Swarovski店么，给你买了个东西，你倒好，一声不吭地就跑了，还又把手机给弄丢了，真是一点儿也不让我省心。"

他越这样轻描淡写，我其实越难过。

彦辰示意我从他挂着的大衣口袋里摸出一个盒子，打开一看，是一条我从未见过的七色水晶手链。

他浓黑的瞳仁里映出我讶异的模样，云淡风轻般笑道："这款是我特地定做的小丑鱼和海葵水晶手链，喜欢吗？"

精致的做工，绚丽的色彩，连反射出的阳光都宛如成了七色。我仿佛看到海葵在水流潺潺之中，似风中被吹起的雏菊花瓣。而小丑鱼就在它们身边嬉闹不休，欢声笑语一片。

海葵的每一根触手上都长满有毒的刺细胞，可保护小丑鱼免受其他大鱼的攻击，一遇到危险，它们就立刻躲到海葵撑起的保护伞下。而小丑鱼亦可除去海葵的坏死组织，帮他们清理卫生，以及在海葵的克星蝶鱼来临的时候，挺身而出与其一同对抗。

再明显不过的意思，我已了然于胸，可他却偏偏还要再继续点破，仿佛溺水的人要紧紧抓住浮木一般，他不断地说："你走的那些日子里，我常常在后悔，为什么没能早点把这款手链戴在你的手上。你看我俩多像小丑鱼和海葵，所以就戴着它吧，至少你看到的时候，还能偶尔想起我，这就够了。"

我低头任他帮我细心戴上，心里难受得下一秒就要爆炸。

我再也忍不住，扑上去用力抱住他，他的身子陡然一僵，抚弄着我头发的手也堪堪停在了半空，却犹疑着迟迟不敢落下来。

下一秒，我又迅速离开那些淡淡熟悉的属于彦辰的花香，笑着说："彦辰，你真的很温柔体贴，能被你爱上的女孩子，一定会幸福。"

但我想，我注定是不能成为那个幸福的女孩子了。

他目光复杂地看了我一眼，良久，缓声道："你还记得情人节那天我让你念的三句话吗，想出答案了没有？"

我摇摇头。

他眼眶也有些泛红，一字一句沙哑着说道："三句藏头，取每句第一个念出来就可以了。"

见我还在回忆，他笑了笑："我爱你。"

整个世界寂静了。

连空气都似不停升温，我惶恐地捂住嘴巴屏住呼吸，心想这真是世界上最令人动容的表白。

彦辰黑如古潭的眸子里深不可测，对上他眼底的隐隐期待，我心跳越来越快，我想我就快要惊叫出声，心底那些惊喜的情绪，来得简直毫无道理，甚至无迹可寻。

只觉在他的目光下我无所遁形，连身子也禁不住哆嗦起来。

突然，很想哭。

没有等到预期的回答，他的掌心渐渐覆上我微凉的指尖，像是有一片滚烫的清流缓缓注入心田。

他嗓音有一丝轻颤："我看到你那么爱他，我应该祝你幸福才是。可是我每每远远立于你身后，却总是忍不住想要再靠近你一点。你知不知道，我嫉妒他，嫉妒得要发疯。"

我伸手捂住嘴，想要抵挡住自喉间涌起的哽咽。他却仍不肯停下来，自顾说着："洛丽塔，我常常在想，只要你肯给我一次机会，我愿意连爱着艾伦的你，一起接受。"

他的神色间有一派显而易见的疼痛，他怎么可以这样傻，他怎么可以对我说，愿意连爱着艾伦的我，一起接受……

艾伦……

脑海里突然嗡一声要炸开，沈之蔓先前的话犹然在耳，她说，你若还要继续缠在彦辰身边，那么他和Fairy Tale将要面临的困境恐怕都不是你我可以想见。

她说，你的未婚夫想要强势进入已经瓜分的市场，就必须要从Fairy Tale开刀。

她说，你帮不了彦辰，反而只会给他平添更多的麻烦和绝望。

她还说，我可以相信你对这一切都毫不知情，可是你已经充当了被利用的棋子，狠狠伤害了彦辰和他的心血。

我努力平复了很久，终是转头看向他近在咫尺的眉眼，那样好看的面容，仿佛一辈子也看不够似的。我有一瞬间的恍惚，我问自己到底是不是爱上了他。

可那终究也只是一瞬间的事情。

我听到自己认真的声音响起，一点一点敲碎他的深情。我说："对不起。彦辰，我不爱你。"

他猛地抓住我的手，太过用力以至于在不停地颤抖，鲜红的血回上手背，他宛如一点也感受不到似的。

彦辰右手从枕头下方摸出了一样东西，我张大嘴巴，那居然是被我弄丢的LG手机。

他把手机塞回我的手心，自嘲地笑了笑："我看着你被他带走，包却还孤零零地丢在地上，你又忘了你曾经答应过我，说你再也不会忘带手机。其实我不是怕你弄丢手机，我只是害怕……我再也找不到你了。"

他的声音越来越低，而我的泪水亦早就模糊双眼，滑下脸颊，我竟忘了抬手去擦。

我含糊不清地喊道："怎么会，我以为你……"话没说完就被他打断："你以为我真的走得很潇洒？呵呵，其实你当时只要回头望一眼，就只望一眼，就还能看到我站在转弯的角落。可是，你到底是没有。"

他顿了顿，抬头看我："洛丽塔，你真是个狠心的小姑娘。"

我拼命摇头，可是心里太乱，他疼痛的眼神像一张网，任凭我紧紧闭眼还是挥之不去。我喊出声："你不要再说了！这一切都是个错误，你有未婚妻我有未婚夫，我一点也不爱你，我就要离开上海回美国去结婚了，我今天来只是跟你道别，谢谢你这三个多月的照顾，你自己请多保重！"

说完我抬腿就跑，沈之蔓说得对，我和他真的不能再这样下去了。长痛不如短痛，今日这样淋漓尽致大痛一场，总好过以后未知岁月里的慢慢的钝刀割肉。

可是还没跑开几步，彦辰居然一把扯掉身上所有的针管，跟跄着跌下床来，双臂用力圈住我，让我的背紧紧贴着他的胸膛。我听着他气喘吁吁地吐着气，仿佛刚刚那样子的动作已经用尽了他所有的力气。他的双手满是拔下针管后的血迹，我真的忍不住想要骂老天爷，为什么你非得让我看到他这样折磨自己，为什么不能让我省省心走出这间病房呢。

"不要走。"低低的几个字，像是从喉咙里闷着发出来似的，却满满都是沉痛。

我没有说话，也放弃了挣扎。

很久以后我常常会万分想念那最后的一个怀抱，当我醒悟过来我爱他已那样深的时候，我们却早已天各一方了。

我也终于明白在我离开时，他万念俱灰地对我说的那句"为什么不肯相信我"的意思了，他不是怪我不相信他爱我，而是怨我不相信他有那个能力去化解Fairy Tale一切的危机。他说得对，我确实不曾相信他这一点，否则我们后来怎会错过那样久的时间，久到……就快要让人绝望了。

当然，这些都是后话了。

我离开的时候，记者们都已经不在了。斜阳一寸一寸地正从窗外坠下去，冷风迎面吹来，寒意顺着肌理一寸一寸侵入到心肺，我的力气像被抽空，只能一动不动呆呆瞧着那一分一分移过来的余晖。

琳达在我身旁，很体贴地没有多说话。

我忍不住问道："外面是不是下雨了？怎么灰蒙蒙的。"

"没有啊，阳光这么好。哎，哎安娜你怎么了，怎么哭了啊？"

我没有说话，只是呵气暖了暖冻得有些发僵的手指。我不断给自己心理暗示：不要再发抖了不要再发抖了，可是我还是抖得厉害。

有人说，每一次告别，天上都有一颗星星熄灭。

我在想，大概这次离别后，我永远都不会再去仰望星空了。

漫无目的地坐在计程车里望向窗外飞速掠过的风景，我一句话也不想说。

回到家时已近虚脱，却没想到八卦的传播速度还真是迅雷不及掩耳之势。

艾伦斜倚在沙发上，我看不清楚他的表情，而他目不转睛盯着看的娱乐新闻的主角，正是我。

电视里，记者眉飞色舞地添油加醋，清晰再现了医院里混乱不堪的场景。主持人站在播报间里侃侃而谈，说彦辰、我、艾伦这一场涉及商斗的爱情真可谓亦真亦幻，背景上还放出我们三个人的照片，彦辰在左，艾伦在右，中间的我手上拿着两个号码牌，在犹疑和张望。

我不觉得悲哀，反而只是可笑，天下娱记果然一般黑，都立志于要挖尽世上边边角角见不得光的隐私。

最可笑的却是，我眼前这个口口声声说爱我的男人，真正到了利益面前，连我也成了浮云。

琳达比我反应还要激烈，一抹红色的影子一晃而过，她一把夺过艾伦手中的遥控器。

极轻的"嘶"一声，屏幕关掉了。客厅里恢复寂静无声。

艾伦被她拖到我面前，琳达又冲我挥了挥手拉回我的视线，她刚尴尬着吐出几个字"你们慢聊"，我的声音已经响起。

我冷冷看着他，问："为什么要利用我？"

他愣了愣，旋即明眸含笑，语声却万分委屈："安娜，这是从何说起？"

我也笑："假面舞会上你就认出我来了吧，你认定我跟彦辰之间一定发生了什么是不是，所以你放出风声给娱记。舞会那天也假装不认识我，彦辰刚把我带走，你就去抢了他公司的迪拜项目，这些都是你一手策划的吧。"

他手颤了颤，转过身子不再看我，良久才终于出声，嗓音仍是淡淡的，却夹杂了几分说不清道不明的情绪。

"这是公司董事会的决定，你要谅解我。"

我转到他面前，死死盯着他，艾伦嘴角的笑意越来越稀薄，我冷冷地说："那么不妨再召开一次董事会议，我会让我父母和我所有的股份，统统都投反对票。"

从没有想到我有一天会和他这样兵刃相向，我不知道是不是我骨子里，从我孤独一人满心欢喜着来到上海，却清晰目睹他背叛的那一刻起，就开始阴暗地恨他了。

他突然伸手揽过我的肩，两根手指扳住我的下巴，逼着我直直与他对视，我被勒得有些微痛。

艾伦的眼眸里绽过一线锐利，咬牙一字一句顿道："你就看不得他受一点伤害，他秦彦辰算什么，竟逼得你跟我这样决裂！"

琳达惊叫出声，我却连眼皮都没抬一下，隐约看到自己睫毛的阴影，我笑了笑："不是每一个人在离开自己的爱人之后，都会意外出轨的。其实你还应该感谢彦辰，因为他非但没有把你的未婚妻怎样，反而还在我亲眼目睹你背叛后，将我从车祸的血泊里拉了一把，要不然，你以为现在这个能站在这里跟你有说有笑的我，还会活着？"

他显然是惊讶到了。

然而不过又一瞬，他忽然凛然一笑，优雅的声线里平添了几分魅感："宝贝，我对不起你，他救了你我也很感激，但是生意场上的事，连人情撞到了也要绕个弯儿的，你懂么？"

我不知该做出何等表情，也不知此刻是何等心情，我不知道是我变了，还是他变了，只觉满眼里都是陌生，心里似乎再也不能承受更多东西。

半晌，我微微抿了唇："如果我说，再赌上我呢？"

他好看的眸子里霎时染了一层怒气，我从没见过他这样盛怒的模样，但此刻见了，倒是一点也不害怕。

他的手指再度紧紧欺上了我的下颌，盯着我面无表情的脸，已经近乎疯狂地喊道："你知不知道你在发什么疯！"

我被捏得连脚都有些离地，可还是强撑着笑："我没有发疯，我只知道爸妈若是知晓，你背叛了我导致我出了车祸，然后又利用我来抢标，他们大概都会同意我们解除婚约的。"

他一怔，手蓦地一松。

我的脚稳稳落在地上，喉间却止不住地咳嗽了起来。琳达一脸担忧地过来扶住我，眼神里隐见责备。我推开她，定定看向艾伦，声音不免又冷了几分："我若赌上婚约，你会不会答应我放弃迪拜的项目？"

/169

话音刚落，艾伦竟然一把勾住我的后脑，整个人不免跌进他怀里，下一秒，他薄凉的唇就狠狠欺了过来。

那根本不是吻，分明是发了疯般的啃咬，碾压过我的每一寸唇舌。他浑身上下逼出的戾气让我畏惧，可是我的双手被他牢牢嵌在胸前，只能拼命瞪大眼睛死命地反抗。嘴唇上溢出丝丝血迹，他的舌尖舔过，有酥麻的疼痛。

间隙我喘着气推开他，狼狈至极地抹了把红肿不堪的嘴唇，身子也因为害怕而微微颤抖。

此时此刻，我才肯定，他真的变了。

心里忽然很凉，我一直仗着艾伦的宠溺仗着他给的无限光华而永远骄傲永远高高在上，我仗着他爱我怜我呵护我保护我，可现在才发现，那些都只是年少无知的梦。是时候，该醒了。

艾伦深深望了我一眼，拿起沙发上的西装外套，转身就走。

门用力地颤了颤，我蹙眉闭上眼。

琳达看向我的神色有些不大自然，我挺了挺脊背，手下意识地抚向手腕上的小丑鱼手链，有股揪心的疼痛泛上心头，可是我却觉得幸福。

她体贴地煮了粥，端进房里喂我，彼时我正望着天花板上的水晶灯发呆，手里紧紧摩挲着的是LG手机。

"我真搞不懂你们两个，非得弄成现在这样吗？"她坐在床边，目光里有很多沉甸甸的东西。

我轻轻捏了她一把，笑着看她："我就是跟你哥撒娇习惯了，被他宠得无法无天了。"

见我一脸无辜的样子，她轻轻叹了口气，而我将头转向另外一边，脸上还洋溢着明媚的笑容。

我知道她懂的，我越是生气笑容越灿烂，越是难过笑容越明媚。

果然，门锁一旋，琳达离开了。

随手从抽屉里翻出通适的充电器插上，熟悉的彩灯闪闪亮起，棒棒糖手机突然就从死寂里恢复了生机。小清新的音乐响个不停，提醒我有一通、两通、三通……留言。

我皱眉，怎么会有这么多留言？难道是？

心跳开始加速，我点击进入语音信箱，果然是彦辰温柔的嗓音。

"二月十五日凌晨，情人节过完了，你也不见了，这是不是一场梦？我多希望明天一觉醒来，还能看到你和我说早安的样子。"

他的声音有种魔力，我扬起唇角，仿佛看到他手插在裤袋里站在落地窗前，温柔地跟我打着电话的模样。手有些颤抖，我按下下一通留言。

"二月十六日凌晨零点，今天早上还是没有喝到你煮的咖啡，所以我失眠了，你要负责洛丽塔。"

搞笑，喝咖啡会有助十二个小时以后的睡眠？

"二月十七日，今天下了好大的一场雨，灰蒙蒙的很压抑，不过天晴后我竟然看到了彩虹，就在你常常喜欢挂在嘴边的，斜四十五度角仰望上帝的方向，真的很美。你看到了吗？"

我摇摇头，这分明是在刺激我一辈子也没有看过彩虹，而且我又不住在那里了，怎么可能看得到！

"二月十八日，今天突然起了兴致，开车绕到你一直嚷嚷要去又没去成的城隍庙，买了很多小吃，可惜你都吃不到。好好好，我不刺激你了，免得你一郁闷又要拿头磕桌子。"

我我我哪有！你才郁闷的时候会用头磕桌子……

"二月十九日，好几天没听到你的声音了，嗯，你去了哪里？听到哆哆的叫声了么，呵呵，刚刚洗过澡的它身上又脏了，它真的……很想念你。"

那你呢？你不想念我吗？

"二月二十日，再过几天Fairy Tale就要召开Vivian今春手稿发布会了，Vivian已经回法国了，她跟我说她真的很喜欢你，呵呵。"

为什么隔着听筒我也能感觉到他强装的笑容里都是落寞和无力，手机似乎变重了许多，就快要拿不住了。

深吸一口气，按下下一个键。

"二月……记不得今天几号了，我今天在家休息，却比工作的时候更加累了。我开始逐渐习惯失去你的事实，这几天一个人处在没有你的屋子里，才发现生活是这样苍白。虽然以前你经常会把我气得吐血，可是我好像已经习惯那样的你了。我，真的很想你。"

我的笑容凝结在唇畔，心里似乎剜了一个大洞。不想再继续听下去，可是手却不受控制地继续下移。

他低低的嗓音接着响起，像极了受伤的困兽："你还记得你问我，恋爱假期放完了，那两对情侣的最后结局会是怎样？我现在才回答你是不是已经晚了，可我还是想说，我一直以为会是个喜剧的结局，却没有想到现实是这样悲伤。酒红色的沙发失去了它的主人，它躲在角落里哭泣，而我失去了你，我——"

他哽了哽，后面的话却再也没有说出来。

我笑得无比凄凉。

用力揉揉双眼，听筒里他沙哑的笑声仿似汪洋里漂泊无依的孤帆，有着无边无际的悲戚。

他说："洛丽塔，在我心中，你就是上帝赐给我的粉红色的天使。生命太短暂，能与你执手相伴，走过这一段道路，于我而言已是一种难得的奢侈，足够了。"

我十分心疼，却只能用力捂住嘴，害怕一松开就会哽咽出声。握住手机的手更加用力，指甲嵌入肌理，一点也不疼。

回忆像浪涛中的水花碎泡，七彩缤纷漂浮在世界之上。我想起圣诞夜他宽大温暖的手紧紧牵着我，我想起紧挨着他的胸膛一起漫步华尔兹，我还想起除夕夜绚丽的烟花夜空之下，我难以抵抗地与他亲吻……

"洛丽塔，答应我，不论你在谁人身边，请让自己幸福。一定要幸福。"

手机里最后是彦辰的那句低到尘埃里的呢喃，温柔得仿似羽毛的触碰，他说，你一定要幸福。

心里很疼。

我想将自己放空，不想痛哭出声。于是我用力抬头看向夺目的水晶灯，直到看得眼睛发麻。琳达进来的时候，看到的就是我抱膝蜷缩在床头，紧咬嘴唇也不肯发出声音的状态。

她上前两步，坐在我的床边，手指在床沿轻叩两声，眉间都是心疼。

她接过我的手机，声音微染哭腔："我想听，你和他的故事。"

我抬起模糊的双眼看了看她，有一种疼痛在心内缓缓滋长，良久，我点头笑了笑："他可是很凶的，你别被他吓到哦。"

像放映了一场电影那样久，每一个细节都清晰如昨。回忆得太过于专注，我忽略了自己神采飞扬的表情，只是在说到最后彦辰的手机留言时，我突然卡住出不了声。

彦辰说：若想回去看看就打电话给他，他会一直等着我。

刚刚若不是琳达推门而入，我差点就已经拨了回去。可后来恢复理智的我，终究只能缓缓合上手机翻盖。

我摊摊手，笑道："说完啦。"

　　琳达婉转浓丽的眼里满是疑问和难过，她问我："他为你做的那些事里面，很多当年我哥也为你做过，为什么我从没有见过你这样感动？"

　　我脸上的笑僵了一下，不明所以她这句话隐含的内容。

　　"你爱他。"

　　这不是疑问，而是陈述。

　　我的心里突然像汽水一样冒出许多小泡泡，有酸的，有甜的，咕噜噜冒上来，闷闷的涨在胸口，说不出的感觉。

　　我将头埋进双膝，不再看她，低低道："不，我会嫁给艾伦。"

　　琳达没有说话，约莫她也不知该说些什么了。待我抬起头，看到她瞳仁里我水雾弥漫的那双眼，她皱眉，万语千言都硬生生吞了回去，最后只化作一句轻声安慰："妞，哭出来。"

　　我笑，极用力地笑。我已经在他们的爱里面乱了阵脚，不知道该如何是好。

　　那晚睡得极不好，艾伦亦没有回家。可谁成想第二日一早应着门铃打开门，我就受了惊吓。

　　艾伦提着简单的行李，一面迎着我们俩的妈妈们进了屋。琳达不在，艾伦去泡了花茶。我讪讪立于沙发旁，有些尴尬。

　　"妈，伯母，你们怎么都来了？"

　　妈妈点点头，没有什么表情似的。"你爸和伯父都到马尔代夫去了，我们顺道来看看你们，明儿一早也就要飞过去了。"

　　我在心里叫道：这一点儿也不顺道吧。可面上还得努力露出一副，你们远道而来真是太稀客了，只住一晚上连时差都没倒过来就又要飞走，这样辛苦让我都不好意思了。

　　艾伦将热气腾腾的花茶递到她们手上，坐在我身边搂了搂我的肩，我也冲他笑得甜蜜温软。

伯母看了我们一眼，探寻似的问道："听说你们俩最近在闹别扭？"

艾伦探手拍了拍她的手背安抚，先我一步开口："是不是琳达又乱说话了？妈您又不是不了解她的性子，一点鸡毛蒜皮的小事都喜欢叫嚣着让全世界都知道。"

"儿子，"她的声音一如既往的温婉动听，"安娜这个宝贝媳妇我是认定了，你在外面跟那些不三不四的女人距离隔得远点，孰轻孰重给我分清楚。"

她微微笑看向我，对上那样慈祥的目光，我竟觉得心里有愧。

她淡淡说道："安娜，这事是艾伦出错在先，伯母代他跟你赔不是，只是以后的路还长，希望你能再给他次机会，毕竟这么多年的感情，不是说放下就能放下吧。"

她的目光沉沉，我自是知道她口里这么多年的感情，不仅仅指的是我与艾伦，更还隐含了我们两家的交情，这番话早在他们进门的时候我就猜到了。半晌，我张了张口，笑着说："既然您都这样说了，那我再罚他跪两天搓衣板就算了。"

她笑逐颜开。

妈妈则悠悠品了一口茶，面沉如水："小打小闹可以，若要真是闹到连婚都不想结了，这也未免太放肆了！"

我身子一颤，印象里她从未用这样严厉的口气跟我说过话。"妈……"

"阿姨，是我不好，让安娜受了很多委屈。我准备放弃在上海这边的业务拓展，迪拜那边的项目也暂不跟进，结婚期间，我就想在她身边多陪陪她，去她一直想去的布拉格看看。"

艾伦截住我的话头，极认真地说完上述一段话后，深情地看了我一眼。而我则被他话中的那句放弃迪拜的项目震惊到了，不敢相信他竟真的愿意为我……

她们的表情柔和下来，沉吟片刻相视一笑。

我怎么突然觉得我被要了，搞了半天，原来刚刚那出戏，竟是她们俩在唱双簧。

我怒目瞪向艾伦，他一脸无辜地受了我拳头伺候，两位母亲大人这才分外放心地说要离开，说不打扰我们了。我顿时觉得人为刀俎，我为鱼肉的滋味还真是有点像被当猴要了般，让人无可奈何。

屋子里恢复了两人的寂静。

我回房整理母亲带过来的东西，艾伦走进来，见我也不主动搭理他，便从背后径自环住我，握住我的一双手。我抬眸，他方才认真的眉梢眼角突然溢出久违的笑，轻轻道："我跪完两天的搓衣板，你就随我回美国好么？"

我想了片刻，回给他一朵美丽的笑容。"好。"

他明显愣了愣，有些局促地转到我面前扶住双肩，额头抵着我的额头，微微喘气着问道："你真的不生我气了？"

不待我回答，他忽地抱紧我，头偎上我的左脸，他闭上眼，我感受到他沉稳的呼吸气息徐徐拂过我的耳侧。

"我爱你。"他突然说。

我努力想微笑，双手紧紧攥住他的衣服，闻到衣领间已经陌生的他的味道，眼眶开始微热。

"爱我吗？"他问。

半晌，我点头，"爱。"

听到我的回答，他的唇角扬起满足的弧度。我枕在他的左肩上，幸好他仍然闭着眼，看不见我眼底的谎言和心虚。

他抱了我许久许久都不舍得放开，我知道他在害怕什么，只是这样的不安定，我也有。从没有一次，我像现在这样用力专注地看着他，目光肆无忌惮地扫过他的浓黑的眉毛、高挺的鼻梁、淡淡勾起的唇角，甚至是皮肤上的微细毛孔。

为什么，我始终不曾好好地看过他？

似是察觉到我陷入回忆的目光，他蓦地睁开眼，好整以暇地打量我，我一羞，顿时推开他。艾伦笑笑："真怀念。"

这是我回来后，他第二次对我说，真怀念。

我尴尬地笑笑，他在我眉心印上轻柔一吻："晚安。"

"晚安。"

他关上门，做了个好梦的姿势，替我关上灯。屋内陷入一片黑暗，我瘫倒在公主大床上。我想，在爱情面前，我终究还是无能为力。怪我太不勇敢，只能以良心道德为戒条，拼命去模糊爱情的本质。在我每每思考我是否爱上彦辰的时候，我就强迫自己赶走他的身影。取而代之的是——不，我不能去伤害艾伦，不能去伤害我们十年的感情，我不能。

清晨的第一抹阳光穿窗而入，眼睛被直射得有些酸涩。我对着窗外彦辰家的方向，默念了一句，早安。

早安，彦辰。

我们就要回美国了。

琳达随母亲她们一起去了马尔代夫，机场大厅VIP候机室里，时间一分一秒地逝去。艾伦站在不远处的阅读架旁打着电话，我追逐着他潇洒的身影，像死囚一样地等着午时三刻的阳光，继而利斧应声而落。

我掉过脸去，望向外面的人声鼎沸，碎金子一样的太阳满地都是，

/177

亲朋好友相拥而别，都是这样奢侈又寻常的幸福。不相干的热闹，可是我看着就觉得高兴。

在手机已被掌心的汗渍浸得滑腻腻后，我终于拨通了语音信箱里那个舍不得删掉的号码。

电话响了三声，我的心跳渐渐失稳。

他的声音远远飘了过来，有些轻松，看来身体好得差不多了。他说他刚出差回上海，顺利完成了一个Case，我笑，是迪拜的项目吧。

真好。

记起彦辰上次说我想回去看看就给他打电话，他果然记得。我忍不住笑出声来，答应了他明天回去看望一人一狗。

"嗯，不见不散。明天你一定要来。"我怎会听不出他嗓音里的欣喜。

可是我只能摇着头骗他。

绝望的寒意从心里涌起来，慢慢、慢慢地吞没了最后一丝温暖。

我舍不得说出那句再见，就怕一经说出，就再也不能相见。可是就算日后我们相遇，那时我已为人妇，他已为人夫，这样的场景，想想就让人心酸。

挂了机，艾伦的目光灼灼瞧了过来，我招架得有些吃力，干脆径自走进了登机口。

艾伦在身后叫嚷着什么我仿似都听不见，脑海里挥之不去的，是那晚绚烂的除夕夜，我紧紧勾住彦辰的脖子，失神沉迷于他眼底的一片烟火。

那画面就此定格，成了一张唯美的电影海报始终悬挂在我的心房。

很美、很亮，一直挂着。

那样的一个画面似乎能赐予我幸福的力量。

让我总是抬头仰望。

我笑了笑，终是忍不住驻足回头再望了一眼。

是在期待什么呢？终究是什么也没有看到。艾伦停在我的身侧，揉了揉我的头发，我听见自己笑着说："嗯，走吧。"

终于是这样了。

终于是，彦辰。

再见了。

TAOYAO

第八章　这个冬天遇见你，寂静的生命里忽然开出花

洛丽塔。

我第一次哭是因为你不在。

第二次笑是因为遇到你。

第三次笑着流泪是因为不能拥有你。

郊外的风有些大。

手里还紧握着乳白色的遥控器，我自嘲似的按了下开关。

彩灯此起彼伏般亮起，从下往上慢慢绕成了爱心的形状。粉红色的玫瑰花在寒风中娇艳欲滴，每一次摇曳都像是在说：洛丽塔，我爱你。

一百零一天，我遇见她的日子。

第一百零一天的情人节，也是我永远失去她的日子。

手轻轻抚摸过盒子里的小丑鱼手链，笑得有些苦涩。恩浩说得对，爱情这种事情不能玩神秘，既然确定了自己的心意，就要努力去争取。

一周前，我就开始早出晚归，秘密建造这座水晶玫瑰花园。我预想里的场景是，微微笑带她到这里，替她戴上手链，看着她惊喜地捂住嘴巴，也许，她就会答应我。

连她的表情我都有过设想，她肯定会歪着头，眨巴眨巴黑白分明的大眼睛，故意凑近含笑与我直直对视，直到看到我不好意思，她便做出若有所思状，笃定地指着我说："哦——我明白了，我的饲主爱上我了！"

然后，笑得一脸无辜又璀璨。

然而现下，从吊顶到采光，从纱帘到桌椅，以及这万万千千含着彩灯的粉色玫瑰，都似含嗔带怨，心有不甘。我以为这一切都不会迟的，却没料到，一切还没有开始，便已经结束。

而她连离开前都没有领悟到那三句话的意思，就剧终了。

洛丽塔，你真的很笨。

可是我连这样笨的你，都爱得不可控制。最笨的那个，其实是我自己，对不对？

没有人回应我，周遭冷清清的，只有风声大作。

唐恩浩来的时候我正躺在水晶房里的藤椅上喝着闷酒，他眉毛拧紧问我："你在干嘛？洛丽塔呢？"我不语。其实我一直都明白的，我对洛丽塔的爱，势必会抵触她对艾伦的爱，所以我不能说，只要，她快乐就好。

他反反复复看遍了周围，终于察觉到不妙："怎么喝成这样？"

"艾伦出现了。"声音平静得不像是我的。

他惊叫一声，"你是说，你还没有向她表白，艾伦就出现了？"

突然间心痛得厉害，忍了一晚上没有想起的她被艾伦紧紧拥入怀里的画面，偏偏在此刻恩浩的一再提醒下，愈见清晰。

他继续叫道："电话呢？给她打个电话啊？就算洛丽塔跟着艾伦走了，她也有权利知道你爱她！艾伦背叛了她，她有权利重新选择自己的幸福！"

"她迷糊习惯了，手机丢在地上，忘记带走了。"身体冰冷，麻麻的嘴唇里含糊不清地吐出这样几个字，唯有强有力的心脏还在嘣嘣跳着，提示着，我还活着。

她的手机正安安稳稳地躲在我的西服口袋里，像一只安分的猫咪。满满的，都是洛丽塔的气息。

恩浩似乎急了，似乎捶胸顿足着又说了一大堆废话，可惜也只能是"似乎"，因为我什麼都听不见。

我只听见我冰凉的呼吸声，和下一刻就可能要停摆的心跳声。

终于是……把她还给艾伦了。我向艾伦租借了一百零一天的洛丽塔，而今——物归原主了。只是我没有想到，租借要付的款项，竟然是我的心。

太贵重了。

他陪我一饮而尽，目光扫到我的手腕，有些讶异："手上这道长长的伤疤是怎么回事？以前怎么没注意。"

顺着他的目光看去，我思绪一滞，继而嘴角勾起骄傲的笑意。

"这道疤啊——"

这道疤是当时帮洛丽塔找回酒红色沙发留下的，是我爱她的印记。

那时让秘书留意问了许多的资源回收站，当她把结果整理成一摞文件递给我到时候，还保持着一脸震惊的表情。期间绕了多少弯弯道道不必再言，只是最后终于找到那辆资源回收车的时候，已然是两天以后了。

秘书Miss董陪我站在宛如巨兽般张牙舞爪的资源废弃堆前，忍不住用手捂住鼻子。她看了看我挽起衬衫的袖子，再瞥了瞥我纤尘不染的西装裤，有些无奈且不可置信地说："秦总，您真的要自己……去找？"

我点点头，不带含糊。"别人找，我都不放心。"其实我自己也十分踟蹰，我不确定自己是否真的可以像奥特曼那样爆发无尽的力量，打败眼前的巨型腐臭怪兽。

我将领带扯下来扔在一旁，上前走去，Miss董立刻踩着高跟鞋挡在我面前："秦总，那个酒红色沙发不是已经好多年了吗？而且沈小姐……"她顿了顿，再度鼓起勇气："沈小姐和您已经断了，将沙发丢掉不是很正确的选择吗？"

我停下脚步，淡淡瞥了她一眼。她立刻噤了声，乖乖吞下去接下来要说的一长串话，只是目光里还留有显而易见的难以接受。

看来都怪洛丽塔让我最近脾气大好，面对员工日渐无法无天逾矩管起我的私事，我居然没有生气，反而懒懒回了一句："沙发里有对我很重要的东西。"

她微愣，忘记阻止我向前。

"很重要的东西？支票？黄金？现金？可是秦总，这些您都不缺啊。"

"都不是。"

是笑容，洛丽塔的笑容。

一想起她失神抱膝蜷缩在新沙发上落泪的模样，我便再也无法停下手中的动作。

费力搬开第二块巨型且已有些许腐烂的红木桌子，却不小心踩到一只滑腻的玻璃瓶，一个踉跄，伴随Miss董一声冲入云霄的尖叫，好险，我差点摔了下来。

我回头："你可以下班了。"

她目光坚定，摇摇头，又拧了拧手里包包的带子，最后才说："秦总，您在商场上运筹帷幄，为何感情里却迟迟无法走出来。也许您会觉得冒犯，可是我还是必须劝您，舍弃酒红色沙发，正是一个新的契机，您这样才可以彻底放弃和沈小姐有关的一切，您身边的洛丽塔小姐，连我们这些才见过几次面的员工，都喜欢得不得了，为何秦总您就是看不到呢？"

我顿住了步子，觉得好笑，原来她是误会了。

"我找沙发，跟沈之蔓无关。"

反倒正是和你们口中"大家都喜欢得不得了"的洛丽塔小姐有关。

再度用力推倒一个大木柜，落地时"砰"的一声，溅起一层厚厚的灰，我被呛得直咳嗽。

额头渗出细密的汗珠，扶着双膝我已经气喘吁吁了，真是搞不懂，明明才三十几岁，我怎么会感到体力不支。随便倚靠了一件破旧的家具，仰头望向惨淡的星光，凝眸想想，之蔓倒还真的是——从未喜欢过这座酒红色的沙发。

三年前，我第一眼在商场里相中它，继而满心欣喜派人将它搬回家，却没料到，她已经做主将客厅都摆放成了素色的格局。这突如其来的酒红色，就像凭空闯入我们生活的异客，她眉间的排斥再明显不过，反倒我一肚子的欣喜却成了无人分享的独白。

她的不安全感和强迫性总在作祟，一直要求我丢弃，可我难以同意。我们甚至多次争吵，每次绕来绕去，话题又总会回到我不支持她的事业，她无法忍受像个废人般留在我身边，一无作为。她总想要振翅高飞，而那时的我，尚没有爱过，不懂得，爱一个人，有时候便要成全她的所念所想。

所以我们终是渐行渐远，直到都转了弯，再也回不去了。只是偶尔回头想想，我们的性格喜好相差太多，那段感情就像一段枷锁，牢牢套在彼此的脖颈之上，除了沉重，还是沉重。

而洛丽塔……

想起这个笨笨的小姑娘陷入酒红色沙发里撒娇的模样，我不止一次庆幸，有生之年，它真的能找到自己的主人。

就像被烙上印记一样，就像……等等，洛丽塔是怎样描述的？

昨晚吃着她煮的晚餐，几口下肚，我便忍不住拿起水杯咕噜噜狂吞水。看到她碗里一口也没动过的饭，我又不忍心揭穿她，辣椒和盐放得实在太多了，简直又辣又苦，难以下咽。

她还在难过，不就是一张沙发，值得么？

可是她眼里亮晶晶的，黑白分明的大眸子直直看着我，说："彦辰，你不懂。那座沙发，我放了感情了，丢掉它就像被剥离了一部分灵魂一样，难受死了。"

见我没反应，她撅了撅嘴："笨死了！建议你去看看《哈利·波特》，书里面就提到伏地魔将灵魂分成七份，放入七件不同的物品里，就成了魂器。而一旦任意一片魂器被摧毁，他自己的力量便会削弱一分，全部摧毁的话，他自己也就灰飞烟灭了。"

"我想，我的一部分灵魂也放在那座沙发里了。所以嘛，你就多忍忍我失神的样子好了啦！"她顽皮地吐舌笑笑。

我为她脑子里稀奇古怪的想法，和超级丰富的联想能力感到惊奇，忍不住调侃道："又在胡说，现实哪有小说那样灵异。"

她蹙起眉，似乎有些薄怒，旋即又压下了感情，摊摊筷子不吃了："算了，彦辰你总是不懂。"说罢又耸耸肩，摆出一副十分惋惜的姿态，回了房间。

我望着她离去的背影，有些尴尬苦涩地笑了。

不懂的那个人，其实是你吧，洛丽塔。

被你放了感情的不是沙发，是那张SIM卡对么？

你已经习惯为自己找借口，你也已习惯看不到世界上其他美丽的风景了，可是，你为什么还总要这样强装快乐。

垃圾场的照明灯都年久失修，周遭除了凛冽的风声呼啸和阵阵腐臭的气息，偶尔还有流窜的野猫朝我露出骨溜溜碧绿的微光，诡异地趴在某些废弃物之上死死盯着我的一举一动，像是对我闯入它们的地盘，破坏它们领土上的格局表达强烈的不满。

只是抱歉了，我也得为我家的她找到属于她的地盘。

毗邻的大厦里的微光都已渐渐熄灭，能见度几乎为零。眼前仍是没有沙发的踪迹，我叹了口气，开始接受今天一无所获的结果。

接过Miss董递来的西装，身上满是可怕的污垢，回到公司洗澡的时候才发现右手手腕上那五六公分长的伤口，血流不止，有尖锐的疼痛阵阵袭来。

看来似被资源回收站里的某些物品划伤了。

Miss董叫来医生帮我简单处理，止血后打了一剂破伤风，我阻止她打电话给洛丽塔的企图，不想让她担心，更不想在她一再逼问下，不得不说出我偷偷找回沙发的过程。

这些，她都不需要知道，只要她能笑着接受结果，就足够了。

第二天，派人帮忙把我前一晚处理的物品搬至两旁。资源回收站的管理员一脸忧郁地立于一旁，却又敢怒不敢言。我本想抚慰几句，可是思绪却在见到那台沙发的时候，自动卡壳了——

终于是——功夫不负有心人！

像是突然有一种力量从心底源源不断地冒出来，不仅仅能够支撑住我连续通宵后的体力不支，更像是让我得到了重生的力量！

有些狼狈地跑到沙发旁，我却只想大笑。

只是下一秒，本来已经蔓延至胸口的暖意，却在我手碰到夹层里的东西时，突然就静止停了下来。

这是……SIM卡，那这枚在月光下泛着光的戒指是……

看光泽，看钻石，似乎是前几年引起轰动的Van-Cleef&Arpels的花冠钻戒，我心里蓦地一沉，神色想必也变得茫然。

Miss董和一帮人即刻赶了过来，我不自觉将卡和戒指收入口袋，转身望着她："把沙发送到清洗厂去洗洗干净消消毒，明天送回我家。"

"好的，秦总。"

她刚想转身吩咐下去，又被我止住，招到眼前。

我撑着下巴，沉思了片刻，将戒指放在她的手心，缓缓道："去给我查下这枚戒指和它主人的相关资料，明天一早给我。记着，保密。"

她点点头，利落地离开。

其实早能猜到结果的，只是当厚厚一叠资料封装在文件袋里递到我手上的时候，我还是颤了颤。

我保持着与文件对望十分钟以上的姿势，却仍是没有勇气拆开。这里面有关于真实的洛丽塔的一切，只要我手指绕开那白色的线头，我就能了解我爱的她，她的姓名、她的家庭、她的爱情、她所有情绪的起点终点……

可是怎能不害怕，害怕一旦我以这种方式进入她的世界，得到的不是希望，反是绝望。

窗外树影全被风摇乱，一叶一叶沙沙作响，吹得我心头止不住地烦躁。

终于还是，一圈圈解了开来。

终于还是，每一张纸都仔细地研读。

终于还是，每一张照片里的笑靥都仔细地辨认。

是她，可是，竟会这样陌生。

照片里的她笑得纯真美好，笑容里都是我不熟悉的光彩。那个圈她在怀的男子我认识，MEARA公司的副总裁。

她叫顾梓泠，英文名安娜。

"叮零"一声，戒指从文件袋里滚出，绕着圈儿落到不远处……一双皮鞋跟前。

恩浩捡起来，探寻似地紧紧盯着我。而我的心上仿佛已被谁人用力地开了一枪，撕开血淋淋的悲怆。

"怎么了？才几天不见啊，胡子都长长了这么多。"他随意往沙发上一坐，大臂展开，挑衅似的瞧着我柜子里的红酒。

可是我却没了往日和他调笑的力气，只觉得心底一派可怕的寂静，覆盖过了我所有的忧伤和疼痛，幻觉和失望。却又真真切切地感到有一股浓烈的雾气，弥漫在我的心脏。

走过去将文件袋递给他，我站在窗边，一语不发。

他怔怔跳到我面前看着我，血色从唇角一点一点褪去："这是……洛丽塔？"

我吸了一口雪茄，淡淡道："是。"

他突然拼命摇头，模样比我方才还要惊恐，叫了出来："我不相信这是老套的商业间谍！坚决不信！你不能对洛丽塔怎样，否则我第一个不答应！"

心脏还在很努力地跳着，我也很努力地保持平静："我也不信。她不像沈之蔓，她没有心机。"

恩浩缄默不语。

我知道，他也跟我一样，想起了三年前的那件事。

被爱人背叛，带走公司机密，一夜间爱情走丢，事业频临毁灭边缘。这样的情况，在我有生之年，都该是最忌讳的伤口。

只是老天太爱开玩笑，关于洛丽塔，我一直守护如泡沫般的童话，却没有料到，快乐才刚刚开始，悲伤却早已潜伏而来。

手机很不合时宜地响了起来，接过，之蔓轻柔的声音飘了过来，她说：彦辰，我有很重要的事情找你。老地方，不见不散。

恩浩切了一声："走吧。这个女人，优雅得难以让人拒绝。"

"那是对你，我没有兴趣。"

"哦？"他挑眉，继续说，"可是她回来这么久，除了上次去你家闹过乌龙，一直就没露过脸，今天搞不好真是有什么重要的事情。"

我牵了牵嘴角，穿上外套，想着是有些事情，我该跟之蔓说清楚了。

车子开到恒隆广场去，就在广场的喷泉前停下。我一下车，夹着水汽和寒意的水浪往身上一扑，又凉又潮，直让人透不过气来。

她选的老地方，是我和她以前最爱的茶餐厅。今夜的这里，似乎有些寂寥得迫人，很应我的心情。

吱呀一声推开古旧的门，灯光照进黯淡的包间，就像推开了一段古

/189

老的时光。故事里的她，正坐在角落里，冲我微微一笑。

我呵了呵气暖手，在她对面的座位上坐了下来。

屋子里飘着淡淡的茶香，她缓缓将精致炉子上茶壶里的水注满，盖上茶壶盖，听着"咕噜咕噜"的水声，她将双手收在身前，静静看着我。我们一时都没有说话。

"彦辰，好久不见了。"她说。

我点点头。

自顾斟起茶来，不忘为她也添了一杯，茶香四溢开，我皱眉："怎么点了竹叶青？"

她低眉，淡淡扫了我一眼，笑得还是倾国倾城："我在美国的时候，也常常会泡竹叶青，只不过那边的水质泡出来的味道，总是差了点。"

我抿起嘴角，对面的之蔓也不做声了。她懂，这代表我不想再继续这个话题。

放下茶杯，静静的，我问："找我来，什么事？"

她吸了一口气，笑："给你看样东西。"

她从包里拿出一个信封，放在桌上。接着缓缓推了过来。"希望你看了，不要太惊讶。"

右手拾起信封，打开。

是一则从报纸上裁剪下来的新闻。

大大的标题：欧美时尚界领军人物MEARA公司副总裁订婚仪式。

是去年的光景。比我早上得到的那些资料看上去还要有故事性，也更加伤人。

我的目光长久地停在照片里洛丽塔的笑容上，脸上没什么表情。沈之蔓轻轻咳嗽了一声："彦辰，我知道这对你来说可能很意外，只是我实在不忍心看着你再被她骗的——"

"你从什么时候知道她的身份的？"我打断她。

她微微错愕，停了片刻后才说："第一次在你家里见到她，就觉得她很熟悉。后来回家理行李的时候，从包里翻到了这张去年的报纸。我也一直想着可能是误会，就没告诉你。只是我心里总像有事一样，你知道的，我不想看到你不好过。"

她的声音温婉动听，眸里亮晶晶的。

第一次在我家里见到洛丽塔的时候……也就是你把她赶走的那天罢。

我转动着茶杯，细细凝眸着青花瓷的杯身和淡淡雅致的釉彩。

声音淡淡："为了找到这则新闻，你应该是费了不少功夫吧。"

她猛地抬头，我毫不客气地对上她的目光。

如果是之前，我可能不会对一个女人这样动怒，尤其还是我爱过的女人。只是一想到上次她竟然将洛丽塔赶出家，我眼底就忍不住聚起寒光。

她很聪明，笑了笑："彦辰，三年前的那件事我很抱歉。我知道你可能觉得，我自己拿走了Fairy Tale的计划在前，现在又去指责洛丽塔，是很没有道理的一件事。但是不管你信不信，我是不得已的。"

我手上动作一停，旋即笑笑："确实是很没有道理的一件事。"

之蔓怔住，听不出我声音里的喜恶。

是迫不得已还是真有苦衷，我都不在意了。那种被深爱的人背叛过的滋味，尝一次就够了。更何况……我微微一笑："我相信洛丽塔。"

她眼中闪过慌乱神色，却在顷刻间镇定下来。她轻轻仰起头，笑："彦辰，你是在跟我赌气，你怪我回来那天说了重话把她赶走对不对？"

我静静看她半晌，像是望尽了往昔种种甜蜜种种伤害。而现下的两人，早已站在时光的两头，分外陌生。

我听见自己的声音不大真实："听过一个故事么。女人说不爱了想离开，男人紧紧抱住她不愿松手，女人不断挣扎说很疼，男人于是放开了，说，爱你怎么舍得让你疼。女人独自一人漂泊了好几年，才知道当年男人爱得深沉和包容，于是回来想要挽回，你知道男人又说了什么吗？"

她摇了摇头，但神色里已有一丝明了。

我淡淡说："他说的是，对不起，我已经放开了。"

她手一颤，茶杯里的水洒了出来。

我一字不漏的复述，却仿佛含了无尽唏嘘和万般无奈。

洛丽塔以前总爱在失眠的凌晨吵着要给我讲睡前爱情故事，故事大多是典型的琼瑶式，我听的时候常常捶胸顿足表示不能忍受，却没料到，现在随手拈来，竟是再合适不过的应景。

原来，洛丽塔给我讲的每一个睡前故事，我都记忆犹深。

经过了之蔓赶走她的那次事情，我无法想象，若是有一天，洛丽塔真的离开，我的生活会变成什么样。

尤其是现在，全世界都在提醒着我，她有一位青梅竹马的未婚夫，她有傲人的家世背景，她甚至……根本就没有失忆。

茶香袅袅，眼前升腾起一片雾茫茫，有种虚幻的快感。而我仿佛透过这些，看到那日傍晚的斜晖，清清亮亮，差一点就成了我和洛丽塔的诀别。

那几日，圣诞夜刚刚过去，寒气还没有走尽。

我满心欢喜回了家，却不料迎接我的是陌生的气息，酒红色的沙发不翼而飞。我蹙眉，以为是洛丽塔的恶作剧。刚一出声叫她，却不料有人突然从背后环住了我的腰。

我微怔。

她似乎头枕着又蹭了蹭，低低笑开："猜猜我是谁。"

声音除了当年的清婉动听，似乎还染了一丝沧桑。我敛起心神，对这样的玩笑有些反感。挣开了她的手，转头看见房间里摆好的行李，我已经薄怒："这是什么意思？"

之蔓莞尔一笑摊摊手："当年我们又没有说分手，现在我回来了，你不欢迎吗？"

她走近扶着我的手臂，被我一把扣住，我指节微微用力，一字一句咬牙进出口腔："洛丽塔呢？"

她皱起眉来，冷冷的样子。"她走了。"

只是简简单单的三个字，却有让我发疯的力量。

她的脸色有些白，望向我的目光却清湛有神。我扬了扬手中的钥匙，不想再多作纠缠："对不起，走的时候记得把钥匙留下。"

她被我拨开的手还停在半空，容色震惊。而我已顾不得许多，顷刻间便冲出了门。

想想，那时候的自己，就已经遵从内心做出的选择了。

不自觉将茶杯送到口里，却被滚烫的茶水烫到舌尖，这才发现回忆得入了迷，之蔓已经唤了我数声亦没有听到。

我放下茶杯，低头将新闻重新装进信封交还给她，"之蔓，我了解你，你不想要错过的，就一定会想办法争取回来，无论我做什么都改变不了你的决定。但是爱这种东西，不是说给就给得出，说收就收得回。你也懂我的性子，所以之蔓，以后不要再出现在我和洛丽塔的面前了。"

她端坐一旁垂眸品茶，不知听进去没。只是水到唇边，却不稳地洒下两滴。茶渍浸在白色衬衫上，似模糊了的泪痕，但她终究还是将茶一饮而尽。

我移开眼，她抢先站了起来，拿起外套走至门边。她的手握在门把手上，有些颤抖，终是回头朝我绽放出优雅的笑："彦辰，我们来日方长。"

我揉揉额心，撑着坐起身来。

恍惚原来刚刚那所有真实得宛如身临其境的念想，都是一场宿醉后的梦。

清醒着的记忆停留在最后的那句手机留言："二月十五日凌晨，情人节过完了，你也不见了，这是不是一场梦？我多希望明天一觉醒来，还能看到你和我说早安的样子。"

虽然手机她没有带走，但总存着希望想给她留言，就好像心底那样笃信，我还能见到她，让她知道我的心意一样。

这样近乎无望的情绪，也很像我明明清楚她心底有人，明明清楚我对她的感觉已经超出了安全警备线，却还是义无反顾让自己的心沦陷，就这样活生生地跳下感情的高崖。

没死。重伤。

叹出一口气，细细抚摸着她的LG手机的纹路，心底不可避免地感到幸福。

也许这一切都只是天意。

天意让洛丽塔千里迢迢赶到上海来陪未婚夫过圣诞节，天意让我忽然开着车经过了那个路口撞上她，天意让我在不知不觉的相处中爱上她，天意让她以这样的方式抽身而退。真是，狗屁的天意！

可是——

"我——爱——你！"

使尽力气大吼出声，声音直直撞向我床对面的那堵墙上，旋即又反弹了回来。

"我……爱……你……我……爱……你……我……"

真没想到卧室里的墙回音效果这样强，竟然能将这三个字惊人地反弹到我身上，可以将我直接从床上震到了地面。

可是，我还是爱你。

我对洛丽塔的爱，是2013年1月1日的烟花之吻，是2012年12月25日的凌晨华尔兹，是2012年11月15日的医院剪影，是在2012年初冬清晨，飘满咖啡香气的起居室里。

我知道，我爱她。

哆哆挠着爪子蹭蹭抓门，我一开门，它又立刻远远跑开，躲在它的小窝背后，一双眼睛雾茫茫地看着我，顺便抬起前爪揉揉肚子。

我笑出声来。忘记喂它吃饭了。

刚走近一步，步子却不可置信地停了下来。

恍惚间竟看到洛丽塔蹲在哆哆身侧，哆哆尽职尽责地咬着她的裤脚企图引起她的注意。而洛丽塔终于迷蒙地望向它，它则立刻四脚一伸摊开，费力地仰躺着地，还使劲朝洛丽塔的脚旁挪了挪，好让肚子亮出来得更明显一些，脸上还不忘做出一副很受伤很受伤，近乎泫然欲泣的神情。

洛丽塔瞪大眼睛点点头，手跟着覆上它的肚子，假装不可思议叫道："哎呀！怎么瘦了这么多！你那老爹真是太过分了，是不是虐待你不给你吃饭啊？走！我们现在就去报仇打他！"

哆哆立刻又歪又扭还顺带滚了两番，撑起身子，满意地用舌头舔了舔洛丽塔的指尖，一面"汪汪"开心地叫出声来，似在庆贺终于有人帮它出头。

洛丽塔抬头朝我笑了笑，站起来叉腰冲我嗔恼道："真不是我说你，你怎么照顾哆哆的啊！"

话还没说完，我已经冲了过去，想要将她揉进怀里，可下一秒我不可置信地揉揉眼睛，再睁开。才发现，又是虚无一场。只有哆哆张大嘴巴，呜咽地看着我，模样十分可怜。

有些窘迫的怀念。

很不幸的是，公司在这个时候也陷入了前所未有的危机。

对手是MEARA公司，洛丽塔未婚夫经营的公司。

手头好几个案子同时跟进，这段日子我似乎就没有在十二点前回到家过，天天忙得天昏地暗。恩浩见劝说无效，干脆乐呵呵地说要给我准备一副最好的棺木。

其实我何尝不是疲惫万分，只是我太需要这种忙碌。

已经回法国的Vivian给我传真过来了一份今春服饰的最新设计手稿，可是我一时之间当真无法找到可以准确解读她们同时又在时尚圈子有一定影响力的人来撑场面，当真是急得不行。

Miss董敲门，说沈之蔓来了。

恩浩比我更先挑眉："她倒是来得及时。"

我将目光转向她，语声淡淡："看来你忘记了我前几日跟你说的话了。"

恩浩接话："沈之蔓你拿出你三年前的那股子清高劲出来，现在这样，会让你在我心中的形象大打折扣。"

她兀然笑了笑，话音落地有声："没有人比我更合适，而且我有条件，我们各取所需，你不用觉得亏欠我什么。"我朝她看过去，之蔓不退不避地盯着我的眼睛，接着说："这场发布会可以办得风生水起，它一定会成为时尚界最瞩目的舞台。"

我像是被硬物猛烈击中。

沈之蔓扫了一眼恩浩惊诧的表情，善良地补充了一句："站在世界上最瞩目的地方，这样很多人都可以看到了。"

一时间，我们三人都安静了下来。

她说得对，这一场华丽的时尚盛宴的确算得上世界里最瞩目的地方，哪怕洛丽塔已经远渡重洋去了我所不在的地方，哪怕她风轻云淡挥一挥衣袖说走就走，可我到底还是割舍不下。

我依然希望……她能够看到我。

我抬头，问沈之蔓："你的条件是什么。"

她敛着眼睫良久，笑得有些得意："我需要和你的绯闻。"

我笑了："你凭什么就笃定我会答应。"

她圈着手臂走到我跟前，抬头靠近我，姿势有些暧昧，拂过我耳畔的声音自信满满："因为我了解你。我相信，你一定会做出跟在假面舞会上一样正确的选择。"

假面舞会……那时洛丽塔将我推向之蔓，和她共舞。我本无心，之蔓却突然轻笑着来了句："想让你的丫头吃醋，不妨现在就更加入戏一点。"

我愣了一下，才明白她说的话的意思。她要和我传出绯闻，又担心我不肯配合，这才想要故技重施。只是她不知道，洛丽塔也许根本就不在意我和她之间是真是假。

我于是故意曲解了说："假面舞会上是我一时疏忽先行离开，让有心人有了可趁之机。可事后我再细细权衡，想着若是能回到当初，我还是会义无反顾地带洛丽塔离开。"

宁愿将迪拜的项目拱手送给艾伦，也不要就这样轻易地将洛丽塔还给他。

"啧啧啧。"恩浩鼓起掌来，一边挑着牙际一边笑言，"彦辰，我越看你越像爱美人不爱江山的昏庸之君。"

虽是戏言，听入耳里，又似添了几分心酸。

一晃已经入春。

家里和公司却总让我感觉不到一丝春意，入目都是阴冷的天气。

前一阶段风风火火的娱乐新闻也随着洛丽塔和艾伦的回国，告一段落了。Fairy Tale最近的收益格外的好，只是先前敢跟我开玩笑的职员们，现在见着我又都一副缄口不言的样子。真是奇怪，为什么洛丽塔离开，我的表情可以恢复得又快又自然，依旧是冷冷逼人，心却怎样都不能够再回到最初了。

原来让被爱温暖过的人再跌回原形，是这样残忍的一件事。

她走了。我默然接受。

我学着以她的习惯刷牙，以她的弧度微笑，以她的方式吃饭。躺在她躺卧过的酒红色沙发上怀念她的气息，听她爱听的歌，看她爱看的电影，在同一个细节流下泪来，在同一个时间抱头痛哭，在同一个笑点转身大笑时猛然发现，另一个早已不在，沙发的位置永远空了一半。

哆哆总会失神地盯着洛丽塔紧闭不开的房门，呜咽直叫，那声音太残忍，宛如有钝刀在来来回回割我的心肺。爪子挠门的次数太多，上面已经遍布清晰可见的爪痕。洛丽塔要是再回来一定会大发雷霆的，她最受不了这样的刮痕了……

人去楼空。

我将最新的报纸撕碎，尽数丢进了壁炉，看火苗一寸寸舔舐涨高，报纸上洛丽塔笑容生动的面容渐次消失。

她要结婚了。

第九章　是你让我懂得，最深的爱是沉默

下个月我就要结婚了。

你越害怕越担心一件事，它就会来得越快。

回美国短短一周，艾伦便以他独特的方式，赢得了所有人的原谅，这就显得我之前的一切行为瞬间都不靠谱了起来。

妈妈从马尔代夫回来之后，就开始给我量身打造食谱，可我还是不可避免地一瘦再瘦。

心里常常莫名其妙犯堵没胃口，夜间亦频频失眠。真搞不懂以前在

上海，因为艾伦出轨而失眠，现在回到家了，这个症状非但没消失反而还有愈演愈烈之势。

叹口气，瞥了瞥身上的睡衣，袖摆和领口都微微显得宽松。刚准备去洗漱，门口却传来细碎的声音。

拉开门。妈妈立刻笑迎着艾伦一起进来。

搞什么！我还没洗漱还穿着睡衣！

妈妈很开心："艾伦说你现在喜欢关注时尚了，他就专门为你办了一场宴会，今晚届时会有很多著名的设计师来。这不，艾伦今天一早就来给你送晚礼服了，你们好好聊聊，待会儿下来吃早饭。"她满面笑意，我也就缄了口。

我挠挠头发，拿起盒子里的衣服。

是一套露肩的红色礼裙，腰身收得极好，裁剪和做工都是一流，而衣服上搭配的项链亦是巧夺天工，我刚想惊叹，一抬头却发现他已经离我极近，正目光灼灼地看着我。

那样的眼神里包含的讯号太多，让我不由得想起回家这一个多月里他对我频频出格的动作，我一时有些慌乱，下意识地想要退后几步，避开那扰人的近在咫尺的交互气息。

"喜欢吗？"伴着低沉磁性的嗓音，他左手顺势勾住了我的腰，右手已抚上了我的头发。

我有些羞赧，想推却推不开。"嗯，很漂亮。"

"我一眼就看中了这套衣服，你肤色白嫩，和这样的红色最为相称。"他的气息离得更近了，已经缓缓覆上了我的眉眼，又痒又热。"我就知道你会喜欢，这世上没有谁能比我更了解你了。你是……我的，永远都是我的。"

化妆师将我的头发高高盘起，又故意挑出了几丝卷发垂落，松散有致。发髻处别了一枚钻石皇冠，这样的发型配上礼服，让我顿时精神不少。

晚上的宴会一如既往地奢华，我随他举着酒杯周旋其中，接触了一些颇有名气的设计师，可是我却觉得很乏累。

艾伦找过来的时候我正在角落里无聊地摆弄小丑鱼手链。"这条手链很别致，一直就没见你摘下来过。"他的声音清清冷冷突然响起，一针见血地揭穿我。

我眨了眨眼睫，右手盖上手链，从他瞳仁里看到的却是我极不自然的笑靥。"施华蔻洛世奇全世界唯一一款，怎么样，我很有眼光吧。"笑着推开他的怀抱去拿酒，避开他继续追寻的目光。

他慵懒笑笑，没再继续上个话题，言语间都是奢靡的味道。"鹅卵石，花神咖啡厅，皇家广场。怎么样？回来的感觉很好吧？"

"是啊，看来这一个月我形容枯槁足不出户真是浪费了。我要抓紧利用婚前的自由时间，不如这段时间我去巴黎旅游吧。席卷所有的商店，尝遍所有的甜点，然后还要品读经典名著，嗯，就这么定了，你给我定机票和旅店去。"

好像只要用力笑，那些悲伤的情绪就会不被想起。

他扶住我的肩，深情款款低下头来，眼看着吻就要落下。"不知道为何，我总觉得，今天，你才是真正回到我身边了。"

"怎么会。"我保持着尴尬仰头的姿势。

他突然笑开："想去巴黎是好事啊，把你刚刚说的雄心壮志都给实现了，你就离众人眼里的缪斯女神不远了。或者说，你根本就是现代版的玛丽安托瓦内特。"

"哦！你损我！"我佯装薄怒，"玛丽皇后，以奢侈购物闻名，你就巴不得我把你所有的身价都败干净你才开心。"

他点头："对，那样我才开心。"

那含着歉意的目光太炙热，反而让我无心继续玩笑。

有低低的笑声入耳："顾小姐和未婚夫的感情真是好得让人羡慕。"

我转身，诧异挑眉。沈之蔓竟也在席。

而她身边比肩而立的……

想过无数种重逢的方式，独独没有想到会是今天。

我的眼睛欲垂泪，却偏偏努力扬起笑容，那句"好久不见"就生生卡在嗓子里，怎么会，白天方才入梦，晚上就见了面，这才是一场梦对不对。

艾伦揽着我肩的手微微用力，让我更靠近了他一些。彦辰只与我们隔了几步之遥，却就堪堪停在了那边。

他穿着银灰色的西服，看起来一点也没有变，还是那样俊朗和骄傲，只是眉梢眼角似乎多了些生疏和遥远。

彦辰的目光扫过我的手链，被极力按捺下去的欣喜瞬间又换上了无望的神色。

我努力克制自己的情绪，尽量优雅地摇头，一想到刚刚和艾伦亲昵的场景落入他的眼底，我就一分钟也不想再待下去。

沈之蔓步步紧逼，骄傲地继续挑衅："洛丽塔小姐是又要想逃吗？上次假面舞会您见了未婚夫第一反应就是逃，现在见了彦辰和我，又是想逃。不觉得总这样太没创意了吗？"

就是她这句话，让我浑身的血液几乎凝固。

一直没有开口的彦辰终于打断沈之蔓，他的声音像是情人间的呢喃，却又冷得像是寒冰："什么时候变得这样咄咄逼人了。"

沈之蔓精致美好的脸庞彻底扭曲了。

艾伦绅士地打圆场："陪我去见见那边几位设计师。"

我朝他们抱歉笑笑，越过彦辰身边的时候故意放慢了步子，我猜他一定恨死我了，可我该怎么告诉他，我有很多话想要和他说，却又不知从何说起。

我抬头望了他一眼，他举杯，勉强挤出一丝微笑。"今天的你，很漂亮。"

我笑："谢谢你。"

我想着，除了谢谢和对不起之外，我能给他的，确实再没有了。

擦肩而过。

许是太久没有出席这类场合，面对众多富家女的八卦攻势，我竟然力有不逮。"嗨。你看起来好像有点疲惫？"是沈之蔓。

虽未跟她有过太激烈的冲突，我还是难以对她产生好感，只得尽量维持着笑容："我很好。谢谢关心。"

她倒是不以为意，举杯与我对饮，脸上仍是那副半真半假的笑意："听说待会儿有个惊喜，在场的部分设计师将会有幸向大家展示自己的最新作品。我很期待你的评价。"

"是么？不胜荣幸。"我笑笑，点头离开。

其实这样的酒会从来都不是放松之夜，艾伦去了楼上会议室，我望着一派奢华灯火，脑海里关于去年的记忆却还在不断撕扯着我。我的身虽然回来，可是心智似乎离以前那个沉迷于舞会、时装、玩乐和逛街的安娜，越来越远了。

在一片掌声中，巨幅红帘"哗"一声拉下，包括我在内的很多人都忍不住惊呼出声。艾伦扶着楼梯居高临下，淡淡宣布时尚之夜的狂欢马上就要开始！

沈之蔓提着礼裙急急向我跑来，手臂上还搭着好几套保存在时装袋里的礼服："洛丽塔，我真的很不好意思，可以请你帮我一个忙吗？"

呃？

她似乎真的十分焦急："有设计师临时放弃机会，我的排名提前了，竟然排到第一个上场。我得到舞台那边去候场准备，可以麻烦你帮我把这些待会模特上场要穿的衣服送到休息室吗？"

见我无动于衷，她低眉吸了一口气，攒出笑来柔声道："你知道的，这里除了你我谁也不认识了。这样难得的机会，对于还没在时尚界站稳脚跟的年轻设计师来说，真的很重要。"

她说得极正式，眼里散发的光芒让我为之动容。我扯了扯嘴角，算是……答应了。

只是我不敢相信，她竟然为了爱发疯到这种地步，连她自己口口声称对她十分重要的这次展示，都成了她对付我的武器。也对，这样大家才更加不会怀疑她会舍得拿自己的前程冒险，反而相信她所说的一切，都是真的。

她立于台中，优雅得体地微笑，微带自豪地阐述本次设计的灵感和意义。在一片雷动的掌声和清幽的背景音乐里，沈之蔓的五位模特依次走上台，从左至右依次排好。

我挑眉，原是一套黑色精灵系列的晚礼服，虽然目前只能看到侧影，但已经可以感到简约又不失华贵。

只是可怕的是！

五位模特清一色转身面向我们，我清晰地听到自己以及身边所有人倒吸冷气的声音！

因为——每位模特的礼服正面都用刺目的红笔画上了字母，从左到右合起来念就是"W-H-O-R-E！"是妓女的意思！

"Oh my god！"我也捂住嘴巴，不可置信。

/205

沈之蔓一脸惨白地立于台下，手上还保持着鼓掌的姿势，整个人就像被咒语定住了一般，极为震惊和羞怒。

"这就是她刚刚在台上演讲表示一脸得意的杰作？说什么这次的设计充分体现了她对女性的尊重和全新诠释，原来……就是这样诠释的。"身后的非议越来越多，渐渐转成不可控制的低笑声，我看到很多著名的设计师里流露出的惋惜和失望，心底隐隐泛起对她的同情。

我本来不可能傻到相信是她自己设计这样的局，必定是哪一位觊觎此次机会的同行为了抢过她的风头，让她出丑。

只是，她突然猛地转身，凌厉的视线宛如飞刀一般，齐刷刷全部射向我的时候，我恍悟，也许我才是那枚让她用心良苦的棋子。

她从来都是高贵优雅如孔雀，怎会想到她也可以这样委屈含泪，染了红蔻的指尖直逼向我："是你！我那么相信你，恳求你帮我送衣服到休息室，你就这么急着看我出丑，非得让我声名狼藉地退出这个圈子，你才满意是不是！"

身上一秒之间聚集了万千束眼光，我怔了怔，笑："你知道的，我没有。"

她微微弯了弯眼角，姣好的面容上悲伤和愤怒交织得尽善尽美："你已经要和艾伦结婚了，为什么还放不下彦辰，你就看不得他与我和好如初，非得要这样的手段来向我示威逼我退出吗？"

这下，周遭的抽气声更甚于刚才！

艾伦和彦辰闻风赶来，两人竟然极有默契地各拉住我一只手臂，同时问道："怎么了？"我心想场面约莫已经达到糟糕的极致了，却不知道，没有最糟只有更糟。

沈之蔓突然扶着身子笑得悲伤妖娆，肆意望向四周宾客："你们看看，都看看，事实不是都摆在这里了吗！"

彦辰薄怒，低低吼了一句："沈之蔓，你够了。"

她一双秀致的眉挑了挑，旋即望向穹宇上空，良久，突兀地笑了一声："我够了？你又要选择无条件相信她了是么？秦彦辰你看看清楚，今天这里受害的人是我！她有什么好，凭什么每次一出事，不问青红皂白，你们统统都无条件选择站在她那一边！凭什么！"

那嗓音近乎崩溃了，可听入我的耳里只觉得做作。艾伦抬眸看了看彦辰，又看向我，问道："你真的帮她送了衣服？"

我点点头。

沈之蔓嘴角的抽搐渐渐变成清冷如冰的讥讽："彦辰，让你看到你心目中善良纯真的洛丽塔这样不为人知的一面，我很抱歉。"

我好不容易压制下去的情感再起波澜："你拿自己的前程做赌，就是为了冒险演这一场戏？"

我看向他们："她把衣服给我的时候，是装在时装袋里面。我送到模特休息室就离开了，也直到她们上台，我才知道衣服上被人做了手脚。"

"假的！都是假的！"她突然一把拽起我的胳膊抬高，声音也变得尖利起来："你们看这条小丑鱼手链，这是施华蔻洛世奇今年唯一打造的一款，安娜小姐要不要解释一下这条手链的来由？"

她恶狠狠转向我，一字一句咬牙道："你跟彦辰要真是没什么的话，为什么这条手链至今还戴在你的手上？"

我脸色一白。

"沈之蔓！"

厉声喝止她的是彦辰。

现场顿时一片混乱，有几个《Page Seven》报社的记者拿出摄像机开始拍照。我握紧了手，觉得自己的身体好像在轻颤。

艾伦走上前去拦住沈之蔓，低沉的声音有些魅惑，警告味道却丝毫不减："想要保护自己的男人，这个方法可是糟糕透了。"

我还想说什么，却不料手被大力握住，彦辰拉着我就开始拨开人群往外走，将所有的喧嚣以这样决绝的方式抛到脑后。

而我，竟然出于本能地跟着他一路小跑，完全没有想到，这样一来，便坐实了沈之蔓为我安的罪名。

但是……真的很刺激。

"笑什么？"车停在海边，他倒是难得的好心情。

我现在的状态很像那个黑乎乎烧焦的表情，一拳捶过去："被你害死了。"

他挑眉："你不觉得是你自己太厉害么？"见我不解，他眸中笑意更甚："就像是那种，就算把世界搞得一团乱也仍然可以嘻嘻哈哈的人。"

早知道不会是什么动听的好话，可我还是极力按下咬牙切齿的心情，再真诚不过地摇摇头，坦然道："一点也没觉得。"

彦辰眼神明灭间，笑得有些落寞，他微微勾起唇角自顾自说下去："这样的人，我本不会喜欢，这样的女人，我更加不可能喜欢。我喜欢的，是洛丽塔，而她只是刚好有那些小缺点罢了。"

我搞不清楚情况怎么就这样急转直下，好像眼睛有点酸了，距离闹剧已经这么久了都，真没出息……有什么东西要涌出来的样子……

我立刻抬头看天，一秒，两秒……

接下来是窒息般的寂静，我们没有互相凝视，我在想，他一定需要时间，寻找适当的措辞来表达我把全世界搅和得一团糟的魄力。

或者是……数落我种种欺骗他远离他伤害他的曾经。

"谢谢你。"

"谢……我？"我瞪大眼睛，他沉默良久后的第一句话，却是这样。

"嗯。你给了我一段美好时光，让我不再那么冷漠，我也可以变得一往情深，变得包容而温暖。真的，很谢谢你。"

"唔。"我心狠狠地颤了颤，"其实我……对不起，我很多事情都没有告诉……"

"没关系。不用对不起。"

"你……"他微微偏头看我，"你要幸福，好吗？"

偏头的角度和说话的声调都是那样恰到好处。

"好。"

"要过得比别人都好。"

"好。"

"要学小丸子一样坚强，永远打不倒。"

"好。"我含泪点头，再摇头，"不要，她真的好无赖哦！"

我们相视，笑了出来。

不远处传来汽车的喇叭声，我心一沉，艾伦找过来了。

他笑得凄凉，眉眼间还有遮不去的担忧。我打趣道："没事啦，我相信《Page Seven》会很乐意知道今天发生了什么。"

"还能这样笑，说明没什么影响。"他哽咽。

"安娜，该回去了。"艾伦在叫我。

我红了眼眶，舍不得的情绪如燎原般的火漫天而烧。

"彦辰，"我叫他，"再见了。"

然后提起裙角飞快地转身，逃命般地奔跑。如若可以重来，我宁愿回到最初与他相遇的那个街头，从未出现在他的生命里，只有这样，他那么多的爱才不至于……覆水难收。

我会等，直到我们再不会像现在一样悲伤，直到我们彼此不再如此重要，直到我们都已经足够坚强。

只是，你也要幸福才好。

艾伦的脸色难看极了。而我显然也没有解释的兴致，于是我们就一路僵持着回到了家。

父母尚未回来，家里有些冷清。我无力招待他，径自上楼，推开房门。

他突然冷冷道："不觉得需要解释一下吗？"

"我以为你相信我的，我说了我没有做手脚。"

"我指的是，手链。"

我面无表情地说："他一直都知道，我爱的人是你。"

他冷笑："这样伟大的爱情感动你了是不是？"

我突然觉得心里堵得慌，口不择言却没想到也许正是我的心声："他对于我只是那样一个人，会一直住在心底，但不会出现在生活里。如果你在意，我们婚期不妨推后。"

他眼底有难见的戾气，一把捏住我的手腕，狠狠道："这才是你的心意，我终于逼你说出来了是不是！"

"不是！"我惊吓着后退，后背已经抵上冰凉的墙壁。

他突然发狠，一把扯我进房，反手一摔，门被带上。而我也被他提起，整个人被他扛在肩上直往里间而去！

"你疯了！"我惊叫出声。

他不语，但我依然可以感觉到他压抑着的怒气。一阵天旋地转后，我被重重地扔到床上。腰背一疼，他已经欺身上来！一把扯掉我腰间的蝴蝶绸缎缚住双手捆于头顶，髋抵着髋部，大腿压着我的，而另一只手突然收力，紧紧卡住我的脖子！

我瞪大眼睛，他眼底满是暴戾和阴狠，手还在不断加力。喉咙上有火辣辣的疼痛不断蔓延，空气变得稀薄，胸口不受控制地一阵阵发闷，我强忍着眼泪不让它落下。

早该想到他会变成这样的，还在上海的时候他就已经疯了。

"求我！"他咬牙。

我怒瞪他，眸里全是不屑。

"你最好乖乖的，向我保证不再跟他来往，否则我今晚就会让你后悔。"他一字一句间都透着寒意，我冷得彻骨冰凉。

颈间蓦地一松，大口空气由口而入，我被呛得不断咳嗽。"瞧瞧，都红了，宝贝你怎么不乖一点，我会很心疼的。"他怜惜似地抚上脖颈，若有若无地在我耳畔吹着气，身子紧紧压迫着我，紧得我能感受到筋骨的颤抖。

"宝贝儿，尼采有句话，他说：一桩婚事因为能容忍偶尔的'例外'而称作良姻。我们何不都放下过去，你早该知道，上天注定我们是要在一起的。"

他的眼里还翻滚着滔天的怒浪，嗓音却这样缠绵和低转。我刚想示软点头，他却一把撕开我的裙裾，眼中的怒浪化作唇边冷笑，嗓音里噙着冻人的嘲讽："让我看看你的忠心！"

我终于不能再维持微笑，泪水顺着脸颊淌下，我哑着嗓子："我求你！你放开我！"

他冷笑一声，脸上看不出是得意还是其他，突然伏低身子，恶狠狠地吻了过来，唇舌交缠，卷过里面每一寸地方，腥甜的感觉不断蔓延，又苦又疼。

他的身子挤压着我，呼吸越来越粗，手一路往下，不带一丝保留地碾压过我所有的自尊！

我重重喘气，鼻头都发红，再不能像往常一样凛然，也再不能像往常一样刚强。我的声音响在他身边，像是呜咽的小兽。

空气中满是血的味道，他的声音响在耳畔，宛如地狱修罗："让我来教教你什么是从一而终！"

终于是没有什么可以阻止他做这件事，晚礼服因为撕扯已经残破不堪，当最后一层遮蔽物被除去，我绝望地闭上眼。身上的痛在其次，心里约莫已经是死了。

"安娜，你在么？钥匙怎么插在门上，我回来啦！"

是琳达！

我开始恸哭，刚想呼救，艾伦大掌却毫不留情压下，阻挡我出声。他眸里聚起一丝讽刺，随手扯来碎布塞进我口里。

他滚烫的身躯仍继续挤压着我，屋外琳达的声音还在："安娜你真的不在吗？你不在那我走了哦，明天再来。"

不，不要！我在！可是她根本听不到。

像是濒临死亡的幼兽的临终反抗，我已经尽全力挣扎，无奈手被捆住，身子被他压住，所有的杂音都被柔软的大床所淹没，唯有干枯至极的喑哑的嗓音荡在半空。

屋外已经听不到声音，他微染得意，坐起身看着我的愤怒和屈辱，像是在欣赏自己的杰作，我知道下一秒我就会被他撕成两瓣，干脆用头重重朝床头柜撞去！

"砰"的一声。柜上香水瓶落地，碎了。浓郁的香气扑鼻而来，有一种妖冶的魅惑。额头火辣辣地痛，果不其然我已将他激怒，"你疯了！"连仅剩的一丝温柔都不再，他开始疯狂地啃咬。

怎么会？有亮光？

"你……你们……"

琳达进来了！"我听见有声音，就下楼去拿了里间的钥匙。哥，你这是在干什么？施暴吗？"

她过来拔掉我口里的碎布，用衣服裹住我，我终于放声大哭，心里却是劫后重生的庆幸。如果她没有多一点心眼，今夜我所有关于生命的希望都会被毁去，一点不剩。

"琳达……让他走。"

她狠狠抱住我，身子支撑住我几乎全部的力量。"哥，我为你感到不齿！这段时间你不要来打扰了，由我陪着她。"

艾伦近身，我又往后退了退，琳达安抚我坐在床边，又把艾伦扯出了房间。我听见争执的声音传来："安娜父母已经回来了，你要我把这一切告诉他们，你们取消婚姻，还是让我来劝她？不管怎么，你们在一起这么多年，再多等一段时间又有什么！"

当时我和艾伦都没有听出她的言外之意，艾伦走了。

琳达进来时，我像痴了一样，仍是不能回忆刚刚魔魇般的一幕幕。她缓缓抱住仍在颤抖的我，问："我送你走，好不好？"

我怔住。

她淡淡的眉眼中晕出痛苦神色，有些哽咽："我不想再看到你拿自己的幸福做赌注。"

我有些虚弱，却提起一口气，轻声笑道："我没有，我只是不喜欢他以这种方式对我。"

她摇头，目光坚定："你还弄不明白么？'你爱艾伦'只是你给自我催眠自我灌输的一条定律。就像爱因斯坦的相对论，就像牛顿的万有引力一样！"

"你的心早就不在艾伦这里了。或者说，你的心，从来就没有在艾

/213

伦这里过。"

我诧异地蹙眉看她，眸中尽是难以置信。

我张了张口，她又抢白道："又要不假思索说你爱他了是不是？"

她拼命想捋顺我杂乱的头发，眼眶已然泛红，却死死地逼着不许眼泪掉下来。

"在上海我问过你，当时你就语焉不详。秦彦辰固然爱你，可我哥也为你付出了同样多的爱，整整十年的爱，为什么你从来没有那样感动过？"

她摇着我的双肩，似乎我就能被摇清醒一样："问问清楚你自己的心，看看封条撕下来后，从心门里走出来的到底是艾伦，还是秦彦辰？"

我不能理解琳达缘何突然说出这些，迟迟没有回话，心里不知怎的突然就乱了方寸，临别前最后彦辰有些凄凉的笑容浮上脑海，不容我细细思考，她忽然起身打开屋子里所有的灯光，刺得我微微眯起眼睛。

她将我遮住眼睛的手掰下来："你认为'我深爱艾伦'是一个永远不变的事实。"

我点头辩解："的确是啊！"不去想心下仓皇而逃的纷乱。

她一副恨铁不成钢的样子："笨死了！"她又叹气，蹲坐在我面前："爱恨若成信仰，便失去本身意义。你从小就生活在童话里，对感情的认定太偏执太粗浅，你早就把爱艾伦当成信仰，甚至要把自己都囚禁在艾伦给的爱里面。你以为只要你离开秦彦辰，你们就可以各自为安，若爱情当真那样干脆和简单，那它也未免太脆弱不堪了。"

我着实不懂。"他是你哥啊，你在说什么？"

她疲惫道："你对我哥，早就无关乎爱了。我在上海的时候不忍心说出来，可是我看到他今天这个样子，他已经变了……你跟他，真的是没有未来了。"

"不会的，不会的！"我大吼，想要她闭嘴。

"你不允许艾伦背叛你，可是你更容不得自己的背叛。可是亲爱的安娜，如果爱一个人只能像你和我哥这样相互折磨一辈子的话，那也太苍白，太不幸了。"

我抬头望她，宛如从不认识她一般。

她捂住嘴巴，眼泪已经抢先流下："你今天要是不走，以后就没有机会了。我哥一定会恨死我，可是这世上本就无后悔药可寻，我也希望你没有去上海，我也希望我哥哥没有出轨在先，可是我最最希望的还是，你们都可以为爱情勇敢一次。怎样，你敢不敢？"

我咬唇望她，我敢不敢？

挣扎着想要抱着被褥站起来，整个人却像失重了般，又像是没入海浪里的浮萍，情海漫漫，我如要溺死般彷徨，她说得对，是我自己太笨太一厢情愿，我不只赌上了我的幸福，我还可恶地同时赌上了彦辰和艾伦应该得到的幸福……

她已不再说什么，让我随便收拾几件衣服，她送我去彦辰住的地方。我似懂非懂，嗫嚅了一会儿，半晌才低低道："我想试一试。"

她脸上没有任何表情，眼睛却蓦然生动。

我一个人逃出来了。

她送我到彦辰入住的酒店门口，我们相拥而别。"你要幸福哦。"

我很努力地点头，很多人都这样告诉我要幸福，彦辰、恩浩、琳达、艾伦……

站在夜色的公园里，一坐坐了几个小时。手腕上的小丑鱼手链似乎比往日都要亮些，我突然就想通了很久都没有想通的事情。

我一直身处一个种满仙人掌的花房，拿着一只叫做幸福的气球站了很久很久。现在我要努力迈出这一步，不管气球会不会被扎破，至少我为爱努力过。够了。

我站在他的房间门口，门号B1033，是这里了。

想敲门，却突然傻了一样。再过一分钟，我就可以问他：我来了，你敢不敢带我走。

想起他对我的好，感动开始源源不断地冒出来，就像饱涨的海绵一样，明明已经用力拧紧，它还是滴滴答答流了满地的水，比想象中的还多还多。

"叮咚！叮咚！"心跳噌噌加速。从没想过要见到他，我的心情会这样不受控制地欣喜与期待。

门拉开的时候我刚想大叫"Surprise！"声音却卡在喉咙发不出来。因为……开门的不是彦辰，而是沈之蔓。

我们都有一瞬间的微愣。

她穿着浴袍，头发还是湿漉漉的，看到我的时候禁不住挑眉问道："洛丽塔小姐是来道歉的么？"

我退后两步，看了看房门号，没错，是彦辰的房间。

可是……为什么开门的会是她？

我没理她，径直走了进去，她冷笑一声拦住我。"道歉我收下了，你还是请回吧。男婚女嫁还深夜来访，会不会太不知羞耻了一点？"

我平静地抬头看她："我知道你不喜欢我，真巧，我也不喜欢你，更不喜欢你出现在彦辰的房间里。"

沈之蔓有些薄怒地拉住我，加之她本就比我高，况且我身上还有艾伦留下来的伤痕，她一碰到我立刻抽了一口凉气。

她笑了笑："别耽误我们休息。"

我猛地抬头："你……你们？"

她得意："如你所见。我……和彦辰。恕不远送了。"

浴室里传来哗啦啦放水的声音，她睫毛轻颤，细瓷一般的脸庞上泛起一层薄红，我这才看清楚她的浴袍，那根本不是偏大的女士浴袍，分明是男士的款式！

她微微仰起头，神色傲慢却不再多说话。

我的心里开始微堵。

若她刚刚从浴室里出来，随意拿起浴袍披上，那里面另一个正在洗澡的人……不敢再想下去，眼泪已然夺眶而出！

连怎样被她请出房门我都没有知觉，只是在门"砰"一下关上后，我才发现心里史无前例的失落。

不同于知道艾伦出轨和金发美女在一起的那种失落。

是刻骨剜心的疼痛。

好像再怎么努力呼吸，氧气也觉得不够。我手中紧紧提着包裹，浑浑噩噩地走出酒店。以为自己握住了幸福，到头来才发现，只是握满了雾霭。

我想着可能这一切是天意，我不能怪他，我不能奢望他能固守一份无望的爱情直到地老天荒，况且我根本不知道在他心中，我和沈之蔓，究竟谁胜过谁。

站在风中，看着酒店那扇窗里的灯光灭了，心里的希望仿似也跟着灭了。明明已经无路可退，可我也不想就这样放弃回去找琳达，只是一个人漫无目的地走着。在这个最熟悉的街头，看着最陌生的风景。

因为失去，才想要拥有的爱，是最后知后觉的爱情。

北纬35°以北，凌晨的机场。

我站在漆黑的传送带末端，等待着冰冷的铁灰色金属托盘无声地滑落到我面前。

/217

桃夭

恹恹欲睡的工作人员神色安然而麻木，衣领处的领结已然都有些凌乱。他们目光空洞直视前方，机械地重复挥手，让我拎走托盘里经过安检的包，继续迎接下一个手握护照和登机牌的人。

在这里，我只是一个寻常的旅人。远离舞会、时尚、奢侈品，是要去上海找回遗落的爱情的洛丽塔。不管彦辰选择谁，我都会在上海等他。

落地玻璃窗的窗格将视线划成一块一块，窗外是无边无际漆黑的夜，此时此刻包括洛杉矶在内的整个北半球都陷入熟睡，唯有我右手手腕上的小丑鱼手链还反射出温柔的光芒。

就像是我爱的他的微笑。

靠在椅子上，安然地等待着登机通道上方那块液晶显示屏亮起，接下来，一挥手一盖章，我就离开了身后的这座城市。周遭茫然候机的人们，每一张面孔都逐渐模糊成了同一个样子，有人掏出手机打着电话，我忍不住又想起上次那故作洒脱的告别。

终是在海边说出那句欠了很久的对不起，为我离开上海的时候电话里许了他一次虚无的守望而道歉。

他无奈笑笑："我知道，你给我打电话的时候应该在机场，我听到飞机起飞的声音了。"

我点点头，心道那本就是十分拙劣的谎言。

可是我和他，都自以为是地扮演好自己的角色，想来当初对爱我的他，太残忍了点。既然一句对不起不够，那我把我还给你好不好，彦辰？

不要选择沈之蔓好不好，彦辰？

坐上飞机，困意阵阵袭来。琳达虽然帮我掩饰逃离艾伦身边，可是我知道如果明天一早艾伦发现我不见了，那我这一辈子都别想再离开洛

218/

杉矶了。

不止他，还有爸爸妈妈他们都不会答应……

"妈咪，今天那只大米老鼠好可爱哦，它还给了我这么多糖，你看嘛。"

我循声望去，邻座的小男孩七八岁的年纪，一颗颗数着摊在手心里的糖果。那样七色斑斓的包装纸，是洛杉矶迪士尼乐园里才有的。

"乖，今天玩得开心不？"

小朋友重重地点头："最喜欢那个可以升得好高好高的那个东西，一个好大的圆！"他配合着画弧，手中的糖果却撒了一地。

我刚准备起身，他妈妈已经蹲下帮他。我笑了笑，继续看着他们。

妈妈说："乖，那是摩天轮。你坐在摩天轮里升到最高处许愿，天上的仙女都会听到的，然后你的愿望就会实现啦。"

小朋友若有所思地点点头："那爸爸也会听到的对不对？他就会常常回来看我和妈妈了。"

"对，宝贝真聪明。爸爸工作忙，空了就会回来看我们，再带我们去迪士尼玩。"

"好棒好棒！"他不断地拍手，脸上都是纯真不染一丝杂色的幸福。

这也是，摩天轮的幸福吧。

我第一次见到艾伦的时候，就是在迪士尼的摩天轮下。那时候我还是个流鼻涕胖胖的小娃娃，他已然是拥有很多粉丝追求的风云少年了。可就是这样的少年，竟然被我缠着陪我来来回回坐了一个下午的摩天轮。直到迪士尼闭园的时候，我还恋恋不舍。

摩天轮很高，观光舱外的风景很美。

那时候不懂美丽的泡沫大多转瞬即逝，就宛如再长再完美的旅程都有走到终点的一刻。在摩天轮最高处转动时遇见的一切，永远都不可能在结束后随我一起落回地面。

就像是——王子和公主的童话故事。

过去的十年里，他为我精心编织了一个梦，他告诉我公主醒来前的皮肤都必须被覆以最轻柔的触碰。因此我安心入眠，也曾以为我永远不会醒来，直到我遇见我的骑士，我的爱人。

我才知道，那只是一段触不到的风景，就像我坐着摩天轮无限接近它，却也必须在下一刻就逐渐远离。永远无法真正抵达，却也永远不会停止仰望，直到——幸福最终隐没在抬头就能看到的云端里。

终是一个王子与公主的梦罢了。

而现在，梦醒了。公主踏上了独自寻爱的旅途，内心却比任何时候都要激动和满足。

这约莫就是爱情罢。

其实我懂，与其说我怀念的是摩天轮里的青春，倒不如说我怀念那时候单纯如白纸的我和艾伦。心底如月般清朗的少年，已然成了商场上雷厉风行的独裁者，而几个小时前的施暴，更是让我心有余悸。

也许，是我们太脆弱，经不起命运的玩笑。

一夜无梦。30个小时后，我安然抵达上海。

清晨六点半，机场外竟然雷雨大作！

我刚刚随着人潮走出机场大厅，却已经察觉到不对劲。似乎有人在跟踪我，刚一回头，没想到两个一米八戴墨镜的人已经站在我的面前！

"安娜小姐，我们来接您回家。"

我眯起眼眸，这二人我见过一面，应该是艾伦留在上海的人。可我如果真的会跟他们走，那也太小看我了。

我点点头："我饿了，你们先去给我买东西吃。"

他们显然露出为难的神色。我说："我肯定跑不掉的，你们一个人去买，一个人在这里陪我好了。"

他们这才答应，我指着那个更加人高马大一点的人："就你去。"然后列出了整整一串机场方圆几十里内根本买不到的东西，他显然知道我在消遣他，可一想到我和艾伦的关系，也不得不勉为其难答应。

剩下那个人站到离我三米远的地方，我走近朝他伸出手："诺，是不是已经打电话告诉主子了？"

他愣了一秒钟，立刻垂头："安娜小姐，我们已经通知了总裁。他嘱咐我们一定要照顾好您。"

我点头，作满意状："嗯好，把手机借我一下给艾伦打个电话，我手机没电了。"

他显然也不大乐意，但不是他不乐意就可以阻止我的计划的。

一把抢过电话，回头做个"止步"的手势："喂！情人间的话你要听？这也是你主子教你的？你再走近一步试试看？"

他立刻停住步子："不敢不敢。"

我满意地勾起嘴角："不错，回头我跟艾伦说下，你比另一个人办事得力多了。至少心里不愿意脸上会学着伪装伪装，好好干，前途无量！"

于是我就在他一脸欣喜若狂的表情中走到几米开外，顺利拨通了机场保安工作室的电话，顺利地表达了有人正在对我进行不正当骚扰，我需要帮助。

挂了手机，我想了想，其实我从小到大都这样胡闹习惯了，如果真是艾伦派他们来的，那艾伦应该提前指导过他们关于我的小伎俩，现在这两人这么白痴，唯一的解释就是，琳达没有让我失望，艾伦一定是刚刚才知道我不见了。他根本来不及精密布局，只能四处广泛撒网，先找到人再说。

但找到归找到，会不会跟丢就是另外一回事了。

保安很快就过来了，我的大声嚷嚷呼救立刻引起了一群人的围观。他再多解释都无济于事，我目送保安将他带走，挥挥手与他作别，然后刚准备拦下出租车，却发现另一个打发去买东西的人已经回来！他果然没那么笨！

眼看他一步步朝我跑来，而四下根本没有出租车的影子，一不做二不休，我立刻冲进雨帘里，硕大的雨砸在身上，我又本就畏寒，被呼呼的风一激，立刻连打几个喷嚏。

只是一想到，我只要用力奔跑，就能够见到彦辰，那么这一切，也都是值得的了。

好险好险，幸亏恰好来了一辆出租车，我哗啦一下冲到路中央，刺耳的刹车声差点贯穿我的耳膜。

司机刚准备下车大骂，我立刻拉开后车门坐了进去："师傅师傅我不是故意的，有坏人追我，麻烦您快点开车！"

司机师傅看到雨里那个大汉焦急奔过来的样子，做出一副了然于胸的表情，下一秒车就"籁"一下飞了出去。我提到嗓子眼的心也终于安全着陆。

司机大伯一直在用上海话唠叨要珍惜生命，注意交通安全云云，我想我果然是被车撞过一次，这勇气就噌噌噌地涨上去了。

我提着包狼狈不堪地站在了他家门前。钥匙还在我口袋里，上次走前忘记还给他了，不知道是不是因为冥冥中注定我们还会有这次相逢。

坚强了一路，委屈了一路，憧憬了一路，紧张了一路，现在我站在他的门前，却生生不敢再往前一步。

我想我终于是了解了，他为何不敢去打扰我和艾伦，就像我现在不敢去打扰他和沈之蔓一样。我明知道他还在美国，甚至已经跟沈之蔓发生了关系，可是现在我守在他家门外，就好像他在我面前一样。

熟悉，而且温暖。

还是忍不住红了眼眶。

以前的我觉得自己怪异极了，竟然会有精神洁癖，因为艾伦的背叛，我选择躲开，不愿意原谅他。可是现在明明知道彦辰他跟沈之蔓……如果可以选择，我还是希望我可以和他在一起。

真的爱情来了，再委屈也不想退让。原来我也愿意为他变得卑微，低到尘埃里。

我笑出声来，果然是由俭入奢易，由奢入俭难。彦辰他已经给了我这样一场盛大而华美的爱情盛宴，就像是转了一个并不完整的圆，我再也不可能回到原点了。

就好像从前我对爱，不是很理解那到底是什么。

可是现在我觉得——

大概就是，在拥挤的大卖场里，他推着购物车，我坐在车上。

大概就是，希望出租车，开得再慢一点。好让后车座里的我，可以靠在他的肩头更久一点。

大概就是，拿起手机，写了七百个字，再删到一百个字，然后又删除，最后只发了一个冷笑话。

大概就是，独自旅行的时候，会忽然走不下去，会忽然想回到，他的身边。

大概就是，一见钟情，持续想念。

我站的时间太久，身上又已经湿透，不断颤抖。而门里面似乎有异样的声音自我来的时候就一直持续到现在，刚刚我没有在意，现在一听，竟然让我寒毛都竖了起来！

我凑近仔细分辨，有呜咽的低叫声凄厉异常，似乎还伴随着爪子拼命挠门的声音，天！是哆哆！哆哆知道我在门外！

我开始埋头找钥匙，哆哆的叫声愈加激动，像是恨不得把门挠穿一般。都说狗狗通人性，我亦是忍不住想要快点见到哆哆。

哆哆，你的爹地跟你妈咪已经重修旧好了，可是我不开心呀，我们一起来拆散他们好不好？

怎么找都找不着钥匙，东西还撒了一地，我手忙脚乱地蹲下收拾，捡到一半，动作被迫终止。

门开了。

"轰"一下撞到我的头，我跌了个底朝天。而彦辰，他本来有些沉闷的面容，在看到我的那一刻，霎时就云开雨霁了。

很多时候，你以为你已经失望透顶，可如果上天突然抛来一个橄榄枝，你立刻就会燃起对生活的热情。

我噌一下站起来，揉揉摔痛的地方。我们相顾无言，四周静得只能听到我头发上、衣服上的水滴滴落下的清晰声音。"阿……嚏！"连身子都在控诉他的冷淡，他终是出声，眉眼还是极力保持着镇定，嗓音却在发抖："是你么？"

我白了他一眼，点点头："要煽情的话排排队，我先去见我的宝贝哆哆。"

然后越过他，哆哆果然给力，一跃身直直扑进我的怀里，我忍不住呛了一口，叫道："臭死了！你爹地多久没有给你洗过澡了！"

哆哆果然万分委屈地顺着我的身子滑下来，一扫而空看到我时候的高兴，低低鸣了几声还觉得不够，于是蔫蔫躺着开始给我摆脸色。

我做诧异状："呀！怎么瘦成这样！乖，晚上做你最爱吃的给你吃！"

它又立刻又欢欣鼓舞起来，亲密地往我腿边蹭了蹭。

彦辰拿来干的浴巾和热茶，我抬头，背后的阳光自他身后扯出长长的影子，整个画面美得像是静止的梦境。

他坐在沙发臂上与我平视，目光追着我的眼睛，半晌，他终是打破沉默，淡淡道："洛丽塔，你该不会是觉得生活太无聊想玩一次落跑新娘的游戏？"

我有些无奈地笑笑，不退不避地对上他研磨的眼神，说："我不打算回去结婚了。因为……我爱上了别人。"

他停下还在帮我擦头发的动作，日光映在脸庞上，光线深深浅浅，说不出的好看。

我鼓起勇气吻了吻他的眼睛，捧起他的脸，一字一句说得万分慎重："从现在开始，换我来爱你好么。你要原谅我，原谅我一直以来的任性与放肆。"

他宽阔的肩狠狠一颤，极度震惊地望着我，眸子深海似的黑："你知道你在说什么吗？"

我目光炯炯地看着他，点头。

"从前我只知道你对我好，好到让我很自私地想永远霸占你的宠溺，只要一想到你有一天也会对别人那样笑，我就难过得快要爆炸了。"

我吞了吞口水，接着说："临走前我去了你住的酒店，可是沈之蔓居然在你的房间。你说，你是不是把她怎么样了。"

他不说话。

我急了。

虽然我知道我搭乘的那班飞机已经是最快抵达上海的了，可是他这样吊着我胃口，着实让我担忧他跟沈之蔓真的有了什么。

如果真的那样的话……我就只能很不厚道地联合哆哆去拆散他们了。

他耐心看了我好一会儿，脸上仍是一贯的淡然，微微含着笑，似乎不想放过我脸上的任何一个表情。我才发现原来他是在开玩笑。顿时觉得很窘迫，挣开他的手，转身就跑："既然你有心上人我就不打扰了，今日一别后会无期。"被他一把拉了回来。

他微微低了头，与我目光相对，拿下我因害羞而捂住脸的双手握在手中："你被艾伦接走后我就回上海了，其实过去本就只是为了见你一面。而现在，你能亲口告诉我这些，我真的很开心……"说到此处，他低头轻笑了一声，似在自言自语："从前我不知道多希望你能喜欢上我，可真这样了，我又会觉得不真实。"

心里猜到答案是一回事，听他这样慎重又欣喜地为我解释出来又是另一回事，眼眶开始不受控制地发酸，心底除了甜蜜，还有附加而来的担忧。

我不确定，我们的幸福，是不是真的可以来得这样轻易。

他的手停在我的脸颊上，拂去泪痕，像是看穿了我对艾伦接下来必定要报复的担忧，他极认真地说："那些事情都有我在，你只需要乖乖待在我身边就可以了。回答我，能做么？"

除了点头，我再做不出多余的动作。

他修长手指随意帮我擦着头发，微微翘起唇角含笑看我："这样才乖，我先去帮你放洗澡水，洗完澡再谈。"

拉上窗帘，室内反而温馨了起来。我的眼里映着彦辰深海似的眸色，似有万千闪亮星光落入，而窗外的暴雨早就敛去，寂静无声。

身上早就湿透，他放完洗澡水从浴室出来，看见我捧着换洗衣服手足无措站在门前的样子，极轻地咳嗽一声，让到一旁。我刚迈出步子，却不料腰间蓦地一紧，灼热的手掌像烙铁一样牢牢抓住了我，炽热的气息就在身后，然后我的身子不知怎么地一转，就已经被按在了墙壁上了。

手中的衣物落满一地，声音轻得宛若什么也没有发生。

而下一秒，彦辰已经俯下身，长腿逼近，低下头狠狠地压住了我的唇。

我脑袋"嗡"一声炸开，这毫无征兆的亲吻，让我紧张得不知所措。脸颊上有他温热的吐息，而我只能瞪大眼睛呆呆看着他长长的睫毛和眼角暗含的笑意。

唇瓣之间来来回回吸吮摩擦，他炙热的唇舌不知节制地攻城略地，让我就快要不能呼吸，却只是感到狂妄的甜蜜！

湿漉漉的水珠将他的衬衫都染湿了，可我却宛如身处火海，只因他身上的每一处都似隐忍得太久而快要爆发的火山。

"唔……"我紧紧闭上眼，只觉浑身上下的力气都快被他抽空，唯有紧紧圈着他的腰才能借到力量。

我想到这一路的峰回路转，想到我和他的过往种种，眼角一酸，眼泪又忍不住啪嗒啪嗒直下掉。

他察觉到有异，蹙眉离开我的唇。

他温热的手掌覆上我不断涌出的眼泪，轻声地笑："吓到你了？爱哭鬼。"

我更紧地环住他的腰，抽泣着辩驳："我才不是爱哭鬼。我只是、只是……"

他循循善诱道："只是什么？"

我推开他一点，看着他眸里的笑意，脸又腾一下烧了起来："没什么，我去洗澡了。"说完即刻推开他，拔腿就钻进浴室。

/227

还是不敢相信，我们竟真的在一起了。

如果这是个梦，那最好一辈子不要醒来。

洗完澡我穿衣服时，身子禁不住抖了三抖。我……我的衣服刚刚丢在外面的地上，忘记捡起来了。

还好还好，有一件彦辰的衬衫。偷偷拉开一条缝，没有见到他修长的身影，我于是踮着脚尖放开胆子闪了出来。刚刚弯腰抱起我散落一地的衣服，他不知从哪就突然冒了出来。

我僵住。

"你……"他显然没有料到这样的景致，自己的衬衫披在我的身上，衣领和袖摆都显得宽大，在一室日光中，薄得几近透明。

我不禁把衣襟拢得紧了点，不安地往后退了退，心里觉得有必要解释一下我为什么穿着他的衣服，就说："刚刚忘记带衣服进去了，正好看到你的衬衫，它就下摆脏了一点，其他不碍事的。"

我还想说什么，可是声音不可避免越来越轻，他微微一皱眉，颀长的上半身已经倾了过来，拿走我手上的衣物扔进浴室。

"这些都脏了，衣橱里还有很多，我带你去挑。"他声音淡淡，似乎没有别的情绪。

我低头，憋出一声："哦。"

可话还没说完就转为一声尖叫，下一秒我便悬空，竟是被他打横抱起，直直往卧室走去。

他打开衣柜，虽然以前这是我的卧室，我还是不可避免地小小震惊了一番！我离开他了，他竟然还为我新添了这么多衣服。

各种款式，都似乎在猜测我的口味，心里顿时软软的，这就是我喜欢的人，自我走后，依旧固守着昔日的甜蜜和感动不想走开，就好像，我还在他身边撒娇一样。

他挑出一套粉红色的柔软睡衣，说实话我很喜欢，可心气得高一点，我便故意赌气埋头不看他，他挑眉坐近我身边，递过来："喜欢么？"

别过头，不睬他。

他抚额，叹气："又在耍什么小孩子脾气。难不成，要我帮你换上？"

我猝然抬眸呆呆瞪他，哑口无言，半晌："你不能这么不讲道理。"

他唇角带笑揶揄我："跟小孩子要讲什么道理，你不就是从来都不讲道理。"

我挥拳，咬牙切齿："举例子。"

他倾身而来，毫无征兆地吻住我嘴唇，比先前要温柔百倍，耐心诱导着我微微张开嘴唇，我眩眩然间不知何时已被他抱放在腿上，良久良久，他才彻底放过我。

衬衫已然被解开两粒纽扣，褪下肩头卡在一半，露出大片白皙的肌肤。我羞得不敢看他，侧头埋在他的颈间。他灼热的气息流连在我的颈项久久不去，带来酥麻的快意。

"洛丽塔。"他唤我，一向清冷的嗓音竟然有些沙哑。

又是一阵狂风骤雨地侵袭，全是我从未体验过的快感，空气越来越热，他的吻亦越来越急促，流转在我肩上的触觉似乎是吻，更像是噬咬。

神志依稀不甚清楚，却隐约听到门外有呜咽的声音，约莫是我们没有理睬，那声音渐渐转大，门开始被折腾得"砰砰"直响，哆哆的叫声也由低低的呜咽转为汪汪的凄厉大吼。

身子蓦然一轻。

他忽然就停了下来。

我睁开迷蒙的双眼坐起，长发垂下遮住他蕴满波光的眸色，我下意识地用力扯了扯自己身上仅有的遮蔽物，往墙角躲了躲。

他看我半晌，忽就伸手过来揽我入怀，低低问道："他对你不好？"

我愣了愣。

这才发现手臂上还有前天被艾伦折磨的痕迹，我赶忙扯下衬衫袖子，摇了摇头笑着说："没有的事，艾伦对我很好。"

听到这话，他略微蹙眉抬了抬眼帘，眸光暗沉，转瞬即逝，仅此一眼便让我忘记了我接下来要说的话。其实我原本想哄哄他的，艾伦是对我很好，但这也不能阻止我来找他，因为他对我很重要。可是他似乎微微有些不大开心，于是这些话也就被我吞进了肚子，我乖乖低下头看自己的手指，一时我们都没有再说话。

哆哆的第二波呼唤再度开始，似乎已经委屈到极致。我捅了捅彦辰："你儿子怎么了？"

他看我一眼，似笑非笑："也许是饿了。"

我恍然大悟，立刻挣扎着要爬起来："那还等什么，对了我还要去帮它洗澡呢，都臭死了！"刚爬到床沿又被他一把拽回怀里，他叹气揉了揉我的头发："你怎么这么笨，还真是，气得我头疼。"

我知道他在气什么，他气我到现在还瞒着他，可我当真不知如何把那些心酸解释给他听。

脑海里好多想法一晃而过，最后我偏偏挑了个最狗血的对白。我磨蹭着说道："彦辰，沈之蔓对你不好，她三年前一走了之，现在又回来找你，你不要理睬她了。"

说完我就觉得，我果然是无赖极了。

他和我还贴在一起，并没有发现提到沈之蔓时他有什么特别的反应，心里顿时扬起一股满足感，同时又觉得我还可以更加得寸进尺一点。

于是我又怯怯将脸凑了过去，问道："沈之蔓跟你一起过去见我，你却把她独自撇在那里，还住在你的酒店房间里，你、你就不怕有人误会吗？"

心里在叫：我都误会到肝颤了！

他看我一眼，眉目含笑："会有谁半夜三更找到我住的房间去特意误会一场？"

我想了想，觉得这是最佳的服软时机，于是我跪起来搂住他的脖子，又亲了亲他的嘴巴，主动说："我。"

彦辰："……"

事后我想想，这个行为当真是太不娇羞。

哆哆已经发狂，隔着门板我都能想见它配合着声音的动作该有多么狂野，以至于我们不得不整理好衣服出去好好抚慰它一下。可我心里着实有点感叹，我跟彦辰聊得正欢呢，它却非要捣乱，多么不讨人喜欢的一只狗狗啊。

我们出来的时候，它果然立刻由疯狂的怒吼转眼就变成了泪眼婆娑的软绵绵状，瘫倒在地四肢仰开，好似骨头都被抽去了般。

我假装蹙眉，"这又是在干什么？吃得太饱要运动减减肚子上的赘肉么？"

它不可置信地十分费力地抬起脑袋，看了看自己仰面朝天的肚子，又冲我眨了眨水汪汪的大眼睛，满面都是委屈和控诉。

我摊摊手，指着它的鼻子说："想吃好吃的，从现在开始，就得叫我后妈了知道不。"想了想我又补充道："你亲生妈咪不在了，以后你只有我一个妈咪，能做到不，做不到的话，你的一日三餐我就不保证了。"

哆哆颤了颤，看向彦辰。

彦辰与我只隔着很近的距离，连他眼底一眨眼隐约的笑意我都能看到。他点头："乖儿子，以后这就是你妈咪了，你要好好孝顺她。"

哆哆立刻亲昵地冲上来抱住我的大腿。我拍拍它的头，笑："乖。"

这几天的我，心里总是很欢喜，充满了暖暖的属于春天的幸福。我想着，这世上再没有什么事情比我爱他，他也恰好很爱我，更值得庆幸的了。

日子总在波澜无惊中逝去，这很容易给人造成一种假象，好像我们真的可以这样地老天荒不被打扰一样。

但其实我和他都再清楚不过，这多像一段借来的时光。他跟沈之蔓的过去，我跟艾伦的过去，其实都横在我们面前，成了不可逾越的障碍，而我们只是很默契地都不提罢了，一旦一方忍不住多想了想，那后果立刻就不可收拾了起来。

比如说，今天。

我只是不小心在他的书柜最下方偶然找到了一个CD，里面刻录的是三年以前他和沈之蔓的婚礼准备视频……有那么一瞬，我觉得自己似乎缺氧了。其实我的逻辑很简单，我觉得沈之蔓三年前背弃了他一走了之，对不起他付出的那些深情，彦辰就不应该再喜欢她了，所以这些代表过去的东西，也都该被丢掉而不是悉心保存才是。

彦辰找到我的时候已经是几个小时以后的事情了，彼时的我正在大楼的最高处吹着风。

今天的风格外的猛，尤其是在天台这种地方，他来的时候我已经在风中吹成了一朵蒲公英，只是回头看了满头大汗的他一眼，便委屈地将头埋进双膝内，继续蹲在墙角保持画圈圈的姿势。

过了不知道有多久，能感到他的手缓缓搭在我肩上，顿了一下，越过肩膀横在胸前，一把将我揽进怀中。

风声大作，可我听不到任何声音，只觉得天荒地老，沧海成烟。他的嘴唇贴在我耳畔，听见渐渐平复的呼吸，良久，极轻的一声："你吓死我了。"这是他。

我突然就哭了出来。

眼泪一滴一滴落在他的手臂上，晕开成一圈圈的水渍，身子被搂得更紧，我多希望他问一句，怎么了？这样我就可以把我满腹的心事全部说了出来，可是他只是沉默，沉默到后来，我越来越多的悲伤溢上心头。

"你都看到了。"他说的是陈述句。我走出家门之前没有收拾那些东西，都摊在沙发上了。

"洛丽塔，我喜欢你。"他扳过我的身子，无措地吻着我。

可是正面看到他，眼泪反而涌得更加勤快，从小声克制的抽噎到越哭越不能自已。他手指狼狈地覆上来，一点一点揩拭掉泪痕，可这样做根本是徒劳，他不明白，真正的源头，是在心底。

半晌，他哑声道："你哭得我没有办法了。"

他说这话的时候我其实没有太多想法，我已经在他面前哭过太多次，无所谓丢不丢脸。以前知道他会心疼，有时候没多大事也会故意哭给他看，可是今次却是不能，我这一生，从没有像现在这样疼过。

我比着手指说："我信你不爱她了，我就再难过一会会就好了。"

他静静看我："有委屈为何不直接来问我？"

我不语。他将我搂进怀里："你把回忆看得太重要，可对我来

/233

说，现在和未来远比过去来得重要，因为你在我身边。其实我也有害怕……"他将我移开一点，脸颊贴着我的额头："我害怕你刚刚给了我失而复得的希望，就又一句话不说地离开了。"

我喃喃道："我没有。"可话刚说完就觉得虚伪，好吧，我承认我自小就比较热衷玩失踪这个游戏。

他无奈极了，刮了刮我的鼻翼："还能自己走么？"

我动了动，发现画圈圈蹲了太久，脚已经又麻又痛，刚刚借力站起来就免不了一阵阵抽搐。他皱眉摇头，"果然还是个小孩子。"

我低头抽噎："我二十三了。"

他愣了愣，笑："要我背你么？"

说完他已经转过身去蹲了下来，走过长长的十余级楼梯，我趴在他的肩头，蹭着他的脸颊和头发，却还想着离他更近一点。我想我真是患得患失极了，但那也只是因为这样好的男人，他是我的心上人。

回到家的时候，沙发上的东西已经不见了。我失落地低下头，不说话。他递过来一杯水，很不客气地笑话我："那些东西确实早该丢了。"

我还是不说话，他强迫我抬起头与他对视，很是霸道地对我说："现在这个屋子里还有一个东西也算跟那个人有关，要不要丢掉？"

我问，是什么。

他挑眉指了指我身后的酒红色沙发。我立刻像护住领土的猫一样跳了上去，连连摆头："谁说这是她的，这明明是我的。"

他笑着走近坐到我身边，身影背着日光，手放在我的头顶，认真地说："我这辈子最大的幸福就是捡到了一个小姑娘，她教会我什么是真正的爱，让我也可以发自内心地笑。她很坚强很可爱，所以我很珍惜她。"

我讪讪打断他："我没有你说的那么好。"但其实我还想听他接着夸下去。

他说："可是她太笨了，根本不知道我只用了三天时间就爱上她了。有人说一眼便万年，何况我花了三天，花了那么多眼，我很心疼她。其实很多人在碰到真正爱的人之前，都弄不懂什么才是自己想要的。好在，我醒悟得还不晚。"

他执起我的手亲吻，整间屋子寂静了下来。唇上突然袭来柔软的触觉，而那触觉还在加深，像怎样也吻不够似的。

我咬了咬他的嘴唇，愤愤道："我还没说原谅你，不许耍流氓。"

他抚着额角看我半晌，语气忽就严厉了起来："以后不许再随便跑丢闹着玩，让我找不到你。"

我埋下头。心道这真是不大公平，明明是他让我吃醋了，还一副我做错了事的样子。"那她呢？"

他沉默了一会儿，把我扯进怀里："她只是留在我心里的一个倒影，轻轻浅浅，让我可以在某些时候想起。但那与真正的她，已经没有关系了。"

我听得似懂非懂，他却突然一把抱起我："折腾了一天肯定累坏了，去睡会儿吧。"

说完就把我放在了床上，又在我眉心印上一吻，准备离开，被我一把扯住衣角。"你不许走，我会做噩梦。"

他居高临下地看着我："某人不是觉得我很滥情，所以逃得远远的避之不见么？"

"那哪里算得上远……"一说完就发现钻进了圈套里，我将头偏向一边，催促道，"快走，快走，讨人厌的家伙。"

他笑了笑，坐在床边帮我按摩酸麻的脚，又躺下来隔着被子抱住

/235

我："乖，睡吧。"

我看着他近在咫尺的眉眼，其实很想告诉他，我很心疼他。他那样深情的一个人，要真的变到对一个人绝情，肯定走过了一段很辛苦的历程。只可惜，那个时候，他的世界里还没有我。

这真是莫可奈何的一件事情。

我说："我就是想好好看看你，等我睡着了你就可以走了。"

他勾起唇角，手指抚上我眼睑，帮我合上眼睛，温热的唇在我额头上轻轻一点，似春风呢喃："睡吧。"

像步入一个巨大幻梦，他牵着我不断往深处走。过了好一会儿，迷迷糊糊间似乎被他抱得更紧，他的声音吹拂在我耳畔："我不知道还能不能再爱你一些了，每次我以为那样子的爱已经到极致了，可你总有法子让我惊慌失措，然后末了我才发现，自己竟比想象中还要爱你。"

梦中的我笑了笑，我想，这真是世上最好听的情话了。

桃夭

第十章　只想在你身边，做你一线光芒

　　经过上次我吃醋跑到天台玩失踪的那件事之后，他简直对我寸步不离，时时刻刻看着我才好，连每天上班都得拎着我一同去。我以前从来不觉得我很拖油瓶的，可是现在，我的破坏力总是显得有些大了。

　　比如说，我经常会"帮忙"把编辑部下一期样刊的稿子送到彦辰办公室，然后很不巧的是在路上我由于看得太专心，以至于偶尔落掉一两张在地上我也没有发现。

　　比如说，他和几位高级主管在办公室附带的小型会议室里开会时，我常常会接进来电话，然后便利贴贴得到处都是，导致最后常常找不着我写了什么。

再比如说，现在这样。

我缩在沙发上看小说，听着他韵律而轻微的打字声，眼神却早不自觉飘向了他。

他正坐在宽大的办公桌后面，低头仔细看着卷宗。

工作中的彦辰别有一种上位者的气势，明媚的光线通过他身侧的落地窗照进来，竟为他平添一种远离尘嚣的宁静致远。

我不由自主地被震慑住。

他的下颌白皙的颈项崭露出漂亮的弧度，让人有种想去触摸的冲动。忍不住想起不知哪本书上瞥到的一句话，说有一种男人适合做理想中的老公，够沉稳，够内涵，最重要的是够境界。

我再度将脸遮在小说的后面，只露出一双眼睛骨碌碌打量着他，这显然就是在说我家彦辰嘛！

好吧，我家……等等……

我什么时候那么自觉那么不害羞地想要嫁人了。

时间一分一秒逝去，我看得太入迷，冷不防隔空飘来一句话："好看么？"

我颤了颤。

他的眼睛仍旧盯着卷宗，随意地拿起书桌上的杯子往口边递，然后蹙眉，我的心又颤了颤，以前怎么没发现他连皱眉都能帅得让人回味无穷啊！

这是不是就是传说中的，恋爱中的女人格外容易发花痴啊？

他朝我笑笑，勾勾手："愣在那做什么，过来。"

"哦！"我愕然被惊醒，想到刚刚居然被他的美色给迷惑了，顿觉抵抗力越来越弱了。可我还是乖乖放下书，故作娇羞地移步过去。他的椅子很宽敞，手一勾我又像往常一样被他圈进怀里，傻傻坐在他的腿上。

我跟着他的目光扫视卷宗，忍不住想打岔，我想了想就说："你还记不记得上次情人节那天，你故弄玄虚跟我表白，就是拿着一本书，然后非要让我念三句没有逻辑关系的话，然后搞得我好像很白痴一样。"

他看我一眼，幽幽道："不记得了。"

我急了："那你还记不记得你特地给我建了一座玫瑰水晶花园，我在家里的电脑里看到过设计图的，可惜我都没有亲眼见到过你就狠心把它拆了。"

"不记得了。"

我心想你真是太能装了，然后我就说："那你肯定也不记得我答应过你，说你只要保证我今天一天不犯错不给你添麻烦，我就亲亲你以示奖赏的。"

说完我就作势要从他怀里挣脱。

他果然放下卷宗，接口："我又想了想，这件事我确实有点印象。"然后更紧地搂住我，直接脑袋搁在我的脖子上，像是埋怨："洛丽塔，你刚刚看得我都无心办公了。"

他漆黑的发丝拂过我脸颊，像是有一棵小树从我心底长起来，开出一树闪闪发光的银花。想也没想我就直接脱口而出："是你长得太好看了。"

然后我感觉到他抱着我的身子不可避免地僵了僵。我赶忙捂住脸，就说了色相害死人，他非要把我扳过来，扬着头，眼睛里是毫不掩饰的爱慕，唇角还挂着平和的微笑，果然没说错啊！那种内敛而沉稳的男人，放起电来，更加让人没法抵抗。那双眼睛，真不是一般的有内涵。

/239

"亲我。"他低沉的声音满是蛊惑。

拍拍有点麻痹的心脏，我捂住嘴巴，摇头。（坚定握拳状）

他挑眉，手覆上我的手，我很没骨气地被他拉了下来，对上他满是深情的黑瞳，还没反应过来，他长臂一勾，就迫不及待地狠狠吻上我的唇。

他的舌尖有诱人的香气，混杂着他身上特有的清冽气息，他扣着我的后脑，霸道地深吻着。

门外响起低低的叩门声，我像是被弹簧弹到脑袋，噌一下从他怀里蹦到地上，可这一切还是被快了一拍的秘书尽收眼底。Miss董进来的时候，极不自然地咳嗽了一声，然后将一叠资料放在桌上，飞快地抽身而退。

这下真是糗大了。

他倒是惬意："这帮人真是越来越没大没小了，不知道老板娘在这里，不能随便打扰么。"

我飞快道："我去下洗手间。"然后逃命般夺门而出。

对着镜子不断用水拍打自己的脸蛋，可还是没能消退脸上的红晕，想到跟彦辰在一起的这些日子，总是会莫名被他牵动着心绪，总之，他的魅力一看就是骨子里的东西，是人格。我想，我早已经沉迷了。

刚收拾好心情准备回去，Miss董却已经不知道在我身后站了多久，手上还捧着一个精致的小盒子，一脸愁容。

不知为何，心里升起一股不好的预感，我问："怎么了？"

她小心翼翼将盒子递到我的手上，低低说了句："快递送过来的，说是洛丽塔小姐您看了就会明白的。"说完她就低头走开了。

眼见她走远，我打开盒子。心里一惊，她说得对，我果然一看就明白了。

是艾伦和我的订婚戒指，他来上海了。

早就知道这样的平静只是假象，该要面对的终归逃不掉。我对彦辰说先回家，然后去了艾伦约定的地方。

侍者小姐礼貌地为我开门，之后再不说一句话，在装饰富雅的店里七拐八绕，终是带我来到最顶端的一间包厢门前，她莞尔一笑，我只觉得刺眼。

是他。

大概只分开了几天吧，竟已是这样陌生了。

艾伦为我拉开座椅，又叫来服务生："两杯炭烧咖啡。"

我打断他："一杯炭烧咖啡，一杯焦糖玛奇朵。谢谢。"

"哦，换口味了？"轻描淡写的口气。

我笑着点头："算是吧，以前不知道自己到底喜欢喝什么，就跟着你的喜好了。可是现在不一样了，我想我是找到自己真正想要的了。"

他手上的动作停了一下，嘴角勾起若有似无的笑意，我等着他的开门见山。果然，他说："还有大半个月，只要你在婚礼前回来，我就可以当作什么都没有发生。"

侍者送上咖啡，我看着热气蒸腾，低低开口："回不去了。"

他并没有马上接口，反而站了起来走到窗边扶手处："这里眺望出去的风景很好，要不要一起来看看。"

见我没有反应，他像是自嘲，又像是得意："上次虽然我撤资，但是秦彦辰也没有再去攻下迪拜的项目，他很有骨气，只可惜这次重创对Fairy Tale的打击不小。"

我下意识握紧了拳："你……"

他转过身来："你觉得出了上次的事情，秦彦辰的父母会同意儿子娶一个婚约在身的人吗？他们家可是有头有脸，政界商界均有一席之地。你当真以为这些压力都是他一个人可以扛下来的？"

"所谓的幸福，如果阻力太大，那还有价值么。"

心里有些纷乱如麻，我茫然地说："我上次答应跟你回去就已经错过一次，同样的错误我不会犯第二次。"

他像是听到了天底下最好笑的笑话一样："你们不会幸福的。"我讶然抬眸，他目光发狠："我不会让你们幸福。"

包间里镜子格外明亮，我看到镜中的自己，苍白面容一点一点灰败，眼中出现惊恐神色，果然是穿得再多空调开得再暖，一个冷眼就让人的心凉透了。

他跷起二郎腿，端起咖啡蹙眉抿了一口，说得无关痛痒："每天跟他在办公室里办公，肯定知道他最近要做些什么吧。"

我没有否认。

他最近在忙Fairy Tale20周年庆典，说起来，他真的很辛苦呢，经常要策划到很晚。其实做公司的周年庆本是一件相对轻松的事情，根本用不着彦辰这个级别的人出手，他只需要划分模块，把任务分给下面的人去做就好了。可是如果他想要创新，就必须花费许多精力去研究这次周年庆的效益和新颖点，并将它不断放大，让它闪闪发亮。

他打算将公司的盛事同公益联合起来，邀请一些知名设计师和本公司之类的一些服装编辑一起设计一次公益T恤大赛，这无疑可以名利双收，只是这样的先例在国内着实少见，碰到的瓶颈更是难与人说。这段时间他就像看着一个宝贝从诞生到成才一样，每一件事情都要亲力亲为。

也许，所谓天才，过得总是要比寻常人更辛苦吧。

"你比谁都清楚他花了多少精力，我想你一定很不希望他白白付出，而如果他知道又是因为你害得他这样，你说他还会一如既往爱你么？一个男人最不能容忍的就是看着自己像废物一样，事业残败不堪，这个时候我再给他爱情的双重打击，那一定很是振奋人心。"

我愣愣看着他恶毒的笑，恍惚看到岁月尽头那个少年特有的单薄，可只是一秒钟的事情，又被现实击中。他早就把我心底的那个清朗的少年哥哥，弄丢了。

"我信他。这事情不会是你说的那么容易。"我咬紧牙关。

他随意将手伸展在椅背上，耸肩道："有钱能使鬼推磨。"

我喊道："你这样才是败家，你对得起我们父母的信任吗？"

他终于撕下伪装的面容，冲我吼道："是你们逼我的！我顾不了其他了！"

我无力地瘫在椅子上，掩面："没有谁逼谁，一切都是命中注定的。我也曾希望我从来没有来上海找过你，可是这一切都真真实实发生了。我爱他，你若是爱我，就不能放手让我好好过么。"

"绝无可能！"

我什么话都说不出来，在他清冷凌厉的目光下无所遁形，最后只能像个战败者一样落荒而逃，一个人漫步在繁华的街道旁，心里蓦然想起一句话——当你终于得到你想要的东西的时候，可要当心了，因为问题就在于总有人想尽一切办法想从你手中把他夺过来。

他是势在必行了吧。

我拼命甩头，好像就可以甩开这样纷杂的思绪。以前我总以为自己爱喝水，可等到杯子碎了，才蓦然发现，真正喜欢的是拿起杯子的感觉。我一直不知道他爱我到什么程度，我想着只是因为失去了才想要夺回来吧，可我现在才知道，这样的爱才是最黑暗最可怕的荒芜。

所谓祸不单行，再一次碰巧遇见。她也回来了。

卡洛斯·米拉时装门店，如果早知道会在这里碰到沈之蔓，我也许就不进来了。这样就不会给她机会，一见面就开始撕毁我的裙子和骄傲。

她挑完当季的新款，不经意间一回身，看到我时微微蹙了眉，半张面容隐在店里不大明亮的灯光里，别有一种冷艳之美。

她像是在看我，又像是真真望向什么虚无之处。父母从小就教育我，即使在面对敌人时，也不能输了气势，头得上仰，要尽量维持内心的平静。

我走上去打了个招呼，半晌，她微微抿了唇，挤出一丝若有若无的笑意："你的行为真是让人匪夷所思。"

我挑眉："我出现在卡洛斯·米拉这家店就那么奇怪么？"心里在想，着实是有点跟我风格不搭，卡洛斯·米拉的设计元素颇丰，但其设计作品大多散发着不可思议的性感味道。适合沈之蔓，不怎么适合我。可是面上着实不能被她看出来。

她的目光落在我的脸上，冷笑一声："你终于发现彦辰的喜好回归了？需要我帮你挑挑衣服么。"说完她围着我兜了一圈，似是在打量我的身材。看着她满脸的不屑，我就来气，刚想反唇相讥，却不料她竟然突然俯身，在我耳边轻轻呢喃："你只知道他风度卓然、沉稳干练，可又曾见过他温存缱绻、床帏间情话绵绵的样子？"

我脸一红，她又抽身，得意地轻笑一声："你还是个小姑娘，根本想象不到我和他之间经历的一切一切。那些，都不是你所能取代的。"

她临走前别有深意的一瞥，让我忍不住想起来CD里面她穿着男版衬衫从彦辰房里走出来的样子，一时间怔在原地久久出神不语。

店员战战兢兢走到我身边，鞠躬："安娜小姐，请……请问有什么需要帮助的？"

所谓盛怒的情况下大脑是很容易短路的，事后很久我也想不通我做

244/

出这件事究竟是内心早已萌生此类想法，蓄谋已久，还是被沈之蔓一番咄咄逼人的话给逼上梁山的。

我直接走到内衣专柜前，挑了几套看上去格外诱人的衣服，比在身上对着镜子来回照，我也没发现自己的身材有多差啊，不过这么久了，我甚至都躺在床上让他摸了，都没能勾起他一点情欲……

如果他不是性无能，那么我就不是女人。

我肯定是个女人……

不行，我一定要挑一件极品的衣服试试他才行。

小姐很会察言观色，递过来一件薄丝的黑色睡衣，我在镜子前比了比，甚为满意。

"包起来！"我毫不犹豫地转身，将睡衣递给售货员，扔过彦辰的卡："刷这张卡就行了。"

可是一回到家我的气势就蔫了，且不说我对这类事情从没有经验，不知道如何取悦，单是我穿着黑色睡衣走出浴室的时候，对上歪着脑袋直直盯着我的哆哆，我就种不寒而栗的感觉。

不知道彦辰看到这个样子的我会不会吐血。刚刚对着镜子刻意研究了下怎样让肩带滑下来的姿势更加自然，怎样抚弄还沾着水珠的头发才能显得更加妩媚，可是我不确定我待会在他面前，还能不能百分百还原我演练许久的动作。

深呼吸……他书房里的灯还亮着，我犹豫良久，终是敲了两下，然后闭眼忐忑无比地陷入等待。

"进来。"淡淡的口气。

像赴死一样，我进门时，他正立在窗边的桌台上往咖啡杯里添水。

水杯里的水满了……

溢出……

洒了一地……

他还在看着我。

心里有甜蜜的味道在滋生，我故作娇羞地低下头，其实这款衣服就是比较透，也比较短……他见我指指他手里的杯子，才恍然察觉自己的失态，匆匆放下手里的咖啡杯，拿了张纸巾擦擦手，可能是太紧张了，一抽居然带翻了纸巾盒子，跌落在地上。他快速捡起，低头咳嗽一声不再看我，换回他独有的严肃。

我走过去，帮他擦擦衬衫的溅的水珠，被他推开："洛丽塔，不早了，你快去睡觉。"

可我是要和沈之蔓一决高下的人，怎么能临阵脱逃！

我从他背后搂住他的脖子，趴在他耳边来回蹭："彦辰，我怕做噩梦，你给我讲讲睡前故事吧。就像……就像以前我总给你讲一样啊。"

"别闹。"他蹙起眉，声音已经有些暗哑。

不知道为什么，我突然很开心，搂着他脖子的手收得更紧一些。

他的呼吸渐渐有些乱了："洛丽塔。"他蹙眉捉住我调皮的手，哑着嗓子说："别闹了，我在工作！"

"唔。"我委屈地撅起嘴巴，想不到他自制力这样强，我实在想不出其他诱惑他的法子了，而且刚刚那一瞬间我自己的失神也让我心跳陡然加速，还是尽快结束这样磨人的游戏罢！

我最后用力亲亲他的脸颊，从他腿上慢慢蹭下来，低着头说："彦辰，我就是想跟你说一声，我很喜欢你。"

天地良心，这句话绝对是发自纯洁的肺腑，不含一丝杂念！

可话音还没落，我就被他扯住手，脚下一个不稳，跌回他的怀里。

他单手挑起我的下颌凑近，灼热的气息吹拂过我的脸颊，一字一句笑着对我说："洛丽塔，你是不是不知道，我是个正常的男人……而且

246/

非常正常！"

他突然逼近的气势让我隐隐害怕，我想要躲开他的怀抱，却被他按在电脑桌旁边的办公桌上。

这种姿势下，我才发现裙子真的是太短了！

这一次，他眼里的火光似乎就要灼伤我，我很害怕，努力故作轻松地笑笑说："你的自制力真的不……不太好。我突然不想跟你玩了，我这就去睡觉。"

可他根本没有放开我的打算，含笑俯身逼近，脸颊离我只有几毫米的距离，大手顺着我曲着的膝盖向上抚摸，力度适中，不轻不重，却让人非常不舒服。

我的身体不禁一颤，不是抗拒，只是恐慌让我有些不知所措。

我再也笑不出来，颤抖地求饶看着他："我再也不敢了！"

他手上的动作果然停了下来，那双原本清冷的眸子里现下像染了雾气般如梦如幻，他的喉结动了动，离开我一点："下次不要再这么玩了。"

我拼命点头，拭去额头上渗出的汗珠。

他放开手，重重坐回椅子上，吐出一口浊气。松开领带，又松开两颗衬衫纽扣，手指滑过柔顺的发。

"洛丽塔。"我抬眸，他在叫我，只是声音很沙哑，"我不想伤害你，所以我忍得很辛苦，你明白么？"

他说这话的时候还是没有看我，我自觉爬下桌子，走到门边。我不了解男人的欲望到底有多难压抑，但他的样子看起来真的很难受。

他专注地看着电脑上的文字，但是，好久都没有向下滑动鼠标。

没有了冷静自持，没有了冷冽孤傲，这一刻的他，略显凌乱的发，衬衫微敞露出里面麦色的肌肤，现下忽然就变得那么诱惑……我笑了笑，关上门。然后背贴着门板，重重吁出一口气来。

躺在床上翻来覆去良久都睡不着，脑海里久久挥之不去的都是彦辰刚刚的眼神，我捂住脸颊，已经烫得吓人。

起床，去冰箱里拿冰袋。可是一开门，他恰好转身望了过来。

月光渗进屋内，像是镀上了一层银辉，此中俊秀如他，更是让我多看一眼便要心跳加速。

哆哆已经熟睡，他坐在地毯上，拍拍身边的位置。

我也大方坐下。

他往后一靠正好抵着沙发，长臂展开，示意我靠过去。我听见他的声音从头顶传来："今天，见到他们了？"

"你怎么知道？"

话问出口才觉得白痴，今天我离开时候那样慌张，他不怀疑才有问题。而且Miss董是他的秘书又不是我的，艾伦送来快递的事情他肯定是知道了。

我刚想张嘴解释，他食指就伸了过来贴在我的唇上，做了个"嘘"的动作。

"洛丽塔，你不必要刻意去学谁，也不必要买那样的衣服来试探我。我爱的那个人，是本色的你，与旁人无关。"

虽然他说的话很温暖，可为何我总觉得被他揭穿买内衣的企图很窘迫啊，他就不能什么时候口下留情，不那么损我么。

我含羞带怯地点点头，后又想起什么似地，不死心问道："我的身材真的那样难以入目么？"

他愣了愣，一时没有接口。我气得将手抽了出来，完了完了，果然打击到我了。

我沮丧不已，却听到他低咳一声："是太瘦了点，若要以男人的眼光来看，你的身材的确不合格。"

我愤怒了。

他笑了笑，有东西停在我的额头，吐息灼热。他吻得很温柔，我又没用地红了脸庞："但因为你是洛丽塔，所以勉强及格。"

我低低反抗："那是因为你没看过不该瘦的地方，我那里其实一点也不瘦的。"

他呛了一下："那你什么时候让我看。"

我鼓起勇气看他的眼睛，温柔而深沉的注目。隔得太近，彼此的呼吸温热地扑到脸上，连心跳都听得清清楚楚。我的手，慢慢触向他的眉峰。被他一把抓住。

我有些懊恼："艾伦说，你父母不会同意你娶一个婚约在身的女孩子。"

他笑："可是我妈妈很喜欢你。"

我还是落寞地垂下了头，他抱住我："为什么总要相信艾伦，不肯相信我。"

"我没有！"可话一说出口我就觉得虚伪，想想也是，如果我相信他，那以前在医院的时候，就不会自以为是跟着艾伦走反倒以为是帮了彦辰，其实他自己完全可以处理好一切的。

我跪起身子与他平视，搂住他的脖子说："是我不好，以后我一定不瞒着你了。我也会相信你，不再拖你后腿。"

他揉揉我的头发，叹气："我只是不希望你把所有事情都揽到自己身上，自己来扛。你本来就该是被我捧在手心里好好宠着爱着的，这些事情有我就够了。"

心里有一阵阵暖流流过，我的心上人对我说，我本该是被他捧在手心里的疼爱有加的，不知为何，眼眶不争气地又开始湿了。努力平复心绪，想了想，我举起手腕上的小丑鱼手链："可是你知道这条手链的意义么？"

他挑眉，神色淡淡，那样的表情就像在说，我送你的东西我怎么会不知道它的含义。

我得意撅起嘴巴，蜷起手指来，趁他不注意弹了个又大又响的脑瓜！

"笨彦辰！它们不止相亲相爱，更重要的是，无论是小丑鱼还是海葵，其中一方受到了危险，都是双方一起来面对，共同来承担的。"我继续说，"我只是不希望你那么辛苦，我也希望能够帮你分担。"

四目相对，我看到了我们眼里一样的光华。四周突然就安静了下来，偌大的客厅里只有秒钟滴答的声音，以及另一侧哆哆均匀的呼吸声。

在这一刻，世界宛若褪去了所有的喧嚣和浮华，只余下我，和我眼眸里的那一个人。

"过几天我带你去见公公婆婆。"

"不要。"

"又怎么了？"

"就是不要！"

"必须给个理由！"

理由就是，好——害——羞——啊！

接下来的几天，彦辰又陷入了史无前例的繁忙之中，不过这次的繁忙，也有我全程参与。

陪他去参加和渠道商洽谈的商宴，陪他选择竞标的广告商，随他亲自上门拜访几位当红的设计师，邀请她们参加公益T恤设计大赛……

很多时候我都只算一个小小的跟班，站在不起眼的角落，听他滔滔不绝，言语间都是自信的味道。看着他为一件事情全力奔波，而我能一直陪伴左右，为他的欣喜而骄傲，已是再值得不过的幸福。

再有十天就是周年庆典了。

业界给予Fairy Tale此次极高的期待，除却以往的香槟、典礼、发布会、庆功宴，这次最大的亮点就是现场揭晓五位设计师和服装编辑的T恤设计排名，并且依次捐出不同数量的T恤赠与公益事业。

她们的设计已经刊登在最近几期的《梦花园》杂志里，公司里的编辑部没日没夜地统计网络排名和读者回信，每个人脸上都显露着从未有过的激情。

我比谁都明白，这次盛事融合了他们的多少心血，所以我也比谁都更害怕意外的来临。

这段时间，艾伦没有再找过我。但越是风平浪静，我心底的担忧就越是与日俱增，因为不巧的是，沈之蔓也没再出现过。

我最最害怕的是，到了周年庆当天，他们会突然送上晴天霹雳，那一定会是很沉重的打击。可是从彦辰的身上，除了正常的忙碌之外，我一点儿异样也看不出来。

他像是王者一样高高在上，只需一眼就能洞察一切。他安抚我，一切都在计划之中，他甚至还微带埋怨地警告我，不许我拿自己去做任何交易。

每当这时我就会嘲笑他像个孩子一样记仇，可心底还是无法抑制地溢出满足感。我没有告诉他，现在的我早已经不舍得离开他了，就算是刀架在我的脖子上，我也不会松开握紧他的手。

原来真的只要一瞬间，对一个人的喜欢就能到达顶点。

晚上十点。

家里的电话突然响起。

他走到窗边，松了松领口，声音低沉地应付着电话那头的女声。我看着他蹙眉，眸光渐渐转深，直到有些用力地按掉挂机键。

他拿起外套，看了我一眼。那眼神里包含的内容太多，似是歉意似是无奈，更多的却是坚定。

我咬唇："你要去见她吗？"

他点点头，又走近揉了揉我的头发："不许吃醋。"

我突然笑开，捶了他一下："谁稀罕，回来晚了我可不帮你留门。"

他将我拥进怀里，吻了吻我的头发："乖，不会有事的。"然后我目送他出门。

逃不掉的戏码，终于还是来了。

我想着，世界上没有一个女人比我更大方了，可以眼睁睁地看着自己爱的男人深夜去见别的女人。可是，我相信他。

我以为我会失眠一夜，因为直到凌晨我还是没有盼到他回来。揉揉酸胀的眼睛，醒来已经是阳光大好了，手机在不眠不休地闪着灯，打开一看，一条短讯。——幸不辱命。发信时间是凌晨一点。

突然就红了眼眶。

我奔到公司的时候，他正在小会议室里开视频会议。

等了一刻钟，终于迎来满面憔悴的他。看样子昨晚离开沈之蔓那里他就回了公司，又是一夜没睡。我摸了摸他的胡楂，心疼地递过小笼餐包。他挑眉："真香！"

看我一眼，又添以意味深长的笑容："夫人辛苦了。"

我被羞得乖乖闭了嘴巴，可终是忍不住问了出口："刚刚来的时候看Miss董很是焦虑，你别怪她啊，都是我逼她说的。"

他不动声色地继续吃着餐包，我接着说："听说供应纯棉T恤的供货商突然临时变卦，说储存不够，让我们另谋出路，可是只有九天了啊，我们去哪里生产这样数量庞大的T恤？"

——我相信你和沈之蔓清清白白，但我知道，她找你去，一定是为了这件事情。或许，还远不止这些。

他的眼角都漾开细纹，抽出纸巾擦了擦嘴巴，若有所思地说："你以前所嫁非人，我原本很想鄙视你，可是艾伦在这件事情上还是让我刮目相看，他让我进入很久都没有过的备战状态。"

我张大的嘴巴足够吞下一个鸡蛋了……

自动忽略前半句所嫁非人的讨厌话，我关注的是后半句，艾伦下手这么狠，他居然还能如此云淡风轻地夸对手。

他淡淡说："还不止这些，百分之五十的广告商突然宣布撤资，就像突然约好一样，现在广告里面几乎一半的空白，临时招商时间根本不够。"

可是他说这些话的口气就像是在说，今天天气真不错一样。

我拼命搜刮脑子里以前学的金融知识，可一时根本想不出能够帮他的方法，他轻笑一声，像是毫不在意这些阻碍："现在这些消息我们都还对外瞒着，若是提早有人泄露了消息，到时候公司股指直跌，我看周年庆就会直接成了破产礼。"

我惊道："怎么可能不被泄露！"——艾伦肯定巴不得把这个消息早早放了出去！

然后忽的，我眼前一亮。

等等等等，至今外界还没有风吹草动的消息，难不成……我家威武的彦辰早就有了解决的对策？那他昨晚接的那个电话又是为了什么？

　　他像是看懂了我的迷茫，不急着解释却反问我："以你对艾伦的了解，怎样的报复才算是最大快人心？"

　　我一怔。

　　想起小时候，因为太胖，总有坏坏的男生喜欢揪着我的辫子乱扯一气，间或搬走我的课桌和椅子，让我只能站着上课。艾伦知道后，稍微酷酷地要些手段，他们就万分甘愿地向我赔礼道歉了。

　　我喜滋滋地吃着他给的糖，被他牵着去玩摩天轮。我以为这样就算报仇了，可后来直到校联欢庆典，我看着那几个曾经欺负过我的小毛孩们，一个个哭得惨不忍睹，只因为在所有家长、校方和同学面前表演节目的时候，他们的裤子不知为何齐刷刷全部掉了下来。

　　台下爆发出哄然大笑，而他们也理所应当地沦为了整整一个月的笑柄。——直到今天，才觉得这口气是全部出了出来。

　　典礼散场后，他笑着跟我这样说，眸里满满都是得意的张扬。

　　我诧异地盯着这样清隽秀挺的少年，他躺在我身侧的草丛里，淡淡的阳光洒满一身，丰神俊朗般的模样映入心底，美得宛如神祇。

　　那时候我并不知道我心底隐隐的不安，也正是来自于亦正亦邪的他。

　　我突然一颤，下意识捂住胸口："他最喜欢致命一击。他认为，最大的报复只有在最后一刻上演，才算精彩。"

　　彦辰的眼里忽明忽暗，半晌，他悠悠道："所以说，如果现在就放出了消息，在他看来，Fairy Tale就是一点一点瓦解掉，这倒不如让造势宏大的周年庆典临时一败涂地跌至尘埃，就像摩天大厦轰然倒塌一样，那样的效果才是他想要的振奋人心。"

　　我的声音都在发颤："你是说……他还留有其他的手段？"

　　他别有深意地瞥我一眼，突然用力揉乱我的头发，不答反说："我要飞去美国一趟，可惜不能带上你。这段时间你就乖乖待在家里，哪里也不许去，听清楚了吗！"

我愣了一下，然后看到他就要侵袭而来的大掌，立刻点头如捣蒜状，只是不忘又补充了一句："那……遛狗怎么办？"

他无奈吐血。

我没有去机场送别，而是乖乖待在家里研究即将新添置的窗帘，该选什么颜色好呢？

"叮咚！"

哆哆已经尽责地开始吠叫。

我打开门，居然是我的快递。微笑着送别快递员，开始拆包裹。

一叠厚厚的照片掉了出来。

"啪嗒"悉数落在地上，砸到脚踝，尖锐的边角还很毛糙，刺得人很疼。

照片上是两个人的身影。

他告诉我他要去的是美国，可照片上登机口的终点是法国。之蔓没有挽着他，但离得很近。照片上的他垂着眼睫，明灭光影间侧脸俊美，唇角微染的笑意，不断被放大、放大……

他不会骗我的，最后十天里面，他很忙，不会有时间陪沈之蔓特地去一趟法国的老宅——他们曾住过半年的老宅。

我竭力按下心中想打电话的冲动，气急败坏地找寻快递上的痕迹，一无所获。可是我知道，一定是艾伦让人送来快递的！对，他为了让我误会彦辰，产生间隙，这样彦辰就会慌乱，失了阵脚。

我信他，彦辰这样做一定有自己的道理，比如……比如是要拿沈之蔓当挡箭牌，他要去的地方是美国，去法国肯定是为了中途转站……

一定是这样的。

我一遍遍在心底试图说服自己，可为何那些整句整句的段落，到最后都被锋锐的刀子割开成一个个破碎的字符，再难串联起来了。

只是……他为何什么都不跟我直说呢……不肯告诉我那天晚上沈之蔓一个电话就把他叫走了，究竟是为了什么，不肯告诉我为什么不让我陪他去美国，不肯告诉我他究竟打算如何反击。

这个时候，该站在他身边与他一起面对的，不应该是我吗?

那晚我向他说出小丑鱼和海葵的缘故，他明明都听懂了，为何到头来，一切还是成了这样。

是不是因为，终究还是我不够好。

隔着照片，我似乎可以想见，艾伦捧着这些照片笑得阴鸷的模样，有恶毒的脓血从他的眼角、鼻翼、嘴畔流出，四处都是腐烂的腥臭。

他太残忍，残忍到让我厌恶。

彦辰嘱咐我不要随意出门的，可是我醒悟过来的时候，已经一个人漫无目的地在路上走了很久，很久。

从黄昏，到月升。

街灯把我的影子拉得很长很长，我在附近的公园长椅上坐到手脚冻得发麻，抬头，天幕中稀薄的云彩遮住了黯淡的星光。

爱情是否也同这脆弱的星光一样，怕云遮，怕雾来。

一声刺耳的刹车声响起，我懒得抬头去看，直到那双闪闪发亮的高跟鞋和细致的脚踝出现在我一步之外的地方时，我终是慢慢抬起了头。

她永远都不知道，我在这一刻看到她，是有多么的委屈和欣喜。

火红色的卷发比分开的时候更艳丽了，连眉眼间都是艳艳的神采。我送她一个西式的拥抱，声音被风吹得断断续续："死琳达! 你怎么会在上海!"

"不只她，还有我！"一声口哨清晰响起。

循声望去，倚着车身的一身西装的男子，那双久未露面的桃花眼里还是满满的轻佻色，只是隐约又像是有什么变化一般，叫我愣愣想了许久，也没能说出是什么变化。

"恩浩！琳达！你们俩？"

琳达的目光像闪亮的星钻，嘴里却还喋喋不休地叫道："好饿好累，安娜你先带我回你那住几日吧，这人烦死了，还是眼不见为净的好！"

一进家门，琳达随意往客厅的沙发里一坐，搁起腿，顺手捞起一份时尚杂志，悠闲地翻起来。

我的兴致不高，但还记得小心收起了这些照片。

如果我自己都不再相信我选择的爱情，那只会让关心我的人更加担心。

恩浩跟哆哆还是一如既往地对立，琳达见着哆哆龇牙咧嘴的模样，忍不住也乐了："还吹你人见人爱花见花开车见车载，连拉布拉多都这么不待见你，我看你该自我反省才是。"

我的耳根自动忽略以下各种攻击性话语若干，自从他们俩第一次在医院里见面，我就意识到，这两人绝对是一对名副其实的冤家！

只是为何这对话早就没有之前的剑拔弩张，反而染了一种恋人之间的嗔怒感，我凝眸一看，他们俩状似亲密，分明是有奸情！

我立刻挑衅地站起，居高临下的目光在他俩身上来回扫视，一副"别瞒我了，我都知道了"的表情，成功地让万年厚脸皮的大桃花，面色飘红了起来。

我欢乐了。

可没料到恩浩话锋一转，避开我火辣辣探询的目光，意有所指地说："我还想说正事来着，彦辰去美国之前，开了一次视频会议，正是对方邀请他去那边长谈。我回来暂时帮他处理这边的事情，他知道琳达和我在一起，特意嘱咐让她回来陪你。"

琳达难得地没有反驳他，乖巧地点点头。

他俩瞬间换上一副"有难同当"的表情，看得我感动得眼泪水哗啦啦，咳咳，可惜没有流出来。

因为，现在我有更重要的使命——八卦嘛。

这么多年一起长大的闺蜜好不容易感情生活走出一片糜烂，（这话说的不对，因为她貌似有如下兆头——摊上另一个感情生活更加糜烂的主啊）怎么说我都该以此为重，多多关心一下才是。

在我直白的目光下恩浩简直无所遁形，低低轻咳一声，然后竟然……竟然长臂一伸揽过琳达的脑袋，响亮地亲了一口，然后在琳达操起拖鞋扔过去的一瞬间，"砰"一下带上门，大步逃开。

我要泪流满面了。

这样不靠谱的事情，居然是真的。

恩浩离开了。

哆哆安静了。

于是，接下来的场景十分适合久别阔谈，简而言之言而简之就是拷问啊！

我拿一双黑白分明的大眼睛眨也不眨地盯着她看，就是要看到地老天荒海枯石烂，看到风里来雨里去的琳达含羞带怯为止！

只可惜……在她叙述完一整个故事的始末之后，我始终无法正常言语，唯一的感觉就是，我的天空持久地悬浮着一群乌鸦，来来回回，去之又返，在半空中"嘎嘎"颤抖直叫。

好吧，这些都是后话了。

唯一可以确认的是，琳达和唐恩浩真的在一起了。

我会祝福他们，我最爱的朋友。

一连数天，我似乎忘记了那些照片带来的不愉快。

彦辰百忙之中，每天还要抽时间给我打越洋长途，听着他口气淡淡，却又一五一十向我禀报行踪，我哑然失笑。

总会不经意想到电话那端他眼神里莫名的热度，我忍不住泄露了心底的担忧："彦辰，若是我们输了怎么办？"

他随意笑笑："输就输罢，输了我也还有你。"

脸上禁不住一红，我掩去羞涩调侃道："那我可要好好庆祝下，这世界上终于有一个比我还穷的人了。这个人啊，以前还是个很有钱的大老板，现在他是我的男朋友。"

有片刻的寂静，静到我们都能听到彼此有力的心跳。

然后他轻轻说："等我回来。"

屋外阳光正好，我的心也像这处处靓丽的春色，蔓延开无边无际的繁盛和柔软。

现在，他就要回来了。

班机是下午三点多到，我在飞机场对面的咖啡屋里点了杯饮料，每隔几分钟望一下出口。

看久了出口也觉得无聊，我趴在桌子上想着事情怎么就发展到现在的地步了。

来时，琳达笑意满满："他一定还不知道你已经搞定了帕瑞莎，这下他不用担心届时五位设计师会有谁缺席了，我想啊，他一定会把你抱起在大庭广众之下转好几个圈，多浪漫。"

我白了她一眼："我家彦辰很内敛的，好不好！"

可脸上早已由原先的怨嗔变成了不可抑制的小幸福。

彦辰走前，他带着我讨论了数种方案，又辅以借助他父母和唐家的帮忙，总算将准备撤资的广告商悉数拉了回来。

可不巧的是，素有刁钻刻薄之称的设计师帕瑞莎临时退出设计赛事，原因不明。她是本次读者反馈中排名第一的T恤设计者，若执意不参加盛事，那已经下单的十万件T恤都成了最大的讽刺。——Fairy Tale对公益的讽刺。

他总喜欢把我当成小孩子来疼爱，从前我不懂那是他爱一个人的方式。

还记得以前和他外出吃饭，我习惯了说随便，其实是想看他手忙脚乱的样子，结果发现他点的菜都很合胃口。原本没有多想，直到一次他无意间说出，他连我每一道菜吃得多少都会留意，比如我会被芥末呛得流眼泪、吃太辣的会长痘痘、喝太冰的牙龈会疼……

后来明了他这样深沉的爱，我却只是更加想要拼尽全力来好好照顾他。

希望我为他做的这些，也能让他感到发自肺腑的幸福。

三天前。

我思虑再三，拨通了我阿姨的电话，央求她帮我弄到两份"时尚之钻"舞会的请柬。

接下来，琳达收到了来自八卦女王Rita寄来的包裹，不明所以地朝我发问。

我修着指甲，懒懒抛出一句："你最喜欢玩的游戏，马上就要登场了。"

她尖叫，不可置信地朝我啐了一口："Oh My God! 从小到大这些阴谋诡计的活你从来都不参与! 说到底我还是第一次和你合作，我简直跃跃欲试！"

我将请柬扔过去，挑眉一笑："一定不让你失望。"

是夜，浮月当空，星蒙如尘。

皇家广场的造型师果然名不虚传，琳达和我一袭盛装，相视一笑，一齐踏入还未开始的灯红酒绿之中。

一路穿花拂柳，绕到女王在的楼层，却只听到气急败坏的尖叫！

"你居然把剑兰插到我的洋蔷薇里！你是想让我成为接下来舞会上所有人的笑柄吗？"

"Come on！这是舞会！是舞会！不是过家家！巧克力酱汁就弄这么点，那些花花绿绿的Cookies还没送到，你让大家都喝西北风吗！"

琳达弯了弯嘴角："听闻帕瑞莎女王脾气一向很盛，对任何事情都力求完美，素有业界女魔头之称。"

我笑笑："功课我总是做足了的。"

身边来来往往的仆从一脸慌张和繁忙的模样，衬得我和琳达立于其中，更显突兀。

"你们怎么来了？"女主人优雅蹙眉，终于是意识到不速之客不请自来。

我举了举我阿姨的名片："想要见到您，总是有很多法子，不是么？"

高跟鞋步步铿锵向我而来，她的嘴角微微上扬十五度，目光清冽，有些嘲讽地笑："安娜小姐，您和您未婚夫之间的情感生活我不感兴趣，只是这件事情我有自己的考虑，若是想来劝我的，还是请回吧。"

她做了个送客的手势，转身就往里走。

有人捧着礼服战战兢兢送到她面前，她看了一眼又叫道："你在开玩笑吗？我说了我要吉尔斯·孟德尔设计的那套，你听不懂吗！"

琳达凑过来："我看外界传言的那些远远比不过真人……凶恶。你真的有把握？"

我笑："你若知道这袋子里装的是什么东西，也会很有把握。"

妈妈曾说过，在那样子的圈子里待久了就会变得肮脏，她们一直都将我保护得很好，但不代表，这样的手段我不会使用。

必要的时候，我也可以变得强大。

十五步。

她停下来，好奇地看我。我大方一笑："巴黎和米兰的时装周您不能都参加，只能二选一。但是现在似乎有人为您提供了特殊的待遇。"

她微微偏了头，语声轻柔："我佩服安娜小姐的消息灵通程度，恭喜的话我就收了，若是没其他事，我要去楼下招呼先到的客人了。你们今日这番盛装，既然来了，可要好好玩个痛快。"

我接口："自是会好好玩，而且还带来了辅料助兴，这个东西您要不要先睹为快？若是没兴趣的话，我们就直接拿下去当祝酒词了，相信一定会有意想不到的效果。"

她掀起眼皮瞥我一眼，轻笑一声："这是什么？"

"一段特别的视频。"

她眸中冷光闪了闪，却笑道："关于我的视频很多，流传出去的却很少，你以为我没有手段销毁掉所谓的视频？"

她扫了一眼琳达手上的文件袋，顿了顿说："所以你手上的那个，我未必会相信是真的。"

我颊边的梨涡越发深："您请放心，这不是一段普通的性爱录像，也不是您和瑞丽总监去年争得你死我活的证据。"我故意停了停，看到她的脸色渐渐转冷，我吸了一口气保持得体的微笑："而仅仅记录的是斯德哥尔摩的一个夏夜里，一场摇滚派对结束之后的表演，我想您一定很想亲自看一看，于是就送来了。"

果然，她撑着桌案几欲跌倒，眉目间一片显而易见的震惊之色。

她抬头看向我们，眼神很冷，几乎没有温度。终是将我们请到书房，打开了电脑。

良久，她极轻地笑了两声，艳波流转的眸子里，清晰地映出一幅幅流畅生动的画面。龙飞凤舞，淫靡不堪……谁能想到台前高贵典雅的帕瑞莎女王，在一次小型派对上喝得如此酩酊大醉，借酒撒泼，出言不逊将部分名设计师贬低得一文不值，后又与数名男子浪荡整夜，简直……不堪入目。

我事先没有亲眼见过带子里的内容，总觉得是侵犯隐私，可当真瞧见了，还是受了不小的冲击。

帕瑞莎怒极："这盘带子不是早就毁掉了！"

我看着她手背上青筋见显，说："您应该庆幸这么多年它一直都没有公开露过面，至于当年谁刻意留了这份东西都不再重要了。"

她扬了扬眉毛："那重要的是什么？"

"重要的是，这是最后一份了。"

闻言她笑出声来，终是敛去愤怒和羞赧，饶有兴趣地打量着我讽刺道："没想到当年扬言不踏入这个圈子的安娜小姐，一出手就这样狠，还当真是人不可貌相呢。"

琳达瞥了一眼我一会儿白一会儿红的脸色，回道："在这个圈子里，您肯定比我们更懂生存法则。一点点风吹草动的绯闻都会轻易毁掉一个人的未来，何况是这样一段内容丰富的视频。您花了这么多年才爬上这样的高位，一定不想摔得很惨是不是？"

何尝不是这样，这些名流佳丽，外表看上去再怎么风生水起、光鲜亮丽，背后的肮脏龌龊凌辱不堪，又有多少人可以想见？

她冷哼一声，推开椅子，慢慢走到橱柜前给自己斟了一杯酒，白色晶亮的液体滑入高脚杯中，清脆的声音听入耳里只觉得心里阵阵不安。

琳达用唇语示意我："她在拖时间，等保安来了就不好办了。"

我点点头，继续在脑袋里搜索有用的信息……她求之不得的东西……

帕瑞莎悠悠而立，背对着我们也不急着回答。

我知道艾伦给她的条件很诱人，巴黎和米兰的时装秀一次不落，这是圈内从未有过的殊荣。

果然，"这盘带子已经放进了我的电脑里，你们觉得还能轻易带走它么？"

她的冷笑让琳达动怒，我一把拉住就快失控的她，对着帕瑞莎的背影说："迈阿密和瑞士的巴塞尔艺术节，我保证没有人会同您争。"

"哦？"她转过身来，含笑看了我们一眼，目露赞许，"你跟艾伦真是绝配，都知道我要的是什么，不过现在看来，或许你给我的允诺更能让我心动。"

吸气，努力吸气。

她的嗓音终是从喉咙里飘出来："说吧，什么条件。"

我努力保持微笑。

自进门前就提到嗓子眼的心，在此刻安全着陆。

终于，终于我还是做到了。

这是一段有些疲惫的对阵，我跟琳达不一样，她喜欢这样花花绿绿的游戏，自高中起就玩得得心应手，可在我看来，简直是对身心的巨大折磨。

许是最近太累了，我竟然在等待接机的过程中，趴在桌子上睡着了。

迷迷糊糊间感觉到身子在移动，揉揉眼睛好不容易睁开来，映入眼帘的竟是他近在咫尺的脸庞。

"你……你什么时候回来的啊？"心里是铺天盖地的欢喜。

他笑容清爽，眉目间仍有掩不去的疲惫："我刚到不久，看见你睡着了，就没吵醒你。"

我这才意识到竟是被他横抱在怀里，行走在众人眼光里，我害羞得不知如何是好，可他只是斜睨了我一眼，继续宁静平和地慢慢穿过长廊，仿佛再无什么可以惊动他。

我侧头，目光投前向方，是来接我们的车。他将我小心放入后座，也跟着坐了进来。熟悉的男子清冽气息包围着我，密密麻麻，无缝不入。

"这是什么？"他递给我一个盒子，一堆英文。

翻译过来是纳金斯液体钙软胶囊。

我停下动作，错愕地望着他好看的侧脸。

"你不是说膝盖总疼么，回来前碰巧看到了这个钙片，每晚睡前吃2粒。"轻描淡写的口气。

我弯起嘴角，不可避免地感到幸福。

"谢谢你啊。"我捅了捅他，终于局促小声地说出了一直想说的话。

他点头，笑意兀然加深。"谢谢不能只用嘴说，要有行动的。"

"真是的。"我的脸更红了，小声嘀咕，"怪不得书里都说，披上了羊皮的狼还是狼。"

他饶有兴趣地打量着我，我干脆豁了出去："你别指望你走在美国的大街上还不忘记给我买液体钙片我就会感动得以身相许啊，这这……这都是哄小孩儿的把戏，我才不会上当。"

他眼底滑过一丝促狭，轻笑出声。却只是更紧的拥住了我。

已近傍晚，车窗外淡淡的日光化为成千上万的细小光点，涌向他，就是这样的神态和气场，让我不可避免地沉迷下去。

也许是我的错觉，总觉得这几日他看我的眼神，不安居多。

就像是小时候每次考砸了，然后我拼命藏起成绩单不想被父母发现一样。小心翼翼的掩饰和伪装，浑然不知只会越描越黑。

他有事情瞒着我，可我不知道该怎么问。

明明那样繁忙的紧张时刻，他还要花很多很多的时间来陪我，夜里睡眠很浅，有时候会叫着我的名字醒来，就像是害怕一睁眼我就不见了一样。

我很想抱抱他，我其实不在意了。

不论是深夜一个电话就叫走你，还是那些照片上的是是非非，我都不想去猜测了。因为更重要的是，我只想陪你走好当下。

可是这些，他约莫都不会懂了。

恋人之间最害怕的就是互相猜忌，可我们还是偏偏走到了这一步。

我站在落地窗前，黑夜就快要如约而至。他从身后环住我，温热的气息拂过脸颊，欲言又止："在看夕阳？"

我眯起眼睛，头往后蹭，想找个更舒服的位置："它是一轮能让人心跳变慢的落日，真美。"

他笑了笑："后天晚上的典礼，我有惊喜要送给你。"

我回头眨眨眼睛："是什么？"

他刮了刮我的鼻翼："你只管负责准备一套最漂亮的礼服就可以

了。"

我不依："你不告诉我我偏不准备漂亮的礼服，就穿着白衬衫牛仔裤顶着乱糟糟的头发去给你丢脸。"

我在赌气。

他有些苦涩的笑："真是拿你没有办法。后天晚上，在众多媒体面前，我要牵起你的手一同踏上红毯，举起香槟，宣布周年庆的开始，同时我要告诉所有的人，我爱你。"

我心里猛地一震。不知为何，明明是欢喜的表情，为何他的眉间总有一抹挥之不去的惆怅。

亲爱的，为何不能告诉我，你到底害怕什么？

第十章 只想在你身边，做你一线光芒

TAOYAO

第十一章　你的微笑，是我一生一世的骄傲

外面，夜色染醉琉璃。

电梯一层一层上升，越来越接近那个红色亮着的数字。

我的心跳也一点一点加快。

"叮！"

早有人等在电梯外，见到我时弯腰一笑，也许是我多心，总觉得那样的笑很是诡异。

高跟鞋踏入绵软的高级羊绒地毯上，连清脆的声音都一丝不落地被

埋了进去。

我深吸了一口气，跟上前面身穿黑色西服的男人。

他要带我去的地方，是最接近真相的地方。

两个小时前。

就在我已经放弃那些我在意的事情的时候，艾伦的电话突然打来。

淡淡的几个字："想不想知道那些照片背后的故事？"伴着冷笑，却再次将我坚固的心房打破。

他的话像蛊惑的毒，彦辰没有告诉我，我以为我已经平静，却发现一被勾出来我就会烦得发疯。

本来打算顺利过完明晚的盛典，我一定把他绑在地上严刑逼供，可是现在，艾伦偏偏横插一脚，给了我提前知道的权利。

人是很奇怪的动物，明明知道很可能是陷阱，可是一旦心里被挠得痒痒的，就再也没有办法去关注其他事情了。

"安娜小姐，副总已经在里面等候多时了。"

他替我推开门，做了个邀请的姿势，我点点头，听见门在身后缓缓被关上，仿佛有一丝光渐渐被隔离在门外了一般。

他双手抱臂看着窗外，听到声音回过头看我一眼，目光里都是猜不透的迷离。

桌上摆着两杯蓝莓果醋，刹那间，很多记忆闯入我罢工的大脑。以前我超级迷这个饮料，就试着在家里自给自足，结果常常弄得整件衣服跟染上了颜料似的，连厨房的各个角落都难逃厄运。妈妈回来险些要大发雷霆，每当这时艾伦就会将我挡在身后，替我顶罪，被教育得委屈极了却还是看着我笑得没心没肺。

我忍不住笑出了声。

一抬头就对上他若有所思的表情。

我咳了一声，敛了心绪。

复又望向眼前的杯子，不知为何，总觉得今天的饮料颜色格外的猩红，就像是，敌人的血液。

我喝了一口，心思淡得离奇。他的笑容在暧昧的灯光下温和如玉，黑瞳里竟染着几分邪气。

他拿过剩下的一半饮料，放在唇边，双唇刚好含住我留在杯上的唇印，望着我的眼神说不出的诱惑。

我的心跳漏了半拍，精神有些恍惚，我看着他："直接说吧。"

他"嗤"一声笑出声来，食指覆在唇上，极尽诱惑地吐出几句话："这层楼的西面都是房间，你要不要去看看你的男朋友现在正和他的前女友激战到第几回合了？"

像是突然一道霹雳破空而来，我不能置信地看着他。

"你……你做了什么？"

他摊摊手，"这可真冤枉到我了。"

见我已然震惊得无法思考，他极满意。我"噌"一下站起来想跑，裙子带到了椅子，没有站稳，跌进了他的怀里。

他看向我的目光像闪亮的刺，一根一根扎得我血肉模糊，恶狠狠低吼道："你知不知道你现在的样子，让我很解气！"

我用力推开他："你是疯子！你要是对他做了什么，我一定恨死你！"

他张狂大笑："你怎么不问问，是不是他们两厢情愿，想要来场鱼水之欢？"

"啪"一下！

我打了他。

身子不免颤抖，我控制不住地摇头："你不会的，你不会这样对我的。"

就像是濒临死亡的病人想要再抓住仅存的微弱光亮，我企图唤醒他心底关于美好的记忆，只要他还顾念一点点情谊，我们就不会走到今天这个地步。

他挥了挥手上的房卡，眉目狰狞："是！我不过用了点小手段，在他们的酒里加了点提高兴致的良药！那又怎样！3106B，你不妨亲自欣赏一下，在床上如何才能取悦男人！"

我捂住嘴巴，提着包就往门外跑。

他没有来追我，他知道最近的疲劳轰炸已经对我起了作用。拉开门的时候，他对着我的背影冷笑，慵懒的声音一字一句飘进我的耳畔："My darling, This means War!"（战争已经开始！）

我没有回头，心里泛起层层不绝的冷意如寒潮，将我浇得里外湿透。

这算什么？宣战么。

那我一定奉陪到底。

这一辈子我想我都跑不到这样快。近百米的距离第一次发现这样遥远，高跟鞋被我提在手里，颤巍巍得摇摇欲坠，是不是公主的水晶鞋落地的时候，就代表梦的毁灭。

房卡上渗出细密的汗，我试了三次，都没能成功打开房门。

我抽回自己的手，努力让自己冷静，尽管我的心绞成一团乱麻。

像是有了感应一样，门突然从里打开，我还没有反应过来，就有一只手臂拉住我，将我带入怀抱。门在身后"砰"一下关上！

我还没有惊呼出声，就被霸道的吻所吞灭。

熟悉的男子气息，熟悉的拥抱，熟悉的亲吻，高跟鞋脱离手心，我紧紧环住了男子的腰。

支支吾吾的声音从唇间溢出，带着抽噎："你……你吓死我了！"

彦辰和我拉开一丝距离，声音有些大："你怎么又单独来见他？这里都是房间你不知道么！"

——难过的时候，你会怎么做？

——喜欢上你这么美好的事情，为什么总是要被涂上污秽的一笔？

我瘪着嘴，委屈地摇摇头："他说……"

我没有说出照片的事情，与其我问了他才说，我更希望他自己告诉我。我低了头："他说，你跟沈之蔓，在鱼水之欢。"

他轻轻笑开，像是报复般揉乱我的头发："本来是要这样子的。"

我握紧拳头。

他接着笑道："可是我家里有个小丫头很凶，要是让她知道了，非扒了我一层皮不可。"

我望了望四周，果然没有沈之蔓的影子，心里的疑问没有减少反而更多。

我想起什么似的，仔仔细细从上到下将他打量一番，又扯了扯他的袖子，闪着泪光问道："你是怎么从那么强的药效中缓过来的？"

小说里和电影里都说误吃了那种药的人会难受极了，可是眼前的他竟然毫发无损一切安好。——我以为我会生气，会愤怒地吼你，但接触到你的眼神时我突然失了声，只有一股浓浓的悲哀浮了上来。彦辰，为何这一切与你共同参与其中的，都不是我。

他更紧地拥住我，从美国回来后第一次说出口："洛丽塔，我很害怕。"

我蹭在他怀里点点头，我知道的，你害怕。

我也害怕，比以往任何时候都害怕你受到伤害。

他吻了吻我的头发，嗓音淡淡："这只是一场戏，她知道艾伦在酒里下了药，我们事先都没有喝那些酒，倒掉了。她在你来之前也走了。"

那一瞬间，我觉得我是被上帝眷顾了的人。

他离开一点，将我从光的阴影里拉出来，仔仔细细打量着我。目光所及之处，像是被火焰灼烧之后又浸入寒潭冷冻。

第一次见到他这样严肃的表情，比任何时候都要来得凝重。他握起我的手放在唇边，问道："洛丽塔，你会怪我吗？"

我笑着摇摇头。——太爱你，怎么舍得怪你。

当时的我，根本不会想到，他指的害怕，他指的怪他，并不是我在意的沈之蔓，而是——艾伦。

可是这些，都是一步步走到后面，我才亲眼相信，这世上，果真是没有什么会天长地久。

"快，花篮放这里！"

手里的对讲机还有隐约的杂音，Miss董在跟我对着最后的准备工作，现场工作人员一片繁忙。

琳达走过来，伸手就把她那个一万多的香奈儿包包往地下一扔，抱怨着："饮食供应商真让我抓狂！开胃盘弄得像性格测试拼盘一样！"

我回头对上她小媳妇似的表情，绽开笑容："找你的桃花去帮忙啊！"

她立刻涨红了脸，瞪着我，然后哼一声走开，远远找了个位置坐下，不再理我。

我腹诽道，真是脸皮越来越薄了。继而牵起自己曳地的绯红色长裙，听着走过之时它响起的细碎声音。

　　五位模特依次在T台上走秀，步伐卡点都稳准到位。七点半就要开场了，我抬头仰望这还是黑寂的夜空，想象着再过片刻，这里都将被灿烂的火花盈满。

　　彦辰还在办公室，要跟董事会碰头，有工作交接。

　　秀场里已经聚集着黑压压的一大片人，扛着相机的一撮挤在过道和最前边。

　　我揉了揉额角，回望典礼红毯的尽头，他告诉我等到T台秀结束，我就在那边等他，他会携我一同入场，开启香槟共同揭下大幕。

　　这就是他说的，他要告诉全世界，我们在一起。

　　拿在手里的卡片上，我和他的名字并排在一起，像头挨着头的两个小人，在无限的时光里温柔地出现在我的眼瞳里。

　　看完走位，我做了个OK的手势，转身，沈之蔓恰好经过一旁。

　　一身貌似真空的杏色晚装，耳朵上两颗粉红色施华洛世奇闪得夺目。她朝我投来淡淡的一瞥，礼貌地保持微笑。我提起裙子，无论如何，那天都该要谢谢她。

　　还没走过去，被人拦下贴在耳边说了句："洛丽塔小姐，他正在顶楼天台等您，说有惊喜给您，让您一定要立刻前去。"

　　还有惊喜？

　　我有些犹疑，可那个传话的人已经弓着身子退着走远。顾不得其他，手头上的事情放了放，我走进电梯。

　　被我放下的，同时还有身后沈之蔓若有所思的眼神。

　　电梯无法乘到最上面，最后的三层是黑漆漆的楼梯，一丝光亮也无。空气中有淡淡的浮尘味道，沾在衣服上，微微有些狼狈。我一个人走在空旷的过道里，高跟鞋的声音踩在地上，每一下出声都让我怕得要死。该死的彦辰，这又是玩的哪一出！

推开铁门，皱眉擦了擦手上的铁锈。"彦辰，彦辰？你在吗？"

空荡荡的回音响在四周，无人回应我。

我还没从刚刚黑漆漆吓人的楼梯间情绪里缓过来，忍不住拍着胸脯不满叫道："把我叫上来又不说一句话，你存心吓人吗！"

还是没有回音，除了一丝极轻的笑声。

下一秒就掩进了周遭沉暗的一切。

夜色如墨。

我仔细分辨，才看到不远处站着的男人。

他身上那件浅灰衬衫领口往下的一两颗扣子开着，两只袖边朝外妥帖地卷起，掩住了精致夺目的袖扣，亚麻色长裤下面是一双亮堂的皮鞋。细碎的短发被风吹起，遮住额头。

一见到这张脸，我立刻就傻了。

不是彦辰！

我大脑死机三秒之后，第一反应就是拔腿就跑。可惜根本无望，我比任何时候都痛恨高跟鞋和礼服，它们让我这样轻易就被艾伦制服。被他紧紧圈住往阁楼里拖的时候，我甚至还闻到他衣领间的Salem烟味，条件反射般地皱了皱鼻子。

我讽刺道："一计不成又生一计么？"

他唇齿间迸出一声冷笑，手上动作还是不停，将我扔在椅子上，开始没命地捆我。粗糙不堪的红绳缚住我背在椅后的双手，绕过前胸，绕过腰，一层层，一道道，捆得我难以呼吸方才罢手。

他一把拽住我的头发，逼我仰起头："你别用这种眼神看我！"

我很鄙视他："这种眼神怎么了？你等着好了，彦辰一发现我不见了，就会找过来。到时候你一定会输得很惨。"

他像是听到世上最好笑最白痴的辩白一样，眉目间都是轻狂的戾色。

微弱的亮光映出他深海似的眸色，他靠着门板抽出一根烟："你们以为最后关头供货商广告商和设计师通通回归就算扳回一局？"

他摇头冷笑道："别傻了！好戏还多着呢。"

我努力想要吸入更多的氧气，好保证我还清醒着。"你把沈之蔓叫回来就是为了打击我？"我扯出一丝笑，"彦辰了解我，我很强大，不会那么轻易被打倒的。"

他深深望进我眼睛里，想要看穿我的故作坚强："我本以为，将你讨厌的女人摆上台面向你挑衅，那就不用总是我亲自做这些见不得人的丑事了，沈之蔓同样也有这种能力来将你打入地狱。"

他摇摇头，似是很惋惜："可惜啊，这个女人太有主见，突然就擅作主张，违背了我的意愿。"他咬牙切齿，声音放得很低："不过没关系，我还是会奉陪到底的，这场游戏，不到最后一刻，妄言真正的赢家尚且为时过早！"

"你还想干什么？"我的唇齿间逸出一丝寒气，"就像现在这样把我绑在这里威胁他么？我告诉你别做梦了，楼下一切正常，今夜盛典一定会取得圆满成功！"

他眉头微蹙凝视了我半晌，忽而一笑道："是吗？"

他看得出来，我虽然在极力保持镇静，可我的声音在发抖，抖得厉害极了。

"啧啧啧。"他心疼得皱起眉毛，捏住我的下巴，突然虚伪地关切道，"你不知道，我就爱看你手足无措的样子。这样的你，让我很有成就感。"

他用手指着夜空，优雅地画了一道弧，声音性感："再过片刻，这里就会闪过很多的烟花。"

他看向我，目光哀怜嘲讽："今天的盛典还有一个广为媒体猜测的亮点，就是秦彦辰口中的与他执手相伴的神秘女子究竟是谁。他之前放出消息，说今晚会牵起最爱的女孩子的手，同她一起走过红毯，共同开启香槟，揭下大幕。你说，你要是缺席了，他该有多伤心啊！"

我听得哑然无语，脸色骤青。

他兀自接着说："那么多媒体朋友在场，他一定不能欺骗大家。刚刚经历过浩劫的Fairy Tale再也不能陷入信任危机了，那么你说，台下的女宾中，他能选谁临时替代你呢？"

我脑中一片混乱，默了半会儿哑着嗓子说："沈……沈之蔓？"

他的指腹轻划过我的脸颊："我最喜欢你的聪明。他和沈之蔓本就是公认的金童玉女，就像你我一样。到时候铺天盖地的娱记描写，一切已成定局，你还能以什么身份站到秦彦辰的身边？他若是还执意选择你，那就是对所有人的欺骗和玩弄。一个上市公司摊上一个言而无信、将大众玩弄于股掌之上的CEO，你说Fairy Tale还能安然走出这场信任危机吗？"

一阵阵张狂不羁的笑意，似要穿透我的耳膜。

我拼命摇头，眼泪就快要忍不住了。

"你不会的。我了解你，你不会眼睁睁做出这样的事情，看着我们彼此毁灭的。"

他笑得扭曲："一个没什么挂念的人，是什么事情都做得出来的。"

"我说过，我会竭尽全力将你摧毁的，宝贝儿。"

"到时候，你就乖乖跟我回家，我们结婚。你放心，我还会像以前一样宠爱你的。"

/277

他的气息拂过我的脸颊，唇畔笑意凝结成冰。

"砰！砰砰砰！"

我愣愣看向高空，绚烂的烟花已经燃起。

夜空果然是缤纷到极致。

那他呢？他有没有发现我不见了？谁会来替我陪他走完那一段红毯？

虽然我希望他找到我，但想一想，这该是多么不可能的事情。那么多的付出和汗水，若要于此毁之一旦，我都会心痛得无法呼吸，更何况是他？

太美的东西，是不是总不易长久？就像是屋外的烟花，总要开在最绚烂的时候，就会灭亡。

眼泪突然就滚了出来。

明明幸福就在楼下，我却觉得比任何时候都要遥远。

他捏着我的下巴，还嫌不够似地说："看见你受侮辱难过心碎的样子，想到你就要名誉扫地，将幸福拱手送人，真是大快我心。"

烟花渐渐飞高、当空、绽开、枯萎。我心情随着一点点黯淡。

当天地拉拢世间最后一缕亮光时，我整个人也彻底陷入黑暗中，不可控制地大哭出声，哭得全身都在颤抖。

我没有那样大的胸襟，可以安然看着幸福从我指尖流逝。我没有那样多的勇气，在经历这么多之后，还能看着他身边站着别人。

艾伦捂住我嘴，一面替我擦泪一面啧啧叹道："怎么对他这样不自信呢，说不定下一秒，他就出现在这天台上要带你走，不是吗？"

我心头忽跳出一线希望，紧张地看向他，果然，他又耸肩幽幽吐出一句："可是秦彦辰要是选择上来找你，那又置楼下的上千台摄像机和一干身份高贵的嘉宾于何地？让他们白白等这一遭看笑话？如果我是他，恐怕也不会这样冒险。"

我难过地闭上眼睛。

一切都要结束了。

他给的这一场梦，原来真的是彩云易散琉璃脆。

不怪他，不怪我，怪就怪我们太相爱。

酸酸的麻意正顺着腿爬上来，我一动不动，呆呆地瞧着眼前的这个男子。我真的是不认识他了，什么时候从那样温润如玉的模样变成了这般有心机，是我害的还是命运使然？

突然像没了力气，我看着他，又似不在看他。

那个我切伤了手指心疼地帮我吸干血渍细心包扎的是他么，那个一边帮我辅导数学一边帮我削水果的是他么，那个篮球场上风光无限眼里却只有我一人的男孩子也是他么……

其实回忆这些都已经太迟。不管现在我们的爱情如何，曾经确是沦陷了一次，不能从坑里爬起来拍拍身上的土就当没掉进去过。总有些无法回头的悲壮味道。能够承受得住回忆的重量就已经算是足够坚强。

我眼睛一眨，眸中再度泛起一层水雾，却赶紧抬头，望向一旁。

窗外的烟火绚烂至极，声音极尽热闹，而阁楼里面寂寞得如同时间静止了一样。

"值得么？"我问。

他的表情有些许凝重："你是我想要的，谁也不许抢走你。——除非我死。"

最后的四个字是无声的唇语。

我脸颊上的笑容似水淡淡晕开，眼里似缀了钻石一般闪亮。

因为我看到了。

他就站在他的身后，背景是一片璀璨的烟火画布。

彦辰来了。

"艾伦！"

一道沉声划过。

彦辰看着我狼狈万分的模样，眼神薄怒，声音透着无限寒意。

我用力捏着裙子，试了三次，才发出嘶哑的声音："我就知道你……你不会丢下我的。"

艾伦诧异地回头，目光在看到彦辰的那一刻，似淬了毒的寒箭："人都说你爱美人不爱江山，到今天亲眼瞧见了我才相信传言不虚。"

彦辰没有反驳，只是极缓地替我解开绳子将我拉进怀里，安抚地拍着我的背，眸里都是心疼。

我抽出身子，摇着他忐忑万分地问："楼下怎么样了？"

他深深看了艾伦一眼，唇边是一抹很轻很淡，但又似流云一般真实存在的笑意。

"你似乎太自信了一点。"

突如其来的转变。

情况急转而下。

我在一旁愣愣地听着，这宛如一场精彩绝伦的戏，而我们都在何时入戏已然不可考，只是……

彦辰赢了。

当他把电话扔了过去，极云淡风轻地解释着艾伦如何挪用公款，造成资金链断层，如何在这件事上瞒上欺下将部分股票清空用来做权证，期望得以填补资金空缺。但权证虽是高收益的证券，风险亦是同步而高，投机性极强，一旦失误就会赔得血本无归，所以这次，艾伦赌得太大了。

我有过怀疑，艾伦他怎么拿得出那么一大笔钱来收买供货商、广告商和设计师，原来，竟是这样。

虽说这次做权证未造成什么实质性的损失，但总部公司是极忌讳高层擅用权利，挪用资金的。

说得严重点，这是从一半的家族企业里偷钱。

是所有长辈眼里最最可耻的一件事。

我已经可以想见爸妈脸上的失望和痛心疾首。

"你调查我！"咬牙切齿的声音。

彦辰摇摇头："也是运气。小的时候曾跟着家父出差去了美国，那时候有幸跟傅老爷子还下过几盘围棋。"

"你认识傅爷爷！"我和艾伦一齐叫出了声！

他点点头，温柔地将我略显凌乱的耳边碎发挽起。

又转过身子，好整以暇地打量着艾伦，弯了弯唇："上次沈之蔓和我去法国，你派人驻守在我们的旧宅外蹲点，没发现只有她一个人住在那，我到法国的当天就飞到美国去了？"

艾伦紧紧地捏住拳头，脸上现出暴虐的黑气。

彦辰将我揽得更紧一些，语声平静无波："我想你现在一定有很多话要向总部解释，应该没有精力参加我和洛丽塔的典礼，我们也就不请保安送客了，免得伤了和气。"

他淡淡地说出这一席话，可听入我们的耳里，一声一声都似凌迟。

"秦彦辰！你够狠！"

艾伦的眼睛像一把剑，或者说，一簇火。

直直地射向我。

"这就是你爱的男人？你就看着他一步步收集我的证据，送到总部，把我整垮，这就是你想要的？"

"你还在我面前演戏，让我真假难辨，我爱你到最后，就落了个这

/281

样的结局？安娜，你太狠了！"

我拼命摇头，泪如雨下。

我不知道会这样的。我劝过你的。

我虽然说过你宣战我会奉陪到底，但这一切……

他的牙齿都要咬碎了，我看着他像一阵旋风一样快步离开。

这次摔得这样惨，他要怎样向他的父母、我的父母、还有看我们长大的傅爷爷解释。

我的心脏像被铁锤用力捶打一样，噼里啪啦，呼吸困难。

这一切本来就像一个饱满的果实，而这颗果实就在刚才被突如其来的高温烘焙，变成了干瘪而萎缩的一张橘皮。

我很难过，可我不知道该怪谁。

彦辰看我直勾勾地盯着窗外不言不动，也静默着不说话。彼此都用沉默来缓解波涛汹涌起伏不定的心绪。

在他身后沾满灰尘的玻璃窗外，是一轮弯弯的明月。

他吻了吻我的额头低声问道："你怪我了对吗？"

我不知道。

他哑声道："我跟自己说，要打败他，就必须成为和他一样的人。可那样子是我们都不愿见到的，所以我害怕，怕你一旦知道所有的一切之后，会失望，会离开。可是这一天，还是来了。"

他笑得苦涩落寞，我不知道自己怎么了，所有令我不安的东西都随着他的出现而羽化灰飞，可更大的悲伤却漫溢上心头。

被艾伦束缚在阁楼里的时候，被艾伦一次次设计陷害的时候，我想的是，就算全世界与我为敌，我也要和他在一起。

那是一种再强烈不过的愿望。

因为，我看到喷出黑雾的怪兽就住在艾伦的心底，潜伏多日。

每一次的爆发都比之前要更加凶猛激烈，难以抵挡。

想来，我最害怕的便是他会伤害到彦辰，那么现在这样的结果，不早就是我所期待的么。

我环住他的腰，眼泪一滴一滴蹭到他的胸前，喃喃道："十年，我们从恋人变到陌生。"

他静静抱住我，半晌才说："你还有我。"

他牵起我的手，带我下楼。本来黑漆漆的一段路，因为有他在，竟格外的安心。

电梯似乎临时有些故障，红色的按钮停在11楼像卡住了般，好久也不动。他上前查看，可是我却很感谢上天给了我们这样临时的安宁。

不知道楼下会乱成什么样子，他的脸上完全看不出一点点慌张。

窗外的月光照进来，心里像是一块大石头落了地。

我走过去从背后搂住他的腰，脸贴在他的背上，他的背好宽广，难怪能容下那么强大的一颗心。

"有情人终成眷属，真的就那么难么？漫漫长路，要怎样才能走到尽头。"我有些累了，说不担心艾伦回去挨骂是假的，更何况我害怕我的父母根本不会赞同我和彦辰在一起。

任谁想想，都会觉得这是一场荒谬绝伦的闹剧。

阿姨和妈妈来上海劝我原谅艾伦出轨的场景还历历在目，而现在我却和我的心上人一起联手，将他逼上了绝境……

他握住我的手，掌心的热度顺着指尖一点点传到心底，他说："漫漫长路，我陪你走。"

我吸回去又要流下来的眼泪，恰好他转过身子，只看了我一眼，便体贴地没再说话，露出好看的微笑。他怎么可以这样耀眼，以前只觉得他头脑睿智、内敛沉稳，倒是从未想过他的手段也可以这样强硬。短短十天，就可以迅速布局、查证、打入内部、瓦解势力。

他做这一切的时候，都将我排除在外，我现在才懂他一句"害怕"究竟容纳了多少纠结和担心。他悄无声息地掌握着一切，唯独害怕赢了所有，却输了我。

心里很乱，像是所有的麻线都揪扯在一起，信息一下子来得过于迅猛，我想要解开所有的结，却无奈地发现我自己都被束缚了进去，缠缠绕绕，越绑越乱。

电梯门在这一刻恰好打开，他拥着我进去，温暖的感觉从四面八方袭来，一瞬间，外面的风声呼啸声伤冻都暂时可以远离了，这样真好。

十指相扣，不去想未来多一分多一秒。

能牵着手，哪怕再多走一个路口，也是美好。

"又走神了。"他捏了捏我的手心，笑道。

我打起精神："烟花表演都结束了，你对媒体失言了，明天不知道他们又要怎么乱写了。"

无疑抬眸，却正好撞上凝望着我的漆黑眸光。

他没有接话，只是无比干脆地低头、拎起我的下巴——真的只能用"拎"这个动词。——然后，毫不犹豫地吻了下来。

我放纵自己沉迷在他的深情里。艾伦变成这样，本不是我们想见，彦辰尽了最大的努力来保全我们的幸福，我说服自己用时间去淡化这段伤痛，原谅我，我真的很自私，我只想和他在一起，永远永远不分开。

毕竟，我爱他啊。

他的嘴角牵起笑，神色有难抑的欣喜。"你忘记了？还有一对活宝可以抓紧时间好好表现，这可是千载难逢的机会。倒是你，待会儿这样狼狈地下去，怎样见人。"

说着他已经动手帮我挽起头发，又替我整理了脸上的妆容和衣服，温热的手掌带过一阵阵暖流，我不由地红了脸颊。

"看来不用再上妆了，这样已经跟涂了胭脂一样。"

我瞪他，都什么时候了，还在开玩笑。

琳达和恩浩这对活宝果然没负所托，琳达光走个数百米的红毯就花了近半个小时的时间，也无怪今晚的典礼太隆重了一些，唐恩浩又是声名鹊起的唐家大少，名气绝不在彦辰之下。他一向以桃花朵朵开出名，换女人的速度比换衣服还快，而今晚他的目光却一瞬不瞬停留在眼前这只花蝴蝶身上，眸里满满都是深情。都说花心大少决心稳定下来，简直堪比浪子回头金不换，看来明日的各大报纸头条还不一定是彦辰和我，倒很有可能是这一对冤家。

这样想着，心情倒是好了很多。

远远看见琳达朝我们瞥了一眼，目光只是一瞬间的交汇，我却看懂了所有的情绪。担心、焦虑、恐慌、以及尘埃落定。

我的手脚又忍不住颤抖起来，她若是知道彦辰这样对付他哥哥，会不会恨死我们。

他牵起我的手挽上他的手臂，宠溺地看着我。我恍惚自己又走了神，冲他抱歉一笑。镁光灯顷刻间自四面八方汹涌而至，有他在身边，脚下就是世界的中心。

开香槟、放礼花、揭大幕、送T恤。

今天的媒体见面会空前盛大，他立于台中，精简开场，有记者穷追不舍问道我们的关系，他亦只是淡淡一笑，举止间皆是进退维谷游刃有余。

月白下长身玉立的男子身姿俊挺，就站在发言台后，借着明亮的光晕，能看到脸上怔忪又严谨的表情。一束一束礼花在身后盘旋盛开，一阵一阵掌声在台下经久不息。他唇边漫开笑意，深邃的眼眸里我的倩影独立。

有四个字，叫一眼万年。这是只有身在其中的恋人，方能体会的感觉。只要能和他在一起，做梦是快乐，吹风淋雨是快乐，冰冻到唇白眼红亦是快乐。我像是一个旁观者看着他风生水起，脑海里关于这些日子或担忧或欣喜的过往，是那样真实存在，提醒着我，他无处不在，完美而强大。

好像，真的喜欢他到无以复加的地步了呢。

我喜欢跟他一起对着电脑研究那些完美的设计，有的灵动、有的新颖、有的意义深刻……我喜欢跟他研究各种各样的难题，或是猜测设计师们每一处设计背后的灵感和故事，那些时候，我总会觉得，我们生活在同样一个世界里。

我喜欢他在给我讲股指那些变幻莫测的数字的时候，悄悄用手触碰他的手指，感受他呼吸骤然停止的窘迫，接着放纵他与我唇齿相戏，又在最后一刻前彼此喘着气停了下来。那时候我的心底就会泛起无边无际的甜蜜，因为这样完美蛊惑的男人，他正深深爱着我。

我忍不住弯起了嘴角，拍拍有些发红的脸颊。甫一转身，正好对上沈之蔓温温淡淡的眼神。

我看懂她的手势，点头答应。继而提起裙角，拐了几个弯，来到人群稍少的一角沙发上。

"谢谢你。"我是诚心的。

她笑出声来，以前只觉得她明艳动人，而今日却觉得她由骨子里都散发出一股生机，让我也忍不住频频侧目。

"我现在是理解了为什么彦辰一直担心你会走丢，就在他的地盘上，你都会临开场还一个人跑进电梯冲到顶楼去，更何况其他情况下。"她促狭地笑话我。

想起我走前本来是准备叫住她，又临时奔向电梯的场景，我讶异叹道："原来是你告诉他的！怪不得，我说他怎么那么快就能找到我。"想到这里，我心底对她的谢意又多了一层。

暖暖的，好像就可以忽略掉这段日子里那些照片和电话的不愉快了。

她饶有深意地看了我一眼，眸里含了隐约的笑意："他有自己的不得已，他太爱你，所以是抱着破釜沉舟的心态来拼尽最后一搏。他在赌，一方是你和艾伦十年青梅竹马的情谊，一方是你对他的爱。"

她顿了顿，很是赞许："现在看来，他赢了。"话毕眸光又清清淡淡地绕到杯子里的酒上，笑容里还是有些许惆怅："他这一辈子，总是在赢。"

我知道她又想起了以往，不知为何，以前因为她对我的敌意，又因为她的身份，我总是觉得她难以亲近。可我又矛盾地欣赏着她的独立和骄傲，如今她这样子和我落落大方地侃侃而谈，直觉告诉我，她约莫放下了很多事。

只不过，我想不通，到底发生了什么事情，让沈之蔓突然改变。

她转过头来，风情万种的笑渐渐敛去，声音都变得淡淡的："艾伦找到我的时候，我已经知道你们在一起了。那晚在洛杉矶酒店里见到你，我当真不知道你是要逃婚。"

我低头不语，小啜了一口酒。

她接着说道："艾伦问我，你恨么？"

她虽然说得云淡风轻，可我一想到艾伦扭曲的面容，还是禁不住颤了一下。她笑了笑，似是安抚我："我的第一反应自然是恨，于是我们一拍即合，他说他要报复，我说我只要彦辰。所以，接下来他让我做的

/287

事情，没有超过底线的，我都答应了。"

我想了想，犹疑着重复道："底线？"

周遭声音很响，可这一方角落却着实静谧。她抬头扫我一眼，复又喝了一口酒道："是啊，底线。"

"说我偏执也罢，着了魔也罢，我能够接受他带走广告商、供货商、渠道商，因为那些商场上的利害斗争，我本就不大懂，也不关心。可偏偏艾伦越来越过分，我看到五位设计师的样稿和我自己给他的一些作品，都被当成垃圾随手丢进垃圾桶，我当时很愤怒，我不能容忍一个时尚圈子里的老总，居然对时尚是这种不尊重的态度，那是我们第一次争吵。我说他不配站在时尚界的前缘，他则说，他怀疑我与他合作的诚意。"

我简直难以置信，可是她脸上的笑容开始变得苦涩，眼里也有光亮熄灭，我意识到，接下来的话，必定对她是噩梦一样的存在。

"他应允我的巴黎和米兰的时装周的机会，转眼就拱手给了别人。我气愤地去找他，却没料到他趁我出门时派人偷了我最新一期时装秀的样稿，美其名曰担心我立场不稳，暂时替我保存。我们发生了激烈的争吵，他后来竟然当着我的面，一张张撕碎了它们。"

她顿了顿，一滴泪啪一声掉在手背上，她擦去，仍是若无其事地喝了一口酒，道："他撕掉的，是我将近一年的所有心血。"

我不知道她当时的反应如何，可是我想，那一定很疼。

我走近一点坐下，握住她的手。她目光看着前方，斜了斜头自我嘲笑道："我知道的，这是报应。"

"三年前我被利用，拿走了他公司的秘密，三年后回来又差点毁了他，我想，拿走我的这些东西作为归还，老天爷还是厚待了我的。"

四周人声鼎沸，来来往往的人群热闹不凡，我和她相视一笑，又各自移开眼神。我看着手中高脚杯里明晃晃的液体，忍不住想，老天究竟要我们承受多少痛苦，才能让我们变成一副骄傲满满、百毒不侵的大人模样。

思绪被她打断："其实，还发生了一件事，才是彻底让我死了心。"

她突然换上了严肃的神色，看得我心一紧。她兀然笑道："你总不至于傻到相信，我的手稿被艾伦毁了，我立刻就倒戈相向了？怎么可能，那时候我对你们俩，是要多恨有多恨，我想要夺回彦辰，看着你哭的愿望，比之前任何一次都来得强烈！"

我颤了颤，为眼前这个女子这一刻散发的气场伤到。世人所谓一句一伤，有时候我们害怕抑或心伤的，并不是因为那些话不好，而是不能承受。

附近的纱帘被风吹动，她起身走到窗边，杏色的长裙移动，摩擦的细碎声音就像晴好时分院中随风起舞的梧桐叶，摇曳一地风情。

我顺其本心，站在她身后，问出了一直以来我想知道的问题。"那天晚上，到底发生了什么事情？"

她回头，眼里的神采瞬息万变，我根本把握不住。她沉默了半晌，才说："那晚，我准备了烛光、美酒、音乐、利诱、我甚至在我的屋子里摆满了我们所有的回忆，相框里的，或者画里面的。"

她的声音变得飘渺起来，似乎在细细想着怎样也想不通的事情："可惜我算好了所有的一切，唯独算错了他对你的真心。我脱光了衣服，他看都没看我一眼，带上门就走了。"她在笑，可是笑里面并不是沉痛："他以前那样深情，可是他的深情给了别人之后，对我的就是漫天盖地的绝情了。他连衣服都没帮我披上，转身就走了。我瘫在地上，捡起衣服和我可怜的自尊，看着被摔碎的相框，想着，我跟彦辰，当真是什么都不会再有了。"

　　光听着她说这些话，我都感到疼痛。我一直都知道，有些东西越是用力越留不住，比如破碎了的玻璃相框，比如已经画上了句号的爱情。

　　我低低开口："那后来呢？"

　　后来为什么你就突然不恨了，愿意帮我们了。失了事业和爱情的女子，该是满心的委屈和苦痛才是，若是我，怕也不可能不恨。

　　"后来啊，我都已经和艾伦决裂了，当然不会再让他控制我，至于彦辰……"她眯了眯眼睛，"他不爱得那样彻底了，我还苦苦留守有何意义？"

　　她笑着看向我："你知道的，我一直都很骄傲。"

　　我点点头，又听着她说了一些。原来去法国是彦辰的主意，一方面送沈之蔓去那边见Vivian寻求开导，一方面为自己去美国做遮掩。

　　虽然她之后没和艾伦联系过，但艾伦看着沈之蔓和彦辰走得那样近，也以为是自己撕掉了她的手稿导致她变得疯狂。孰不知沈之蔓跟Vivian聊天之后，如醍醐灌顶，接着新画的稿子反倒像涅槃了重生一般，带着破茧成蝶、势不可挡的锐气和一线热烈爆发的美丽。

　　连Vivian都说，这样的作品可以把她再次推向世界的巅峰！

　　所以说，上帝总是公平的。比如让我出了车祸，收获了彦辰；比如让沈之蔓失了爱情，却让她蜕变得彻彻底底，更加完美。

　　她说："所以说恨，我也不恨了。我发现事业能带给我的欣喜和激动远远胜过彦辰给我的爱情，这也是三年前我走得那样决绝的原因。他母亲给了我钱，我只拿了足够保证我不会在纽约饿死的那部分。他们都以为我是因为钱走的，其实我只是用了那样少的一笔钱作为我所有梦想的起航点，再后来，我果真没有让自己失望。"

　　我们陷入长久的沉默，这些事情到底能不能用对错和值不值得去衡量，我不知道。我只知道，因为爱情，我们一再失去，又一再收获。在这样不断循环往复的过程里，最重要的还是，我们都能认清楚自己的心，知道我们想要的到底是什么。

她说，她最爱的，还是事业。飞蛾扑火亦在所不惜。就像，我对彦辰的爱。

不知不觉我们已经聊了这样久长，最后要离开的时候，她突然拉住我的手臂，对我说了一句话："我到最近才看开，原来性格真的能决定很多东西。"

我静默着等她下文。

她微微扬起下巴，看着屋外高远黑夜苍穹，轻轻笑了两声："我一直都想成为一个女强人，但是只要在彦辰身边，我就会觉得自己是一个弱小的需要被保护的女孩子，这种感觉很沮丧。所以，你比我更适合爱他。"

我莞尔一笑，发自内心说道："有些时候我们容许自己的脆弱，其实是为了更加的坚强。要成为女人并不一定要求我们失去女孩子的特质。"

她抬起眼睛看我，眼角微微上挑，眸里尽是说不出的诧异。我笑着低头，静静走开。

直到走远了还是忍不住回头看了一眼，那样骄傲美丽的女子，独自倚窗看着夜色，嘴角还带着淡淡的笑意，说是清冷却又华贵，我亦忍不住勾起了嘴角。

这大概是我能想见的最好的结局。

Fairy Tale20周年庆典圆满结束后，我才充分体会到什么叫身心俱疲，同时也顺便让彦辰体会到了什么叫身心俱疲带来的后果。——我在床上整整睡了19个小时，醒来的时候已经是第二天下午三点了，而身下躺着的是彦辰的大床。

翻个身子似乎还能闻到他萦绕在身侧的淡淡清香，只是想到上次我进到他房间发现的那盘CD，心里还是有些许的不舒服。

好吧，我就是很小气，一想到这张床上曾经躺过别的女人，我就很很很不开心！

不开心的后果就是——我直接喊出了声：我要买新的床上用品啊啊啊！

这一喊，彦辰立刻出现在了房门口，好整以暇地盯着我看，我局促地讨好笑道："就是，就是关心你的身体健康，这床单用得久了，还是换换好，你说是不是啊？呵呵呵。"

他一脸严肃地频频点头，然后看了看我混沌不堪的全身："起来洗个澡换身衣服，我们立刻去买床上用品。"

怎么总觉得他说最后五个字的方式那么奇怪呢？就像是……蕴藏着极大的阴谋一样。

想了半天也没想出结果，反倒是又将昨晚上发生的事情细细回忆了一遍。

我想起他眼睛里的慌张："洛丽塔，我那样对艾伦，你真的能原谅我？"

在得到我肯定的回答之后，他依旧在问："晚上媒体记者问我们的关系，我没有直接承认，你会怪我吗？"

这个男人，什么时候变得这样患得患失了！

我往他怀里拣了个舒服的姿势蹭道："我都明白的。"

他的眸里升起亮光："哦？你倒是说说，你怎么明白了。"

我摇头叹气，又不过瘾地捶了他一拳："你刚刚给艾伦那样致命一击，我的父母一定会在气头上。你这样突然宣布我们的关系，她们一定会觉得这事我也参与进去了，亲人朋友间背叛反目，这会让我在他们和傅爷爷面前都难做人。所以你宁愿一个人把这些罪责都承担下来。"

说到此，我反而黯然了下来，这个男人，做的所有的一切，都是为了我。我低低开口："彦辰，我……我很心疼你。"

最大的进口超市。

他自顾推着车子往前，一路看到零食看似随意地挑拣下，就往车里一放。我凑过去好奇地拎起来看，一个、两个，心里浮起怪异的感觉，竟然都是我爱吃的口味。

"彦辰，你怎么会知道？"

他浑不在意地又从架子上拿了一些下来，放在手里仔细挑着口味，只说道："我记得你原来住在我家的时候，似乎买过这些，就记住了。"

被他感动得稀里哗啦，一路甜蜜得七荤八素了，不知怎么地我就被他带到了顶楼——床上用品专卖地。

于是我那风中残烛的一簇小火苗"刷"一下，就彻底熄灭了。

没想到我醒来时候的随意一句话，真的被他记挂到现在了。我想着女孩子还是娇羞一点比较得体，于是扭捏不肯陪他逛，可他挑眉一笑，一把拉着我就四处兜转了起来。

引导员小姐高效率地迎上我们，询问有无需要帮忙的地方。彦辰挑选得很专注，我则有些不好意思地别过脸，于是听见不远处几个引导员小姐在窃窃私语，满脸倾慕地说着："天哪！好帅！"

窸窸窣窣的女孩子刻意压低的尖叫声不少，可他却宛如置身事外一点也没听到一般，我再转眼再看看他那张脸，顿时有种想给他毁容的冲动。

以前从未见过彦辰这么挑剔的一面，什么这个图案太艳了，这个颜色太素了，引导员在一旁频频拭汗，看得出来眼前这个是大主顾，于是更是拼命想要讨好。

直到，彦辰停在了一个床前。

我看到他露出满意的神色简直难以置信，于是我拽了拽他的袖子，心道：要不要买这样大红色的喜庆床单啊，太俗了点吧。

可他完全体会不到我悲愤的心情，就连站在一旁的引导员小姐都长嘘一口气大赞道："先生太太您们可真有眼光，这款是磁动力悬浮床，可以配合着人体前后、左右运动，又舒适又可以理疗。"

配合……人体……运动……

是我不纯洁还是我不纯洁还是我不纯洁吗？可是彦辰竟然是一副再正派不过的神色："嗯，可以，这款有助睡眠，还可以消除疲劳，去哪里签单？"

引导员小姐于是笑得花枝乱颤，转身就要带我们去开票，苍天啊，我以为只要买床单什么的就可以了，他他他居然连床也一起买下了。我实在是羞得脸堪比红番茄了，也顾不得其他，心里只盼望着能够快些买完回家。

事实证明，一定是今天向上帝祈祷的人太多了，他老人家就把我给忘了。

因为天不遂人愿，原定于后天去见彦辰父母的计划，被意外搁浅了。换个说法也就是——被提前了啊啊啊！

这一层楼本来就我和彦辰两位顾客，可是现在眼前迎面竟然走来了一对夫妻，彦辰显然也看到了，然后竟然揽着我笑着朝他们走去。

她见到我们，笑得分外亲切，我也想起来了，她就是我在医院里有过一面之缘的，甚至还拉着她手臂以示亲切的……彦辰的妈妈。

人未近，欢声笑语已至："我跟你爸闲来出来逛逛，倒没想到能在这里碰到你们。"

彦辰走上前给了他们西式的拥抱："我带洛丽塔出来买点东西，正准备过几日回去看看您们。"

他父亲大笑道："择日不如撞日，我和你母亲也还没吃，就今天好好聚一下吧。"

二老笑意满满地将我从上到下打量了好几番，弄得我羞赧不已，毕竟在这种地方撞上未来的公公婆婆，尴尬什么的，着实让我很想哭。

不过令我意料不到的是，他们都十分和蔼，真的只是随便撞见了然后吃个饭而已，关于最近娱乐时尚界炒得沸沸扬扬的我、彦辰、艾伦的事情，什么问题都没有问我。

我的心也渐渐安定了下来。不过后来彦辰嘲笑我太笨了，说我也不好好想想，对着儿子好不容易动心一次的女朋友，他们能摆出一副臭脸么。

道别的时候，他妈妈在他耳边小声说了几句话，我虽然听不见，但她总是若有若无地朝我投来含笑一瞥，让我有些不好的预感。

彦辰也笑得有些隐讳，看我一眼低声应道："我知道了。"

目送完二老离去，走到车门边，我突然转身，拽着他的袖子逼问道："伯母和你说什么了，笑成那样！"

他似乎没有料到我来这一招，极力压抑着笑意说："你不会想要知道的，我们回去吧，床已经送到了。"

他为我打开车门，我却失落地迟迟不肯坐进去，揉了揉我的头发："怎么了？"

我低低说道："是不是伯母说我不好？"

"不是！她说……"见我目光灼灼地看着他，他离开我一点，轻轻干咳了一声，"她说，现在的女孩子，要怀了孩子才能跑不掉！"

"啊！"我吓得差点站不稳，怪不得他知趣地站远了一点，显然料到我会打他。看着他促狭的笑，我再也说不出话，直接躲进了车子里，一路无话，也不看他。

只是这颗心，总是顺着他的车速越来越快，越来越快。

车停在了家门口。

他探身过来像往常一样替我解安全带，可不知为何，今天我心口跳得比往常都快，刚刚抬眸便对上他双唇微启，下一秒他微凉的唇就紧紧覆了上来。因为震惊，我张开的嘴还没来得及合上，他的舌便灵巧地闯入，肆无忌惮地攻占和索取。

身体被安全带绑着，不能移动，避无可避，所有整个身子完全被他圈在他的怀抱里，我脸红到耳根，手忙脚乱地去抓他不安分的手，结果反而弄得更加狼狈，扣子都松散了两颗。

他似乎并不想停下，唇直往下滑，声音忽地变得沙哑异常："洛丽塔，可以吗？"

可以吗？

我的思维还处于死机的状态，胸口还在剧烈的起伏，呼吸困难。其实擦枪走火什么的，的确好多次了我都差点被吃干抹净了，就比如昨天晚上他吻我吻到昏天暗地的时候，我居然就睡着了，歪在他胸前发出轻微均匀的呼吸声，剩下箭在弦上的某人，一副哭笑不得咬牙切齿的模样，简直哀怨极了。

想到此，我忍不住笑出声来，对上他闪烁的明亮眼神，我静了静，顺势把脸埋进他的怀里，轻轻说道："可以的。"

他受到了极大的鼓励，便再也克制不住，刚被他抱进电梯里，他就急不可耐地长身逼近，俯下身子攫住我的双唇，又是一阵狂风暴雨般的席卷。

屋子里没有开灯，他拥着我一起倒在了刚送来的大床上，纱帘被风吹起，淡淡的月光洒了进来，映着我们身下火红色的床单更是妖魅诱人至极。

他轻轻抚弄着我的鬓发，一点一点轻吻下来，我闪烁的眸光中流露出慌乱的情绪，被他察觉到，温言道："乖，别怕。"

吻往下移，他开始舔我的脖颈，伴随着吮吻、啮咬、然后是肩膀……渐渐的，他由温柔的逗弄过渡到凶猛的吸吮和噬咬，我仰着头难耐地哼了一声，身上一把火腾地烧了起来。

什么时候赤裸相见我已经没有意识了，第一次被人这样舔啮，那种感觉——奇妙又激烈，我想要推拒却反而越来越沉溺其中不能自拔。我的手自觉绕上他的脖子，感受着他和我一样的炙热，直到他腰一沉，直直进入我的身体。

我的眼泪立刻掉了下来，比预想中的还要疼，那疼痛来得真实，但满足和疼痛一样真实，我紧紧抱住他的脊背，半睁开眯着的含泪眼眸，想要好好看看他，想要这梦慢点结束。

因为，我喜欢，我喜欢他喜欢得这样。

他的动作停了下来，喘着粗气，不可置信地问我："怎……怎么会？"

我笑得伤感又明媚，点点头吃力地说道："我没有让他碰过我。"

他浑浊的眼神里溢出心疼，强迫自己慢下来，他温柔地再度开始吻我，等我放松等我适应。我知道他忍得很辛苦，于是我忍住痛，用尽全力做了一个他没有想到的动作——

我咬牙抬起双腿，紧紧勾住他的腰，让自己更紧地与他贴合！

盛夏灼热的气息愈演愈烈，家里面灼热的气息也随着某人愈见频繁的次数而顺带着愈演愈烈。

阳台上放了一把藤椅，我躺在上面看书。

"怎么看了这么久，还停在这一页？"手中的书被抽走，他什么时候回来的我竟然又没有发觉。

我眯起眼眸打量着他，一身阿玛尼的休闲男装，配上他一米八以上的身材，相当抢眼。

"今天怎么回来得这么晚啊？"我站起身来勾他的脖子，可笑意在看到他严肃不安的神色时，渐渐敛去。

心底蓦地拂过不好的预感。果然，他看我一眼，眸光复杂难辨："恩浩说，琳达不见了。"

有凉风袭过，阵阵呼啸。

猛然记起她前日跟我打了那么久的电话，我若肯多花一些心思听她说话，怎么会听不出那字里行间的征兆。

她的口气分明就是心事重重，可我沉迷于和彦辰的现世安稳，竟将她忽略得这样彻底。

我问她怪我吗？

她在电话那端口气淡淡，只说各人有各人的命。还笑言我要是不和彦辰好好过日子，她所有的心血都白费了。

我以为她不在意艾伦的事情，可我忘记了，那毕竟是她同父同母的亲哥哥。一晃二十多年，从牙牙学语到如今风姿卓越，艾伦因为我们才会从高处跌下。而彼时，她正在我们身边帮忙张罗周年庆典。

她认为自己是帮凶，她认为自己竟在不知觉间站到了亲哥哥的对立面。她不能接受我们，也不能接受恩浩。可她什么都不说，我便也没有看见她心里面的苦。

我不配是她最好的朋友。

彦辰扶住我颤抖的身子，有些不知所措地蹙眉："我们一起去见见恩浩。"

除了点头，我没有其他的想法。

我本以为恩浩和琳达根本不会有多深的感情，毕竟都是在爱里面散漫惯了的人，谁能一下子就放弃以往所有的新鲜感，转而接受新的爱情规则。

可看到他的那一幕，我还是难过了，原来爱情才是这个世界上最无法掌控的事情。也许是在爱里面流浪久了，所以才更向往安定。可好不容易真可以安定下来了，又因为哥哥的原因，她不得不举步离开。

他一直在喝酒，脸上都是颓败的灰色。

任何安慰都靠近不得。

从恩浩那里回来的时候，身旁的彦辰突然道："天阴了，看样子要下雨了。"

话刚落地天边陡然出现一道闪电，紧接着像是从地底传来的轰隆雷声，倾盆的大雨从天而降，彦辰脱下西服挡在我的头顶，可我还是不可避免地被浇得湿透。

身体因为雷电而绷得直直，下一刻被紧紧拥入他的怀里，他轻轻拍我的脊背，像安慰小孩子般："你要给他们时间，相信天意不会那么残忍。"

我撑起身子目不转睛看他的脸，"我从没见过这样认真的恩浩，也从未见过这世上哪一个男人，会为了琳达露出这样子的惊慌失措，我一直以为他们是各取所需，我一直以为我们做的都是对的，可直到琳达走了，我才发现，我们是不是太残忍了？"

残忍到只顾全我们自己的幸福，也不问这是不是加注在他们身上的痛楚。她成全了我，可如果她不幸福了，我还能怎样幸福下去。

眼前的道路太纷繁复杂，我们转一转身，就再也不见了爱情。

电话打不通，我跟阿姨联系过，旁敲侧击后才知道，家那边还不知道琳达的事情，倒是说艾伦的结果出来了，爸爸妈妈对我都很不满，最近在找我。可我哪顾得上飞回美国去向他们解释，我只会每日每夜守着Skype窗口，希望不时琳达的页面就会亮了起来。

可每到新的一天，希望从清晨升起，然后又随着太阳落去而消失。

终于，Skype的窗口亮了亮。

我简直不敢相信！颤抖的手点开窗口，真的是她！

可我还没开口，她一上线就将我劈头盖脸地骂了一顿。我才知道原来彦辰将我藏得太好，连我妈妈约我见面，都根本联系不上我，要不然她才不舍得离开自己的清净世界，跑出来管我的事。

她发了几张极美的照片，背景都是不同的地方。言语间都是最近旅行的足迹，却只字不提恩浩。

这样也好，感情的事情，别人都帮不上忙，只有靠她自己想通走出来。

看着她拍的照片，有法国如画一般的小镇，浓墨重彩，几番新旧，曾经是艾伦、琳达和我想要结伴去的地方，只可惜现在，只有她一个人来替我们完成还未开始的旅行。

还有月亮爬得不太高的圣托里尼伊亚小镇；北佛罗里达的清晨，紫色的梦被阳光轻轻敲醒；还有哥特和巴洛克式的建筑、古堡山川，有情调的小酒吧，无论是谁，都能在那里找到一段属于自己的现在，或者历史，哪怕只是昙花一现的瞬间。

我认识那里——欧洲最美布拉格，我用微笑面对你。

二十多年了，我最想去的就是布拉格。我忍不住用手指细细摩挲电脑上色彩艳丽的布拉格，看得沉醉之时冷不防背后传来恩浩的声音。

我惊吓地站起身，电脑盖被我猛地关上。

他着急地问我："你是不是有她的消息了？你快告诉我！"

我被他捏得吃痛，还是摇了摇头："我不知道。"

任凭恩浩怎么问我，我都坚决否认。

只因这是琳达想要的结果。

几天后，和妈妈约在郊外的一家咖啡馆见面了。

之前想过很多说服她的话，也想过她捶胸顿足恨铁不成钢的模样。可我当真没有想到，她像是一下子老了很多，明明眼含泪水，却只是问我："最重要的是，他对你好不好啊？"

我笑得灿烂："很好，我第一次感到有人对我这么好。"

她没有再说话。

我拉开位子附近小阳台的窗帘，看到整座城市都陷入了夜色之前微妙的沉寂。

而楼下站着的那个颀长的身影——

我诧异地用眼神问坐在对面的妈妈。

她点头："艾伦有些话想要当面对你说，去见见他吧。"

其实还能说些什么呢。走过这么一段路，有那么多的也许都被我们错过，每颗心都会转换季节，那些所谓的伤害和深爱，都该被放下了，这样，我们才能走得更远。

风拂过身侧，他眼中闪过一些东西，来不及捕捉便归于静谧："现在这样的生活很好，我也要去布拉格了，可能会在那里住上一段日子。"

我抚弄了被风吹乱的头发，笑出声："这样真好，见到琳达了，代我告诉她，我很想她。"

他目光移向我，看了许久也不忍挪开，那么多年的记忆从脑海里一幕幕放过，我突然眼里就氤氲起雾气来。

下一秒，就被他紧紧拥进怀里，极低的声音吐在我的耳边："不要怪我。"

我流着眼泪答应。

他抱得更用力了一点，声音有些哽咽："要幸福，好么？"

我点头，用力地点头："我会的。"

不知道还能说些什么，他用力揉乱我的头发，像以前一样。

远处的落日洒尽最后一缕斜晖，我们一直站到夜幕降临，直到妈妈过来。

我想，我们可以各自找着借口埋怨这一切。或者，我们何不换一种思考，那并不是任何一个人的错，而是命运。

走到今天，我们是真的结束了。他和我妈妈一起离开了上海，我选择留在这里。

我知道，这是我最想要的幸福。

--全文完--

桃夭

番外一：我们之间最美好的过往，只是上天放错了的流年

她遇到他的那一年，繁花开尽江南春。

可是她常常在想，秦彦辰啊秦彦辰，怎样才能让你遇见我，在最美的年华里。

那时候的她，还未被所谓的世故磨掉棱角，还没有变得沧桑包容无奈心死，只是一个第一眼见到他，会站在雨帘里哭得肝肠寸断的女孩子罢了。

她在孤儿院长大，自小都没什么朋友，小孩子见她长得漂亮，常常

会合起伙来往她脸上抹泥巴。她从来不哭，因为她从心眼里瞧不起孤儿院的这些野孩子，可她忘记了，自己也是其中之一。

被丢弃的、被讨厌的、深埋地下的、肮脏孤寂的——命运。

直到，爱上他，又被他爱上。再抛弃，又被抛弃。

她犯过错，被对手公司欺骗和利用，以至于私自拿走了彦辰公司的秘密。可谁看到她一个人在异国他乡追悔莫及的样子？他妈妈因此讨厌她，在婚礼前夕拿钱砸她的自尊和骄傲，她终是选择了逃。

在最爱的时候离开，他应该会痛得记住自己吧，哪怕只是恨也好啊。

一晃三年。

自由就在身后，退一步便是海阔天空。可她始终作茧自缚，走不出曾经那个男子为自己建的城。

任是自尊如她，也不得不承认，千里迢迢赶回来再见他一面，只是为了再度修好。她藏在小区假山一隅，眼底终于出现他自纷扰花落间缓步而来的身影时，一颗心终是极不争气地狠狠跳动。

就连哆哆都还是旧日的风采，他一身衬衫休闲裤的身影更显闲情逸致，风雅到极致。

他朝身侧的人不经意淡淡一瞥，女孩子稚气未脱的嗓音随着响起："那个，不好意思啊，又麻烦你来接我们。可是这不能怪我的，哆哆它都找不到回家的路，我鼻子又没它灵，所以……"

他停下脚步偏头看她："一个月遛狗总计十次，迷路了八次。你倒真是很能干。"

女孩子有些气短地垂头道："我是有原因的。"

他笑道："又有什么新想出来的原因了？"

女孩子分明一副很受伤很受伤的表情，撇了撇嘴退后一点，磨磨蹭蹭从身上掏出一个盒子："喏，我今天是去领快递的，真是狗咬吕洞宾不识好人心，给你买了礼物，你还一副冷冰冰的样子，不就遛狗迷路么，至于说说说一路说回来么！"

不过说归说，女孩子还是气恼地蹲在一旁摸哆哆的头，低低诅咒道："去咬他！"

他举着快递盒子看了又看，眼角留意着她的一颦一笑一举一动，终是忍不住挑眉笑出声来："居然晓得送礼物了？"

假山离他们两人一狗不过极近的距离，可是他们都没有发现自己。之蔓的手紧紧掐着假山石，微微有些疼痛，可眼里只能看到他拆盒子的专注。

竟是一条粉红色的领带。

她差点叫出声来，那明显一看就是做工极差的阿玛尼赝品，彦辰若有所思地看了女孩子一眼，女孩子本来汹汹的气势瞬间蔫了下来，不自觉又往后退了几步。

她弯了弯唇角，等着看好戏。

可是她没料到，彦辰居然一句话没有说，很开心地自顾戴上了领带，又揉了揉女孩子的头发，笑得粲然。

不只是自己，就连本来想整整他的女孩子都一副不可置信的模样。她愣了片刻，继而挥挥手仰头大方道："算了，看在戴上去这么帅的情况下，我就不生你气了。回家，回家了！"

彦辰应是极开心了，连话尾的音调都高高上扬："戴上去真的很帅么？那我以后都戴着它去公司给人瞧瞧好了，正好今晚还有个宴会，我正愁没有新的领带，洛丽塔你这礼物我很喜欢。"

他目光灼灼，女孩子突然跳了起来："不不不，宴会就别戴这个了，这个是很帅，但是……"他抱臂等着她的下文，她吞了吞口水接着说道："你还可以更帅一点的！"然后讨好似地拽着他的袖子，想要让他摘下那根蹩脚的领带。

他不依，女孩子着急得又蹦又跳想要去抢，被彦辰举高到她够不着的地方："送出手的礼物怎么好拿回去呢？"

之蔓忽然觉得眼睛被刺了似的，能清楚感到心底隐约的痛，一点一点放大，像被猛兽咬了一口。她跟跄后退一步，被身后的石头绊倒，啪地一声，人也随之滑倒，碎裂的小石子划破修长手指。

钻心的疼。

原来自她走后，他也可以那样笑，连眼底都是愉悦的样子。他也可以那么用心和宠溺，仿佛天下的诸多大事，只有她是最大的那件事。

他唤那个女孩子，洛丽塔？

之蔓突然觉得惶恐，回忆里自己和他的那些绵软情意，仿似都那样虚假，像是结冻的冰絮，段段碎裂。

他们从来都是相敬如宾，何曾有过这样子的欢愉和玩笑，常常话不投机就要吵了起来，她何曾见过他对自己像对洛丽塔那样的微笑，他将手放在洛丽塔的额头，那种真心的温柔，在此时，只令人感到一种巨大的悲哀。

这是她所不了解的秦彦辰。

她看着两人渐行渐远，突然就没了力气似的，蹲在地上像个孩子一样哭泣。她习惯将自己伪装得太坚强，骄傲地以为只要她肯放下身段回来道个歉，他还是会在原地等她。

可未等她开口挽留，他已有了旁人，隔着这样的距离望他们都能触动心底酸楚，百般滋味都纠结在了一起。

甚至，她还未曾想好怎样面对他，怎样面对彼此间恩怨爱恋重重，他却已为她预设好了选择——她都不需要开口，只要沉默便可，沉默地离去。

何其简单，何其残忍。

她浑浑噩噩回到才买的房子，躺在优昙花为背景的床单上。

她缓缓闭上眼睛，用手盖住，半晌，十指移开处有淡淡的泪痕，她看着手指上他送的那枚海洋之星戒指，良久，眼中浮起一丝冷淡笑意。

想来，他们之间，也许正是从第一次争吵之后，就开始互生嫌隙了。

以前，她一直向他隐瞒着自己的贫穷和落魄，从不肯带他去公寓里坐坐，就连他要送她回家，她都是先带他到别的小区，等他走远了，自己才慢慢散步回到租住的地方。

就像是做了错事的孩子，她每天都在祈祷不要被发现。

可某一天，彦辰照例接她下夜校，吃夜宵的时候淡淡说了一句："今天我去你住的公寓找你了。"他似乎没有看到她的紧张，停了停又说："保安说你并不住在那里。"

他抬起头，将她的惊慌失措尽收眼底。气愤都极力掩去，他实在是看不透眼前这个女孩子。

她勉强笑道："你是来质问我为何总有那么多事情瞒着你是么？"

她离开桌子，拎起自己的包，心里想着她和他应该没什么可能了，可还是忍住泪说："因为我不想让你看到我住的地方。"

"我住在高家浜路一百一十六号的工作室里面。"她如愿看到了他脸上的不可置信，是的，那里是破旧的老巷，很多住不起房子的人都会挤在那边。

"对，就是没有电梯的老板房里，我的家具都是捡回来洗干净再用的。我每月要坐两次地铁去七浦路的名牌折扣店，我甚至自己做发型，让它看上去像是理发店做出来的一样。"

她眉眼弯弯，神色却是说不出的清寂和自嘲："怎么，大名鼎鼎的秦彦辰知道这些了，会很失望吧？你的女朋友一贫如洗，穷困潦倒，给你丢脸了。"

她能笔直站着，对深爱的他说完这些话已经是极限。她不想再看到他脸上的失望和冰冷，所以她转身就跑，可还没出店门就被他紧紧锁在怀里。

他问她到底在害怕和自卑什么，是不是因为她不信他？

她笑笑，她信过他么？那他呢，他又真的信过她么？

或许他们之间，从来就都没有相信过对方。不肯相信对方会为了自己做出何等让步，所以才会一而再再而三地试探彼此的底线。

彦辰以前常说，她活得太不真实。无论她说什么，做什么，别人都无法确定她内心真正的想法。虽然那样无可挑剔的完美让人欣赏，可完美到每一句话、每一个举动、甚至每一个表情都是恰到好处的时候，他就只能望而却步了。

她本是回来告诉他，她后悔了，她不要完美，她只要他。

可晨昏寝寐都在企盼的人，一别三年，就真切地站在了旁人的身侧。她哭着哭着就笑出声来，果然不是你后悔了，时间就能按你所想退回到以前。她纠纠缠缠兜兜转转，给自己结了一张网之后才发现，别人早已远在万丈之外，而自己还固守着当年的星光，一个人，故步自封，画地为牢。

她拿起镜子，看着自己无悲无喜的一双眼睛缓缓抬起来，内里都是坚定的神色。那个娇滴滴的小姑娘，除了有倾城的容色，她还有什么？

指甲将手心抵得生疼，一种恨意自心底肆无忌惮满溢，浸入喉头，浸入眼眸。

她要把彦辰夺回来！

虽只是瞬起意，却像被谁使了巫术，一点一点用银针扎进脑中无法驱除。如同一场熊熊燃起的大火，将她整个人燃烧得全无理智。

　　所有的事情似乎都在她的计划中进行，包括赶走洛丽塔。因为她扔了沙发，洛丽塔似乎受打击不小，她再次见到洛丽塔的时候，竟是在医院。

　　她拿着才到的时尚周刊，路过一间病房门口，突然就停了下来定定望向里面，可里面的两人谁也没有发现她。

　　彦辰的神色冷冷的，握着她打吊水的手放在掌心，微微呵着气："为什么不打电话告诉我。"

　　洛丽塔别扭地说："你在忙。"

　　他抬手将她鬓边的一缕头发抚好："你没问，怎么知道我在忙。"

　　之蔓清晰地看到他抬眸一瞬间的眼神，像是在对那个小姑娘说：只要你开口，我就可以搁下所有事情。

　　她扶住墙壁才能勉强稳住身子，杂志上的文字像蚂蚁一样地堆出彦辰的轮廓，模糊——清楚——再模糊。她突然发现，在彦辰眼里自己已经是陌生人了，那里，现在满满都是另一个人的影子。

　　他看着那个女孩子，仿佛世间千年都化为一瞬，仿佛周遭纷纷扰扰都变模糊了，他的眼里，只有她，只是她，在笑，在哭，在流离，在委屈。

　　她知道，不望着会令自己流泪的东西，那是唯一可以不流泪的方法。

　　可是，她着了魔，她放不下他。

　　她一直都没有放弃拆散他们。可再坚定的心在一次次撞上冰礁后，都会想过动摇。彦辰的目光里根本没有她："沈之蔓，你逼得我不知道用什么眼光看你。"在她脱光衣服，一丝不挂站在他面前的时候，他决绝地转过身子，语声都是清冷的讽刺。

她的眼泪无声滑下："秦彦辰，在你心里，是不是给一个人判了刑，就永无翻身之日了？"

可是他终是没有回头答她，她望着被带上的门，那也像是在嘲笑她。

她最重视的自尊被他一次次踏在脚下，是不是果真因为，君心似流水，从来都是薄情的。从来都是，只见新人笑，哪闻旧人哭。他的深情只能留给那一个人，所以到了她这里，就只剩下薄情了。

奈何她本是刺猬，却为了他狠心将自己的刺一根根拔掉，到最后才知道这样的方式不是他能接受的，于是她眼睁睁地看着自己成了万人唾弃的四不像。

她是那样要强的一个女子，这大概是她这一生唯一一次示弱。

可为什么，她示了弱，彦辰还是不爱她了。

她问自己，是不是该放手了？那些心心念念藏在心底的关于彦辰的种种，怕是都已随风散去了。而今不能得到他，即便是一个人的放手，至少也要放得痛快潇洒，拖拖拉拉只会令人生厌。

她去彦辰的公司，听到有激烈的声音从茶水间里传出。有女声在嚷："洛丽塔你怎么那么傻，爱情是不能让的！"

之蔓心下笑了笑，原来昨晚彦辰去自己那里的事已经传遍公司了，这样也好，大家一定都以为他们发生了什么，她倒要看看这个正牌女友作何反应。

她侧了侧身子，正好看到洛丽塔失神地望向窗外，淡淡开口："不是说，爱，就不问值不值得么。只要他好，我怎样都没关系的。"

她看着洛丽塔眸子里闪过无奈的瞬间，安静的神情，很是乖巧。她的口气又悲伤又坚定，脸上却露出她从未见过的明媚笑容，带着一点未经世事的天真，漂亮得都不像真的。

心里像是有一道光，突然射了进来。她蓦地就明白了，为何彦辰偏偏对洛丽塔情有独钟。

那是比天山雪湖还要清澈温美的眼眸，那么干净，那么纯粹。他的身边从没有过这样单纯的女子，他的心奔波太久，真的是需要放松了。

她不自觉捏紧手中的包，不知道站了多久，终是一个转身，决定离开。

他也曾对自己言笑晏晏，可现在她已经不忍望向他眼眸里破碎的自己。从前有多么浓烈的美好，现在就有多么刻骨的冰凉。

再如何强大，她也是个女子，没有死在事业上，却败在爱情里。

可能有一天，她终会忘掉他，不管是爱还是恨，到那时，也许就可以找到一个真正将她沈之蔓放在心底珍之重之的人。彦辰只能是留在回忆里的人，带不走也抹不掉，但已经不能给她幸福了。

这条路，她走得太辛苦，也许，真的要到头了。

她在周年庆上，跟洛丽塔说的话都像梦中一般飘忽不清，可心底再也不是苦涩的味道。这个世上，很多对情侣，不是因为爱就能够走到最后，更何况彦辰和沈之蔓这一对里面，他爱她根本没有那么深。

虽然直到最后，她也没有告诉洛丽塔，她真正死心的原因。

那是她留给自己——最后的骄傲。

TAOYAO

番外二：秦太太羊入虎口记

　　秦太太自从嫁给秦先生之后，常常有个错觉，感觉自己很像一只毫无反抗之力的小绵羊，怎么就就就、万分自觉地每天往老虎口里送那么多次呢！

　　不可以！我们软绵绵的小羊羔终于决定奋起反抗，势必要将一切资本主义吸人血的恶势力统统阻挡在三尺之外！坚决不让近身！

　　可是……

　　常言道，愿望很美好，现实很潦倒。

　　秦太太泪奔被逼上梁山杀了一百八十回合企图拯救自己的权利的过

程中，秦先生也不甘示弱，紧紧追着秦太太的脚步转战各大场所。诸如：厨房、客厅、游泳池、浴室……

真不可不谓，满园春色，活色生香！

【第一回合——厨房记】

秦先生最近脾气大了，说老吃西餐不好，要中西结合。

秦太太本来老大不情愿，谁料到中华厨艺博大精深，她买了好多食谱回来，没事就照着上面琢磨着弄。结果越弄越觉有趣，于是一天下来在厨房待的时间，比跟秦先生待在一起的还要久。

秦先生生平第一次体会到，什么叫搬起石头砸自己的脚！

今天，秦太太又急急忙忙冲出去买菜，秦先生怨念地坐在沙发上等了一个小时五十分钟后，大门终于"吱呀"一声打开。

秦太太有些气喘吁吁，小脸蛋上由于兴奋泛着红彤彤的光，樱桃小嘴一张一合，别提有多性感了。秦先生心一沉，心想完了完了，这下非得好好蹂躏她不可了。

秦太太抬眼看到他，立刻高兴地叫道："今天我又研究出了一道新菜，我马上弄给你吃！"

说完就将挎包随意往鞋柜上一扔，而后拎着两口袋菜一路小跑扑哧扑哧奔进了厨房，又是洗又是弄，还极为正经地系上了围裙。

秦先生怒气冲冲地望着这个没心没肺的背影，心里郁闷极了！没错，因为秦太太潜心厨艺，白天劳累过度晚上常常倒床就睡，导致秦先生极度极度欲求不满！

他要发泄啊！

秦先生起身走向她，从身后抱住了她。

秦太太还不知道危险正在逼近，朝自己腰间上的双手重重一拍：

"馋鬼，我还没煮好呢！"

秦先生脸上浮起温润的笑意，他的下巴支着她的肩头，低声说道："反正我饿了。"

秦太太连连点头："好的好的，很快就好！"

秦先生望着她专注的侧脸，凝脂般的肌肤和细腻的脖颈都向他发出了致命的邀请，他轻笑一声，忍不住凑上去深吻她颈项的肌肤，吐出暧昧不清的字眼："我更想吃你。"

"咣当"一声，锅铲离手，清亮一声，宣布落地！

秦太太这才感觉到身上不安分的那双大手的躁动，她心内忍不住哀嚎，这几日怎么都忘记喂这个馋鬼了，他憋到现在，待会儿自己肯定死无葬身之地啊！

内心明明已经阵脚大乱，可面上偏偏还不能让他得逞，必须得竭力装出一副云淡风轻的样子。秦先生弯起嘴角，手环住她已经开始解她的衣服纽扣。

身体突然的一凉，他的手竟然探进了她的衣服，手指点开她的文胸抚上。

秦先生坏笑着将秦太太羞怯和不甘的表情尽收眼底，手上的力度也渐渐加大。秦太太的小脸憋得红红的，有些难受地想要摆脱，却发现自己的身体似乎没有力气，一点也没有了。

衬衣已经褪至腰间，秦太太的小细胳膊软绵绵搭在秦先生的脖子上，呼出的热气都喷在他胸前，秦先生剑眉一挑，手腕一个用力，直接将她打横抱起。

她一惊，轻呼出声，指间还滴落着水渍。

"你你你……你光天化日……我还在煲汤啊啊啊！"秦太太甩着两条细腿，急急叫道，连拖鞋都被扔得远远的了。

秦先生可管不了那么多，任那汤锅在灶台上的火上发出扑哧扑哧的声响，径自抱着她走向了卧室："先喂饱我，再喂我的胃！"

于是乎……

秦太太一声哀嚎，呜咽着就被饿到极致的某人翻来覆去覆去翻来，再一次吃干抹净了！

末了，某人餍足地眯起眼眸盯着还在贪睡的她，一脸坏笑。

秦太太咬牙切齿地闪着泪光抱住胸前的被子，不得不说，某人真是越来越不要脸了啊！

【第二回合——客厅记】

某天。

秦先生正在浴室里面洗澡，秦太太独自坐在沙发上看电视，娱乐节目把她笑得前俯后仰乐不可支，而哆哆则在阳台上懒洋洋晒着太阳打盹儿，偶尔被秦太太银铃般的笑声打扰急了，就会愤愤地抬起头哀怨地瞪她一眼。

一切都别提有多和谐了。

可这一切突然就从秦先生洗完澡走到客厅来之后，就变得不和谐了起来。

秦先生穿着宽大的浴袍往秦太太身边一坐，浴后的清香拂面而来，内里健康的肌肤若隐若现，秦太太看着看着，不免心思飘了起来。

好吧，她果然被某人日熏陶夜熏陶，然后就变色了啊。

秦太太对上他灼灼的眼神，吞了吞口水叫道："我去拿吹风机，给你吹头发！"

说完就一溜烟儿跑远了。

秦先生哑然失笑，娶了个鬼灵精似的，果然是乐趣无穷啊！

秦太太主动请缨想要帮秦先生吹头发，是有原因的。刚刚看的韩剧里面演的就是，女主角声情并茂地帮男主角吹头发，微风拂起落地窗前的纱帘，一只温顺的狗狗躺在一侧，男主角偶尔回头执起女主角的手，温柔一吻，那画面该是多浪漫多有爱啊。

可是……

这件事，向我们再一次证明了，理想和现实的差距，当真是堪比天与地！

秦先生一脸了然地看着电视里面的画面，一面注意到秦太太含羞带怯地帮自己吹着头发，偶尔四目相接，她剪水双瞳里泛起秋波阵阵，美得如同璀璨的黑宝石。

秦先生微微有些恍惚，旋即又移开目光，不经意间坏坏笑了起来。

果然电视剧里面纯洁温馨的场景什么的，都是骗人的啊。

秦太太也搞不大清楚，自己怎么就莫名其妙被抱着面对面坐在了他的腿上，而正在被她吹头发的某人，怎么就这样趁着间隙开始解她扣子啃起了她肩膀来。

秦太太被啃得晕眩，吹风机离手跌至地上，还发出嗡嗡的声音。秦先生一手在她胸前游走，一手托着她的后背。

衣衫半解，秦先生意犹未尽，将秦太太抬高，低头一口含住她的蓓蕾，啮咬着含吮，她感到又热又胀，有股酸麻的感觉渐渐袭满全身，她不由得仰起头将自己往前再送了一点，秦先生抬头看了一眼她红彤彤的小脸，低低笑开。

又保持着这样的姿势纠缠了一会儿，某人终于忍不住了，一把将秦太太平放在沙发上，下一秒自己就覆了上去。他刚刚拉下浴袍里面的短裤，灼热的某处蓄势待发的时候，歪着脑袋的秦太太突然爆发出无比凄厉的惨叫声！

秦先生不满地皱了皱眉，顺着秦太太的目光看去，哆哆正眨巴着一双黑溜溜的眼睛朝这情欲正浓的两人，一眨不眨地盯着看呢。

这下，硬是让一向厚脸皮习惯了的秦先生也顿觉不好意思了起来，他低咒了一声，起身理好秦太太和自己的衣服，呼啦啦赶走兴奋不已的哆哆，又一把抱起羞答答的秦太太，大步走向卧室，然后——

继续开吃去了……

【第三回合——游泳记】

秦先生送给秦太太的结婚礼物是一套落地别墅。

这间别墅是意大利的托斯卡纳风格，很讨秦太太欢心。尤其是它有一座又大又蓝的游泳池，这可让我们秦太太和小哆哆都高兴坏了。

秦太太虽然已经嫁了人，可惜还没有改掉天然呆的习惯，这不，游泳池是用来游的，不是用来让她和哆哆绕着游泳池跑的。

于是，当秦太太跑了一圈又一圈已经累倒在游泳池边的躺椅上时，她这才发现——秦先生貌似一直不在唉。

兀自找寻中，远处突然出现了一抹颀长的身影……他浑身上下不着寸缕，唯有一条短小精悍还紧绷的泳裤。

秦太太瞬间移开目光，大脑一片空白，心跳与血压齐飙，脸与落霞同色。

她竭力装作镇定地与哆哆嬉闹着，不久就被某人一把拎了起来搂了过去。被强劲有力的臂膀圈着，脸颊紧紧贴着他精壮的胸膛，秦太太的脑海中不由得浮起了一些近日夜里深入浅出的画面，于是身上突然很没有征兆地就……就燥热了起来。

"恩浩电话找你。"

低低的声音仿佛为了故意蛊惑她，她不明所以，只听到秦先生接着

/317

说："接完电话，记得去换泳衣，我在水里等你。"

秦太太很没用地花痴着点点头，然后一路笑着飘回了客厅接电话。

毫无疑问，恩浩继续抱着愚公移山的态度来向她询问琳达的下落，并且在秦太太刚要条件反射答出"我不知道"这句话的时候，对方突兀地不怀好意笑了两声。

秦太太心里莫名一咯噔。

果然——恩浩懒洋洋地说道："洛丽塔，你还记不记得，当初在医院里你求我带你去见彦辰的时候，你答应过我一件事啊。当时我还没想好要你帮我什么，现在……"

秦太太欲哭无泪，心道求人办事时能屈能伸什么的，果然都是要还的！

恩浩得到了琳达的消息，十分满意地挂了电话。留下一脸恍惚的秦太太，恍惚地换好了泳衣，恍惚地披上了大毛巾，恍惚地坐到了泳池边将脚伸进去，又恍惚地被某人从水下握住脚踝，一把拽进了水里。

秦太太猝不及防地掉进泳池，是整个身子都没进去的那种，不免喝了好几口水，又因为手忙脚乱，一时呼吸不畅，又强迫着被某人以口渡气。

渡气到后来，似乎又不仅仅止于渡气这个环节，于是又死死地攀着某人半裸的身躯。秦先生深邃的目光，慢慢变得温情脉脉了起来，水汽的晕染，让他的俊脸显得愈发魅惑。

而眼前秦太太早已红透了的小脸上，睫毛每轻颤一下，都仿似染了极致的诱惑。

他的胸膛紧压着她，而她的身体不自觉地随他轻轻晃动，一阵晕眩让她无法呼吸。

四周水波漾漾荡开，这二人就在水中席卷着对方，一齐进入了风暴中心。

深入、纠缠。

直至天荒地老，海枯石烂。

番外完